EL BUFÓN

EL BUFÓN

Christopher Moore

Traducción de Juanjo Estrella

EDICIONES B
GRUPO ZETA

Barcelona • Bogotá • Buenos Aires • Caracas • Madrid • México D.F. • Montevideo • Quito • Santiago de Chile

Título original: *Fool*

Traducción: Juanjo Estrella

1.ª edición: septiembre 2009

© 2009 by Christopher Moore
© Ediciones B, S. A., 2009
    Bailén, 84 - 08009 Barcelona (España)
    www.edicionesb.com

Printed in Spain
ISBN: 978-84-666-3219-5
Depósito legal: B. 24.335-2009

Impreso por LIBERDÚPLEX, S.L.U.
Ctra. BV 2249 Km 7,4 Polígono Torrentfondo
08791 - Sant Llorenç d'Hortons (Barcelona)

Advertencia

Éste es un relato procaz. En él hallaréis revolcones gratuitos, asesinatos, azotainas, amputaciones, traiciones y cimas de vulgaridad y descaro hasta ahora inexploradas, así como gramática no tradicional, hipérbatos, y alguna que otra paja. Si éstas son cosas que os desagradan, entonces, amable lector, pasad de largo, pues nuestro propósito es sólo entretener, no ofender. Dicho esto, si creéis que pueden divertiros, entonces habéis dado con la historia que andabais buscando.

Personajes

Lear: rey de Bretaña.

Goneril: hija mayor de Lear, duquesa de Albany. Esposa del duque de Albany.

Regan: segunda hija de Lear. Duquesa de Cornualles. Esposa del duque de Cornualles.

Cordelia: hija menor de Lear, princesa de Bretaña.

Cornualles: duque de Cornualles, esposo de Regan.

Albany: duque de Albany, esposo de Goneril.

Gloucester: conde de Gloucester, amigo del rey Lear.

Edgar: hijo mayor de Gloucester, heredero del condado.

Edmundo: hijo bastardo de Gloucester.

La anacoreta: mujer santa.

Kent: conde de Kent, amigo íntimo del rey Lear.

Bolsillo: un bufón.

Borgoña: duque de Borgoña, pretendiente de Cordelia.

Francia: príncipe de Francia, pretendiente de Cordelia.

Curan: capitán de la guardia de Lear.

Babas: aprendiz de bufón.

Un fantasma: siempre hay un maldito fantasma.

Escenario

El escenario es una Bretaña más o menos mítica en el siglo XIII, con vestigios presentes de la antigua cultura de la Britania prerromana. Bretaña, de la que Lear es rey, comprende lo que hoy es Reino Unido: Inglaterra, Gales, Irlanda del Norte y Escocia. En general, y a menos que se especifique lo contrario, llueve.

ACTO I

Cuando nacemos, lloramos por haber llegado a
este gran escenario de locos.

SHAKESPEARE,
El rey Lear, acto IV, escena VI

1

Siempre hay
un maldito fantasma

—¡Gilipollas! —graznó el cuervo.

Siempre hay un maldito cuervo.

—En mi modesta opinión, fue una tontería enseñarle a hablar —dijo el centinela.

—Yo soy tonto por contrato, escudero —respondí—. No sé si lo sabes, pero soy bufón. Bufón de la corte de Lear de Bretaña. Y lo de gilipollas te lo dice a ti.

—Piérdete —dijo el cuervo.

El escudero dio una lanzada al pajarraco negro, que abandonó el muro y emprendió el vuelo sobre el Támesis. Un barquero alzó la vista, nos vio en la torre y agitó la mano. Yo me subí al muro y le dediqué una reverencia.

—A su servicio, joder, gracias.

El escudero masculló algo y escupió al cuervo.

Siempre ha habido cuervos en la Torre Blanca. Hace mil años, antes de que Jorge II, el rey idiota de Mérica, destruyera el mundo, ya los había. Dice la leyenda que mientras haya cuervos en la Torre, Inglaterra seguirá siendo fuerte. Con todo, tal vez sí había sido un error enseñar a hablar a uno de ellos.

—¡El conde de Gloucester se acerca! —gritó el centinela de la muralla de poniente—. ¡Viene acompañado de su hijo Edgar y el bastardo Edmundo!

El escudero que seguía junto a mí esbozó una sonrisa burlona.

—Gloucester, ¿verdad? Pues no te olvides de representar ese trozo en el que tú haces de cabra y Babas hace de conde que te confunde por su esposa.

—Eso sería cruel —observé yo—. El conde acaba de enviudar.

—Pues bien que lo representaste la última vez que estuvo aquí, y ella todavía estaba caliente en la tumba.

—Bien, sí, eso fue un servicio que le hice..., trataba de que se olvidara un poco de su desgracia, ¿no?

—Y te salió muy bien, por cierto. ¡Qué balidos los tuyos! Parecía que el bueno de Babas te estuviera dando bien por detrás.

Me dije a mí mismo que, en cuanto se me presentara la ocasión, debía lograr que aquel centinela se precipitara muro abajo.

—He oído que quería asesinarte, pero que no pudo elevar tu caso al rey.

—Gloucester es noble, no le hace falta elevar ningún caso para asesinarme. Le basta con quererlo, y con tener espada.

—No lo veo probable —replicó el escudero—. Todo el mundo sabe que gozas de la protección de Lear.

Eso es cierto. Disfruto de cierta licencia.

—Por cierto, ¿has visto a Babas? Con Gloucester aquí, el rey nos pedirá que actuemos.

Mi aprendiz, Babas, era un chaval con la inteligencia de un buey y el tamaño de un caballo percherón.

—Estaba en la cocina cuando he comenzado la guardia —respondió el vasallo.

La cocina era un hervidero. El personal preparaba un banquete.

—¿Has visto a Babas? —le pregunté a Catador, que estaba sentado a una mesa y miraba con aprensión una rebanada de pan seco,* sobre la que aguardaba un filete de cerdo frío, la cena del rey. Se trataba de un joven delgado, enfermizo, escogido sin duda para desempeñar su oficio a causa de la debilidad de su complexión, y de su tendencia a caer muerto a la menor provocación. A mí me gustaba contarle mis tribulaciones, pues estaba seguro de que no llegarían lejos.

—¿A ti te parece que esto está envenenado?

—Es cerdo, muchacho. Delicioso. Cómetelo. La mitad de los hombres de Inglaterra se dejarían arrancar un testículo por poder zamparse el manjar, y eso que sólo es mediodía. A mí mismo está tentándome. —Moví la cabeza, le sonreí y agité un poco los cascabeles de mi gorro para darle ánimos. Fingí que le daba un bocado al cerdo—. Pero come tú antes, claro.

Un cuchillo se clavó en la mesa, junto a mi mano.

—¡Atrás, bufón! —dijo Burbuja, la jefa de cocina—. Ésta es la comida del rey, y si he de cortarte las pelotas para impedir que te la comas, lo haré.

—Mis pelotas son suyas, ya que me las pide, mi señora —declaré yo—. ¿Cómo las quiere, servidas sobre una rebanada de pan, o en un cuenco con nata, como los melocotones?

Burbuja carraspeó, desclavó el cuchillo de la mesa y regresó al banco de despiezar, donde se hallaba inmersa en la labor de destripar una trucha.

Con cada sacudida, su gran trasero se meneaba como una nube de tormenta bajo la falda.

—Eres un hombrecillo muy malo, Bolsillo —dijo Chillidos, esbozando una sonrisa tímida salpicada de pecas. Era la segunda de a bordo, una muchacha rolliza, pelirroja, de risa aguda y espíritu generoso por las noches. Catador y yo habíamos pasado muchas tardes agradables a aquella mesa, observándola cuando retorcía los pescuezos a los pollos.

Por cierto, yo me llamo Bolsillo. El nombre me lo puso la abadesa que me encontró a las puertas del convento cuando

* En este caso el pan no se comía, sino que hacía las veces de plato.

era recién nacido. Es verdad que no soy muy alto. Algunos dirían incluso que soy diminuto, aunque soy veloz como un gato, y la naturaleza me ha compensado con otros dones. Pero ¿malo?

—Creo que Babas se dirigía a los aposentos de la princesa —dijo Chillidos.

—Así es —corroboró Catador, adusto—. La señora mandó llamar a alguien para que le curara la melancolía.

—¿Y ha ido el imbécil? ¿Solo? El muchacho no está preparado. ¿Y si se equivoca, tropieza y cae sobre la princesa como una rueda de molino sobre una mariposa? ¿Estás seguro?

Burbuja dejó caer la trucha, ya sin tripas, en una cesta llena de resbaladizos copeces.*

—Y cantando «a cumplir con mi deber» que iba... Nosotros le hemos dicho que tú vendrías a buscarlo cuando hemos oído que venían la princesa Goneril y el duque de Albany.

—¿Viene Albany?

—¿Acaso no juró colgar tus entrañas de la lámpara? —preguntó Catador.

—No —le corrigió Chillidos—. Ése fue el duque de Cornualles. Lo que Albany quería era clavarle la cabeza en una lanza, creo. Era una lanza ¿no, Burbuja?

—Así es, clavarle la cabeza en una lanza. Ahora que lo pienso, qué gracioso, te parecerías al monigote que llevas ahí, pero en grande.

—Jones —dijo Catador, apuntando a mi báculo de juglar, Jones, que sí, es cierto, cuenta con una versión reducida de mi propio y atractivo rostro fijado en lo alto de un bastón macizo de nogal pulido. Jones habla por mí cuando mi propia lengua necesita exceder lo tolerable ante caballeros y nobles, pues su cabeza ya viene ensartada en una lanza por la ira de aburridos y malhumorados. Mis mejores habilidades se pierden con frecuencia a ojos del blanco de mis burlas.

* Copeces: otros peces de un grupo, como en cooperantes, cohortes, etc. ¡A callar! Es una palabra, ¿vale?

—Sí, eso sería de lo más hilarante, Burbuja —imaginería irónica—, como que la encantadora Chillidos te pusiera a dar vueltas en un espetón, sobre el fuego, con una manzana en cada uno de tus orificios, para darte un poco de color, aunque me atrevería a decir que el castillo entero correría el peligro de arder por culpa del fuego que se prendería a toda la grasa que ibas a soltar, pero, hasta que eso sucediera, lo que nos íbamos a reír...

Esquivé una trucha lanzada con puntería, y sonreí a Burbuja por no haberme lanzado el cuchillo. Buena mujer, ella, a pesar de ser corpulenta e irascible.

—Bien, he de ir en busca de un gran necio baboso, si es que queremos preparar la diversión de esta noche.

Los aposentos de Cordelia se encontraban en la Torre de Septentrión, y el modo más rápido de llegar a ella era recorrer la muralla exterior por su parte alta. Cuando atravesaba la gran puerta fortificada, un escudero joven, de rostro picado, anunció:

—¡Salve, conde de Gloucester!

Más abajo, el noble, de barba cana, cruzaba el puente levadizo acompañado de su séquito.

—¡Salve, Edmundo, maldito bastardo! —grité yo desde lo alto de la muralla.

El vasallo me dio unos golpecitos en el hombro.

—Disculpad, mozalbete, pero según dicen, Edmundo es bastante sensible en lo que a su bastardía se refiere.

—Así es, escudero —dije yo—. No hace falta hurgar ni revolver mucho para verle el grano a ese necio, lo lleva bien visible en la cara. —Me asomé más al muro, y agité a mi Jones para que lo viera el bastardo, que trataba de quitarle el arco y una flecha a un caballero que montaba a su lado—. ¡Tú, villano espurio! —añadí—. ¡Cagarruta de carne apestosa expulsada del ano inmundo de una ramera con labio leporino!

El conde de Gloucester me dedicó una mirada torva al pasar bajo el rastrillo.*

—Ésa le ha ido directa al corazón —opinó el escudero.

—Demasiado dura, ¿te parece?

—Un poco.

—¡Lo siento! Con todo, el sombrero que lleváis es precioso, bastardo —admití, a modo de disculpa. Edgar y dos caballeros trataban de reducir al bastardo Edmundo, que seguía abajo. Yo abandoné lo alto de la muralla.

—No has visto a Babas, ¿verdad?

—En el gran salón, esta mañana —respondió el escudero—. Desde entonces, no.

Hasta lo alto de la fortificación llegó una llamada, que pasó de centinela en centinela hasta que oímos:

—¡El duque de Cornualles y la princesa Regan se aproximan por mediodía!

—¡Cojones en calzones!

Cornualles: avaricia destilada y villanía pura, congénita; degollaría a una monja por un cuarto de penique, y se quedaría con el dinero por pura diversión.

—No te preocupes, pequeñín, el rey mantendrá intacto tu pellejo.

—Así es, escudero, y si me llamas «pequeñín» en público, ese mismo rey te pondrá a montar guardia en el foso todo el invierno.

—Lo siento, señor juglar —se disculpó el escudero, agachándose para no parecer tan insultantemente alto—. He oído decir que la princesa Regan es toda una conejita en salsa, ¿eh?

Se agachó aun más para darme un codazo en las costillas,

* Pesada reja vertical, normalmente acabada en punta en su parte baja y fabricada o revestida de hierro, para resistir los incendios. Colocada por lo general en la puerta interior de una fortaleza, su calado servía para que se pudieran lanzar flechas o jabalinas a los atacantes si habían logrado franquear las puertas exteriores.

pues ahora resultaba que éramos los mejores amigos del mundo.

—Tú eres nuevo, ¿verdad?

—Llevo sólo dos meses de servicio.

—En ese caso, atiende mi consejo, joven escudero. Cuando te refieras a la hija mediana del rey, recalca que es muy blanca, pregúntate si es pía, pero a menos que quieras pasarte las guardias buscando la caja en la que han metido tu cabeza, reprime el impulso de subsanar tu ignorancia sobre sus partes pudendas.

—Eso no lo he entendido, señor.

—Que no hables de aquello de su fornicacidad, hijo mío. Cornualles ha arrancado los ojos de hombres que habían mirado a la princesa con apenas un chispazo de deseo.

—¡Qué desalmado! No lo sabía, señor. No diré nada.

—Y yo tampoco, buen escudero. Yo tampoco.

Así es cómo se sellan alianzas, se cimentan lealtades. Y cómo Bolsillo hace un amigo.

El muchacho tenía razón sobre Regan, claro. ¿Por qué no se me habrá ocurrido a mí llamarla «conejita en salsa», a mí, más que a ningún otro...? Bien, en tanto que artista debo admitir que sentí envidia ante aquella ocurrencia.

El salón privado del torreón de Cordelia se hallaba en lo alto de una escalera de caracol, iluminada sólo por las troneras en forma de cruz. Mientras subía por ella, oí unas risas.

—De modo que no valgo nada si no voy del brazo y no me acuesto en el lecho de cierto bufón con braguero —oí decir a Cordelia.

—Me habéis llamado vos —respondí, entrando en la estancia con el braguero en la mano.

Las damas de compañía ahogaron unas risitas. La joven lady Jane, que tiene trece años, gritó al verme, azorada, sin duda, por mi hombría evidente, o tal vez por el suave azote en el trasero que Jones le propinó.

—¡Bolsillo! —Cordelia, sentada, ocupaba el centro del corrillo de doncellas como si las recibiera en audiencia, con el pelo suelto, los rizos rubios que se descolgaban en cascada hasta su cintura, un sencillo vestido de lino, holgado, color espliego. Se puso en pie y se acercó a mí—. Nos honras con tu presencia, bufón. ¿Es que has oído rumores de que por aquí había animalitos a los que lastimar, o acaso esperabas volver a sorprenderme casualmente durante el baño?

Me llevé la mano al gorro, y los cascabeles tintinearon tímidamente.

—Me he perdido, mi señora.

—¿Una docena de veces?

—La orientación no es mi fuerte. Si deseáis un guía, iré a buscároslo, pero entonces no me reclaméis nada si triunfa vuestra melancolía y os arrojáis al arroyo, y vuestras adorables damas se congregan en derredor de vuestro cadáver hermoso y pálido. Que digan: «No se perdió en el mapa, pues confiaba en su guía, mas perdió su corazón por carecer de bufón.»

Las damas de compañía ahogaron un grito al unísono, como si les hubiera dado el pie. Yo las habría bendecido, si todavía me hablara con Dios.

—Salid, salid, damas —ordenó Cordelia—. Dejadme a solas con mi bufón, que debo inventarme un castigo para él.

Las damas obedecieron y abandonaron la estancia.

—¿Castigo? ¿Por qué?

—Aún no lo sé —dijo—, pero para cuando se me haya ocurrido alguno, estoy segura de que ya habrás pecado.

—Vuestra seguridad me azora.

—Y a mí me azora tu humildad —replicó la princesa, que sonrió con una malicia excesiva para una doncella de tan corta edad. Nos llevamos menos de diez años (ignoro mi edad exacta), ella ha visto diecisiete primaveras, y en tanto que la más joven de las hijas del rey, siempre ha sido tratada como si igualara en fragilidad el cristal soplado. Mas a pesar de su dulzura, su ladrido asustaría a una comadreja loca.

—¿He de desvestirme para recibir mi castigo? —pregunté—. ¿Flagelación? ¿Felación? Sea lo que sea, soy vuestro sumiso penitente, mi señora.

—Nada de eso, Bolsillo. Necesito tu consejo, o al menos tu conmiseración. Mis hermanas vienen al castillo.

—Por desgracia, ya se encuentran en él.

—Ah, sí, es cierto. Albany y Cornualles quieren matarte. Qué mala suerte, ¿verdad? En cualquier caso, vienen al castillo, lo mismo que Gloucester y sus hijos. Dios santo, ellos también quieren matarte.

—Críticos implacables —comenté yo.

—Lo siento. Y otra docena de nobles también se ha congregado aquí, como el conde de Kent. Kent no quiere matarte. ¿O sí?

—No, que yo sepa. Pero es sólo la hora del almuerzo.

—Bien. ¿Y sabes por qué han venido todos?

—¿Para arrinconarme como a una rata en un barril?

—En los barriles no hay rincones, Bolsillo.

—Me parece demasiada molestia para matar a un bufón bajito, aunque de gran atractivo.

—No vienen por ti, estúpido. Vienen por mí.

—En ese caso, el esfuerzo para mataros debería ser todavía menor. ¿Cuántas personas hacen falta para retorcerte ese cuellito enclenque? Temo que Babas lo haga sin querer cualquier día de éstos. No lo habéis visto, ¿verdad?

—Va diciendo por ahí que esta mañana lo he echado. —Agitó la mano, furiosa, para regresar al tema que le interesaba—. ¡Padre quiere entregarme en matrimonio!

—Qué absurdo. ¿Quién iba a quereros?

La doncella se disgustó un poco, y sus ojos azules se tiñeron de frío. Las comadrejas de toda Albión se estremecieron.

—Edgar de Gloucester siempre me ha querido, y el príncipe de Francia y el duque de Borgoña ya se encuentran aquí para prometerme.

—¿Para prometeros qué?

—¡Para prometerse!

—¿Prometerse qué?

—Para prometerse conmigo, para prometerse conmigo, estúpido. Los príncipes están aquí para casarse conmigo.

—¿Los dos? ¿Y Edgar?

Mi sorpresa iba en aumento. ¿Cordelia casada? ¿Alguno de ellos se la llevaría? ¡Era injusto! ¡Una mala pasada! ¡Un error! ¡Pero si ni siquiera me había visto desnudo!

—¿Y por qué iban a querer desposarse con vos? Pasar una noche con vos lo entiendo, claro. Todos se prometerían con vos para eso, con los ojos cerrados. Pero, para siempre, no lo creo.

—Bolsillo, te recuerdo que soy princesa, maldita sea.

—Precisamente por eso. ¿Para qué sirven las princesas? Como alimento de dragones y botín de los cazadores de recompensas..., mocosas malcriadas, moneda de cambio para obtener propiedades.

—No, no, querido bufón, olvidas que, en ocasiones, las princesas llegan a ser reinas.

—¡Ja, princesas! ¿Qué valéis vos si vuestro padre ha de atar doce condados a vuestro trasero para que esos bujarrones franceses se fijen en vos?

—Ah, sí. ¿Y qué vale un bufón? Mejor dicho, ¿qué vale el ayudante de un bufón, pues tú te limitas a sujetarle el barreño de las babas al otro, que lo es por naturaleza.* ¿Qué rescate se pide por un juglar, Bolsillo? ¿Un cubo de espumarajos calientes?

Me llevé la mano al pecho.

—Tocado hasta el fondo —dije entre suspiros. Me acerqué tambaleando hasta una silla—. Sangro, sufro y muero por la lanza de vuestras palabras.

Cordelia se acercó a mí.

—No es cierto.

—No avancéis más. Las manchas de sangre no se borra-

---

* Los bufones «por naturaleza» eran los que tenían algún defecto físico o anomalía: jorobados, enanos, gigantes, personas con síndrome de Down, etc. Se consideraba que éstos habían sido «tocados» por Dios.

rán jamás de vuestro vestido de lino... Perduran como vuestra crueldad, como vuestra culpa...

—Bolsillo, ya basta.

—Me habéis matado, señora, estoy más que muerto. —Fingí ahogarme, me agité espasmódicamente y fui presa de estertores—. Que se diga siempre que este humilde bufón llevó la alegría a todos los que lo conocieron.

—Eso no lo dirá nadie.

—Callad, mi niña. Me debilito por momentos. No respiro. —Miré horrorizado la sangre imaginaria que teñía mis manos. Resbalé por la silla camino del suelo—. Pero quiero que sepáis que, a pesar de vuestra naturaleza maligna y vuestros pies enormes, monstruosos, siempre os he...

Y entonces morí. Morí con gran maestría, añadiría, con un estertor al final y todo, como si la mano helada de la muerte me hubiera agarrado por el rabo.

—¿Qué? ¿Siempre me habéis qué...?

Yo no respondí, estando, como estaba, muerto, y no poco fatigado tras tanto jadeo y tanta sangre. A decir verdad, mientras actuaba, sentí como si tuviera una flecha clavada en el corazón.

—No me estás ayudando nada —se quejó Cordelia.

El cuervo se posó sobre la muralla cuando yo regresaba al edificio principal en busca de Babas, no poco vejado por la noticia de los inminentes esponsales de Cordelia.

—¡Fantasma! —graznó el cuervo.

—Eso no te lo he enseñado yo.

—¡Al carajo! —replicó el cuervo.

—Eso sí, así me gusta.

—¡Fantasma!

—Piérdete, pajarraco.

Entonces, un viento frío me mordió el trasero, y en lo alto de la escalera, en el torreón que se alzaba frente a mí, vi un resplandor entre las sombras, como de seda iluminada por el sol..., aunque su forma no era del todo femenina. Y la aparición proclamó:

A las tres hijas ofenderá
y el rey, ¡ay, Dios!, bufón será.

—¿Rimas? —inquirí yo—. ¿Acechas sin embozo a plena luz del día vomitando crípticas rimas? Mal asunto y arte rastrero el de hacer de fantasma a mediodía. El pedo de cualquiera anuncia peores condenas, tartamudo don nadie.

—¡Fantasma! —gritó de nuevo el cuervo, y el fantasma desapareció.

Siempre hay un maldito fantasma.

2

«Ahora, dioses, poneos de parte de los bastardos.»*

Encontré a Babas en los lavaderos, rematando una paja, lanzando grandes chorros de semilla de idiota contra las paredes, los suelos y el techo, riéndose, mientras María Pústulas le enseñaba las tetas desde el otro lado de la caldera humeante que contenía las camisas del rey.

—Guárdatelas, fulana, que tenemos un espectáculo que preparar.

—Sólo estaba divirtiéndolo un poco.

—Si lo que querías era hacer una obra de caridad podrías habértelo cepillado como Dios manda, y así no tendríamos que limpiar tanto.

—Eso sería pecado. Además, antes de meterme dentro un arma de semejante calibre, preferiría montar la alabarda del custodio.

Babas se vació del todo y se sentó en el suelo, con las piernas separadas, bufando como un gran fuelle babeante. Traté de ayudar al mastuerzo a guardarse la verga, pero ponerle el braguero sin contar con su firme entusiasmo era como tratar de encasquetarle un cubo a un toro en la cabeza, planteamiento que me pareció lo bastante cómico como para, tal vez, incluirlo en la actuación de esa noche, si no se nos ocurría nada más.

* Shakespeare, *El rey Lear*, acto I, escena II (Edmundo).

—Nada te impedía metértela en el canalillo y menearte un poco, María. Ya las tenías fuera, bien enjabonadas, y a cambio de un par de saltos y una sacudida, él te habría llevado los cubos de agua durante dos semanas.

—Eso ya lo hace. Y no quiero que se me acerque con esa cosa. Es un retrasado, y tiene demonios en la leche.

—¿Demonios? ¿Demonios? Ahí no hay demonios, puta. Huevecillos de ingenio, todos los que quieras, pero nada de demonios. Los que son bufones por los dones que la naturaleza les ha concedido, o están benditos o están malditos, y nunca son meros accidentes de ésta.

No se sabía cuándo, pero esa misma semana María Pústulas se había vuelto cristiana, a pesar de ser una furcia célebre. Uno ya no sabía con quién se las veía. La mitad del reino era cristiano, mientras que la otra mitad rendía culto a los viejos dioses de la Naturaleza, que siempre prometían más al caer la noche. El Dios cristiano, con su «día de descanso», gozaba de predicamento entre los campesinos cuando llegaba el domingo, pero hacia el jueves, cuando se presentaba la ocasión de beber y fornicar, la Naturaleza exhibía sus grandes variedades, separaba bien las piernas y sostenía una jarra de cerveza en cada mano. Y los conversos regresaban a los druidas en un abrir y cerrar de ojos. Conformaban una clara mayoría cuando se acercaban las jornadas de fiesta, de bailar, beber, desflorar a las vírgenes y compartir los frutos de la vendimia, pero durante las jornadas de sacrificio humano, durante los «días de quemar el bosque del rey», sólo los grillos merodeaban por Stonehenge, y los que antes cantaban olvidaban a la Madre Tierra en beneficio de la Madre Iglesia.

—Bonita —dijo Babas, tratando de recobrar el control de su herramienta. María había empezado a remover la colada, pero se había olvidado de subirse el corpiño. Mantener cautiva la atención del tonto, eso era lo que hacía.

—Tienes razón, es la imagen misma de la belleza, muchacho, pero tú ya te la has machacado hasta quedarte seco, y nosotros tenemos cosas que hacer. El castillo es un hervidero de intrigas, subterfugios y villanías... Va a hacerles falta algo de alivio cómico entre halago y asesinato.

—¿Intriga y villanía? —Babas esbozó una sonrisa desdentada. Imaginad a unos soldados lanzando barriles de saliva desde las almenas de la muralla. Pues así era la sonrisa de Babas, tan sincera en su expresión como húmeda en su cumplimiento: de una alegría pegajosa. A él le encantan las intrigas y la villanía, pues apelan a la más especial de sus habilidades.

—¿Y habrá quien se esconda?

—Sin duda habrá quien se esconda —le respondí, mientras le metía un testículo en el braguero.

—¿Y habrá quien espíe?

—El espionaje adquirirá dimensiones de gran caverna. Atenderemos todas las palabras, como Dios en las oraciones del Papa —profeticé.

—¿Y jodienda? ¿Habrá jodienda, Bolsillo?

—Jodienda desenfrenada y de la más salvaje, muchacho. Jodienda desenfrenada y de la más salvaje.

—Ajá, eso va a ser cojonudo entonces —dijo Babas, dándose una palmada en el muslo—. ¿Has oído, María? Jodienda desenfrenada a la vista. ¿No te parece que va a ser cojonudo?

—Sí, sí, cojonudo, amor mío. Si los santos nos sonríen, a lo mejor uno de esos nobles hará que cuelguen a tu diminuto compañero, como llevan tiempo amenazando con hacer.

—En ese caso habría un bufón muy bien colgado y otro muy bien dotado, ¿no es así? —dije yo, dando a mi aprendiz un codazo en las costillas.

—Sí, otro muy bien dotado, ¿no es así? —repitió Babas, imitando mi voz, mi tono exacto, como si hubiera pillado el eco con la lengua y lo hubiera soltado, idéntico. Porque ése es el don de mi aprendiz: no sólo sabe imitar a la perfección, sino que es capaz de recordar conversaciones íntegras, de horas de duración, y recitarlas imitando las voces originales de quienes las mantuvieron, a pesar de no comprender ni una sola palabra de las que dijeron. En un principio, Babas fue un regalo que le hizo a Lear un duque español, que no soportaba su babear constante ni sus pedos, capaces de dejar a oscuras un aposento, pero cuando yo descubrí el don natural del bobo, lo tomé como aprendiz para enseñarle el viril arte de la chanza.

Babas se rio.

—Otro muy bien dotado...

—Basta ya —zanjé yo—. Me desconciertas.

Y era cierto, me desconcertaba oír mi propia voz brotar, con el timbre exacto, de un necio grande como una montaña, carente de ingenio y desprovisto de ironía. Babas llevaba ya dos años bajo mi ala, y todavía no me había acostumbrado a él. No es que tuviera mala intención; era, sencillamente, su naturaleza.

La anacoreta de la abadía me había ilustrado sobre la naturaleza, haciéndome recitar a Aristóteles: «Es signo de hombre educado, y tributo a su cultura, que busque la precisión en algo sólo en tanto se lo permita su naturaleza.» De modo que no iba a empeñarme en que Babas leyera a Cicerón, ni en que inventara acertijos ingeniosos, pero bajo mi tutela había alcanzado cierta pericia con las volteretas y los juegos malabares, era capaz de eructar canciones y, en la corte, resultaba al menos tan entretenido como un oso adiestrado, con la ventaja de que era ligeramente menos proclive a zamparse a los invitados. Con la orientación adecuada, llegaría a ser un buen bufón.

—Bolsillo está triste —dijo Babas. Me dio una palmada en la cabeza, lo que me resultó muy molesto, no sólo porque nos encontrábamos cara a cara, yo de pie, él sentado con el trasero en el suelo, sino porque, al hacerlo, sonaron los cascabeles de mi gorro de bufón de un modo de lo más melancólico.

—Yo no estoy triste —repliqué—. Estoy enfadado, porque llevas toda la mañana perdido.

—No estaba perdido. He estado aquí en todo momento, echándome tres risas con María.

—¿Tres? Habéis tenido suerte de no prenderos fuego los dos, tú por la fricción y ella abatida por los malditos rayos y centellas de Jesús.

—Tal vez cuatro —rectificó Babas.

—El que parece perdido eres tú, Bolsillo —intervino María—. Tu gesto es el de un huérfano que ha sido arrojado al arroyo junto con los meados de los orinales.

—Estoy preocupado. El rey lleva toda la semana en la única compañía de Kent, el castillo es un hervidero de conspiradores, y por las almenas pulula una niña fantasma que se dedica a inventar unas rimas atroces.

—Bueno, siempre tiene que haber un maldito fantasma, ¿no es cierto? —María extrajo una camisa de la caldera, y la agitó de un lado a otro, montada en la pala, como si fuera de paseo con su propio fantasma empapado y humeante—. ¿Y a ti qué te importa? Lo tuyo es hacer reír a todo el mundo, ¿no?

—Así es, despreocupado como el viento. Cuando termines, no tires el agua, María. A Babas le vendría bien un buen remojón.

—¡Nooo! —gritó el aludido.

—Cállate, no puedes presentarte así ante la corte. Hueles a mierda. ¿Has vuelto a dormir sobre estiércol?

—Está calentito.

Le propiné un buen guantazo en la coronilla con mi Jones.

—El calor no lo es todo, chico. Y si quieres calor, puedes dormir en el gran salón, con todos los demás.

—No se lo permiten —terció María—. El chambelán dice que sus ronquidos asustan a los perros.

—¿Que no se lo permiten? —Todos los plebeyos sin aposento dormían en el suelo del gran salón, echados de cualquier manera, sobre pajas y carrizos casi amontonados junto al hogar en invierno. Un tipo emprendedor, con grandes calenturas nocturnas y tendencia a arrastrarse podía encontrarse, sin querer, compartiendo manta o harapos con una mujerzuela medio dormida y tal vez dispuesta, lo que le valdría ser expulsado durante dos semanas de la acogedora tibieza del salón (he de admitir que yo debo a esas tendencias nocturnas mías mi modesto apartamento sobre la barbacana del castillo). Pero ¿que te echaran por roncar? Eso no se había oído jamás. Cuando el manto de la noche cae sobre el gran salón, éste se convierte en un molino en marcha, los engranajes respiratorios de los hombres muelen sus sueños con espantosos rugidos, e incluso las inmensas tuercas de Babas pasan desapercibidas entre semejante coro—. ¿Por roncar? ¡Pamplinas!

—Y por orinarse encima de la esposa del mayordomo —añadió María.

—Estaba oscuro —se justificó Babas.

—Sí, e incluso de día es fácil tomarla por una letrina, aunque ¿acaso no te he instruido en el control de tus fluidos, mozalbete?

—Sí, y se ve que con gran provecho —observó María Pústulas, señalando las paredes cubiertas de leche, y entrecerrando los ojos.

—Ah, María, qué graciosa. Hagamos un pacto. Si tú no intentas mostrarte ingeniosa, yo me abstendré de convertirme en una calientabraguetas que huele a jabón. ¿Qué me dices?

—Me dijiste que te gustaba el olor a jabón.

—Así es. Y bien, hablando de olores... Babas, ve a buscar unos cuantos cubos de agua fría al pozo. Tenemos que refrescar un poco ese barreño para poder bañarte.

—¡Nooo!

—Jones se va a enfadar mucho si no te das prisa —dije yo, blandiéndolo con gesto de desaprobación y ligera amenaza. Jones es un amo severo, intransigente, sin duda por haber sido educado como títere de palo.

Media hora después, un Babas abatido seguía sentado en la caldera humeante, con las ropas puestas. Su caldo natural había convertido el agua blanquecina, jabonosa, en una salsa parduzca y espesa. María Pústulas la revolvía con la pala, cuidándose de no levantar demasiada espuma, para no excitarlo. Yo examinaba a mi pupilo sobre los entretenimientos inminentes de la velada.

—Así pues, como Cornualles está en el mar, ¿cómo vamos a representar al duque, querido Babas?

—Como un fornicador de ovejas —dijo el gigante sin entusiasmo.

—No, muchacho, ése es Albany. Cornualles será fornicador de peces.

—Ah, sí, lo siento, Bolsillo.

—No te preocupes, no te preocupes. Todavía estarás húmedo del baño, me temo, de modo que lo aprovecharemos para la chanza. Unos cuantos resbalones y chapoteos le vendrán bien, y si de ese modo logramos insinuar que la propia princesa Regan es una consorte pez, no se me ocurre que alguien no se divierta.

—Excepto la princesa —dijo María.

—Bien, sí, aunque ella es muy literal y a menudo hay que explicarle una o dos veces por dónde embiste la chanza, para que capte su sentido.

—Así es, una buena embestida es el remedio para el escaso ingenio de Regan —apostilló Jones.

—Así es, una buena embestida es el remedio para el escaso ingenio de Regan —repitió Babas con la voz del títere.

—Sois hombres muertos —suspiró María.

—¡Eres hombre muerto, gilipollas! —pronunció una voz de hombre tras de mí.

Y ahí estaba Edmundo, el hijo bastardo de Gloucester espada en mano, cubriendo la única salida. Iba vestido de negro de los pies a la cabeza, la capa sujeta con un sencillo broche de plata. Los mangos de la espada y la daga eran cabezas de dragón de plata, con ojos de esmeraldas. Tenía una barba negra como el azabache y la llevaba perfectamente recortada. Yo admiro el estilo de que hace gala el bastardo, sencillo, elegante, maligno. Se ha ganado a pulso la oscuridad con que se reviste.

A mí, por otra parte, me llaman El Bufón Negro. No porque sea moro, por más que no albergo reservas contra quienes sí lo son, a los moros se les atribuye un gran talento estrangulando a sus esposas, y no me ofendería que así me llamaran por ello. Pero mi piel es tan nívea como la de cualquier inglés hambriento de sol. No, si me llaman así es por mi vestuario, una mezcla de rombos de raso y terciopelo negros, muy alejado del arco iris de los bufones al uso. Lear me dijo un día: «Negro como tu ingenio será tu atuendo, bufón. Tal vez un nuevo traje te impida retorcerle la nariz a la Muerte. La tumba me sigue los talones, no necesito que irrites a los gusanos antes de mi llegada.» Cuando incluso un rey teme el filo retorcido de la ironía, ¿qué bufón iría desarmado?

—Desenvaina tu arma, bufón —dijo Edmundo.

—Por desgracia, señor, no llevo ninguna —respondí. Jones meneó la cabeza, con gesto desarmado.

Los dos mentíamos, claro. Atadas a la espalda llevaba tres dagas arrojadizas, de hoja endiabladamente afilada, que me había confeccionado mi armero para que las usara durante mis actuaciones bufas, y aunque nunca me había valido de ellas como armas, sí lo había hecho para cortar por la mitad unas manzanas apoyadas en la cabeza de Babas, y las había clavado en unas ciruelas que él sujetaba con la mano extendida, e incluso en unas uvas lanzadas al vuelo. No dudaba que una de ellas podía acabar en el ojo de Edmundo, para que liberara por él su amargura, como si de un absceso reventado con escalpelo se tratara. Si debía aprender una lección, no tardaría en aprenderla. Y, si no, ¿para qué molestarlo?

—Si no ha de ser combate, entonces será asesinato —dijo Edmundo, que se adelantó, apuntándome al corazón.

Yo me retiré y golpeé el filo de su espada con mi títere, que, por meterse en líos, perdió un cascabel de su gorrito.

De un salto me subí al borde de la caldera.

—Pero, señor, ¿por qué malgastar vuestra ira con un bufón pobre e indefenso?

Edmundo me zumbó un mandoble, que yo esquivé de un salto, y me planté en el otro extremo de la caldera. Babas soltó un grito, y María se escondió en un rincón.

—Me has llamado bastardo a gritos, desde las almenas.

—Así es. Os han anunciado como bastardo. Sois, señor,

un bastardo. Y un bastardo de lo más injusto, pues quiere que muera con el sabor de la verdad aún en la lengua. Permitidme que pronuncie una mentira antes de que me ensartéis: qué ojos tan bondadosos los vuestros.

—Pero también has hablado mal de mi madre —añadió, situándose entre mi cuerpo y la puerta. Qué pésima planificación, construir un lavadero con sólo una salida.

—Tal vez haya dado a entender que era una furcia de baja estofa, pero, por lo que dice vuestro padre, tampoco en eso he faltado a la verdad.

—¿Qué? —inquirió Edmundo.

—¿Qué? —repitió Babas como un loro.

—¿Qué? —preguntó María.

—Es cierto, mequetrefe, vuestra madre era una furcia infecta.

—Disculpadme, señor, ser infecto no es tan malo —intervino María Pústulas, lanzando un rayo de optimismo sobre esa edad de tinieblas—. A las furcias se las acusa injustamente, pero a mí me parece que son mujeres con experiencia. Con mundo, si lo preferís.

—Esta fulana tiene razón, Edmundo. Pero, salvo por el lento descenso hacia la locura y la muerte, con pedazos de ti mismo descolgándose, la infección venérea es una verdadera bendición —dije yo, alejándome del radio de acción de la espada del bastardo, que me perseguía alrededor de toda la caldera—. Tomad a María como ejemplo. Eso, buena idea. Tomad a María. ¿Por qué malgastar vuestra energía, después de un largo viaje, asesinando a un bufoncillo cualquiera cuando podéis disfrutar de los placeres de una ramera cachonda que no sólo está dispuesta, sino que está impaciente, y que huele maravillosamente a jabón?

—Eso —dijo Babas, expeliendo espuma por la boca—. Es la imagen misma de la belleza.

Edmundo bajó la punta de la espada y miró a Babas por primera vez.

—¿Estás comiendo jabón?

—Sólo un pedacito —balbució el majadero entre burbujas—. Iban a tirarlo.

Edmundo volvió a fijarse en mí.

—¿Por qué estás hirviendo a este tipo?

—No he podido evitarlo —dije yo. (Qué exagerado ese bastardo, el agua apenas humeaba, y lo que parecía ebullición eran en realidad las ventosidades subacuáticas de Babas.)

—Un gesto amable, joder. De lo más corriente, ¿no? —dijo María.

—Hablad bien, vosotros dos. —El bastardo se ladeó y, sin darme tiempo para ver qué sucedía, acercó mucho la punta de la espada al pescuezo de María—. Pasé nueve años en Tierra Santa matando sarracenos, de modo que acabar con una o dos personas más no me importa en absoluto.

—¡Esperad! —De un salto, volví a acercarme al borde de la caldera, y me llevé la mano libre a la espalda—. Esperad. Está recibiendo un castigo. Lo ha ordenado el rey. Por atacarme.

—¿Un castigo? ¿Por atacar a un bufón?

—«Que lo hiervan vivo», ordenó el rey.

Yo iba acercándome despacio a Edmundo, bordeando la caldera, en un intento de alcanzar la puerta. Me hacía falta ver bien, y, si se movía, no quería que el filo se hundiera en María.

—Todos saben el afecto que siente el rey por este bufón pequeño y negro —añadió María, asintiendo con entusiasmo.

—¡A la mierda! —gritó Edmundo, retirando la espada para clavársela.

María gritó. Yo extraje de su escondite una de mis dagas, la agarré por el filo, y me disponía a lanzarla al corazón de Edmundo cuando, con un golpe seco, algo se estrelló contra su cogote, y se dio de bruces contra la pared: la espada cayó al suelo, a mis pies, con gran estruendo.

Babas se había puesto en pie en la caldera y sostenía la pala de María, en la que había quedado pegado un mechón de pelo negro y un pedazo de piel ensangrentada del cuero cabelludo.

—¿Has visto eso, Bolsillo? Ha caído redondo.

Para Babas, todo aquello era una pantomima. Edmundo no se movía y, por lo que se veía, tampoco respiraba.

—Por las santas pelotas del Señor, Babas, has matado al hijo del conde. Ahora sí que nos van a colgar a todos.

—Pero es que iba a lastimar a María.

María se había sentado en el suelo, junto al cuerpo postrado de Edmundo, y empezó a acariciarle la única parte del pelo que no parecía manchada de sangre.

—Y yo que quería apaciguarlo a mi manera...

—Te habría matado sin pensarlo dos veces.

—Ah, los hombres y su temperamento. Miradlo, tiene un tipazo, ¿verdad? Y además es rico. —Le quitó algo del bolsillo—. ¿Qué es esto?

—Bien hecho, casquivana, por si el coma no fuera poco, ahora le robas, y claro, mejor ahora que aún está caliente, y las pulgas no lo han abandonado en pos de puertos más animados. Se nota que la Iglesia ha hecho mella en ti.

—No le estoy robando nada. Mira, es una carta.

—Dámela.

—¿Sabes leer? —Los ojos de la lavandera se abrieron como platos, más que si le hubiera confesado mi don para convertir el plomo en oro.

—Me crie en un convento, zorra. Soy una biblioteca ambulante de sabiduría, encuadernada en piel agradable al tacto, acariciable..., a tu servicio, en caso de que te apetezca compensar tu falta de formación con algo de cultura, o viceversa, claro está.

En ese momento, Edmundo tragó aire, y se revolvió en el suelo.

—¡Carajo! El bastardo está vivo.

3

Nuestro propósito más secreto*

—Pues ésta es la carta con más embustes que he leído en mi vida —dije yo. Estaba sentado sobre la espalda del bastardo, con las piernas cruzadas, leyendo la epístola que le había escrito a su padre: «Y mi señor debe entender lo injusto que resulta que yo, el producto de la verdadera pasión, me vea despojado de respeto y posición mientras que se reverencia a mi hermanastro, que es producto de un lecho de deber y de rutina.»

—Es cierto —dijo el bastardo—. ¿Acaso mis hechuras no son dignas, mi mente aguda, mi...?

—Vos sois un quejica y un capullo —añadí, envalentonado tal vez por el peso de Babas, que se había sentado sobre sus piernas—. ¿Qué creíais que ibais a ganar entregando esta carta a vuestro padre?

—Que tal vez se ablandara y me cediera la mitad de la herencia y del título de mi hermanastro.

—¿Por qué? ¿Porque vuestra madre tenía mejor polvo que la de Edgar? Además de bastardo, sois idiota.

—¿Qué sabes tú?, enano.

Sentí la tentación, entonces, de asestarle un mamporro en la cabeza con el títere, o mejor aún, de cortarle el pescuezo con

* Shakespeare, «Nuestro propósito más secreto», *El rey Lear*, acto I, escena I (rey Lear).

—39—

su propia espada, pero, por más que el rey me favorezca, favorece más aún el orden del que obtiene el poder. El asesinato del hijo de Gloucester, por más merecido que fuera, no quedaría impune. En cualquier caso, habría cavado mi propia tumba si hubiera consentido que el bastardo se levantara sin haberse aplacado su ira. Le había pedido a María Pústulas que se ausentara, con la esperanza de ahorrarle cualquier muestra de cólera que pudiera producirse. Me hacía falta alguna amenaza con la que amansar la mano de Edmundo, pero no hallaba ninguna. Soy el menos poderoso de todos los seres que pueblan la corte. Mi única influencia es suscitar la ira de otros.

—Sé bien qué es verse usurpado por un accidente de nacimiento, Edmundo.

—Nosotros no somos iguales. Tú eres más plebeyo que el polvo de los campos. Y yo no.

—¿Acaso no sé, Edmundo, qué significa que se me insulte llamándome lo que soy? Si yo os llamo bastardo, y vos me llamáis bufón, ¿podemos responder como hombres?

—Nada de acertijos, bufón. No me noto los pies.

—¿Y para qué querríais notároslos? ¿Eso os excita? ¿Tendrá que ver con la disipación de la clase dominante de la que tanto oigo hablar? ¿Tan accesibles os resultan los placeres de la carne que habéis de pergeñar ingeniosas perversiones para que vuestras cañerías congénitas, gastadas, cobren protagonismo? Necesitáis sentiros los pies, o golpear al mozo de cuadra con un conejo muerto para saciar vuestros rastreros picores libidinosos, ¿no es cierto?

—¿De qué hablas, bufón? No me siento los pies porque tengo a un gran botarate sentado sobre mis piernas.

—Ah, es cierto, lo siento. Babas, levántate un poco, pero no dejes que se ponga en pie. —Me retiré de su espalda y me dirigí a la puerta del lavadero, desde donde él podía seguir viéndome—. Lo que vos queréis son propiedades y título. ¿No imagináis lo que obtendrías con vuestras súplicas?

—La carta no es una súplica.

—Queréis la fortuna de vuestro hermano. ¿No creéis que

una carta suya convencería más a vuestro padre de vuestros méritos?

—Él no escribiría jamás una carta semejante y, además, a él no le hace falta solicitar sus favores, pues ya goza de ellos.

—En ese caso, tal vez se trate de lograr que el favor del que goza Edgar paséis a gozarlo vos. Y eso lo lograría una carta, sí, pero la carta justa. Una misiva que os envíe él, y en la que os exprese la impaciencia por tener que esperar a recibir la herencia, y en la que os pida ayuda para usurpar el título a vuestro padre.

—Estás loco, bufón. Edgar jamás escribiría una carta semejante.

—Yo no he dicho que vaya a hacerlo. ¿Estáis en posesión de algo escrito de su puño y letra?

—Sí, un aval que pensaba entregar a un mercader de lanas de Barking Upminster.

—¿Sabéis, tierno bastardo, qué es un *scriptorium*?

—Sí, la estancia de un monasterio en la que se copian documentos..., biblias, y demás.

—En efecto. Y, de este modo, el accidente de mi nacimiento es el remedio del vuestro, pues por no tener siquiera un padre que me reconociera, me crie en un convento que contaba con uno de esos recintos, donde, sí, enseñaron a un niño a copiar documentos, pero, para el propósito secreto que nos ocupa, le enseñaron a copiarlos con la letra exacta que aparecía en la página a copiar, copiada a su vez por un predecesor, al que había antecedido... Letra a letra, trazo a trazo, la misma letra de un hombre que llevaba mucho tiempo muerto y enterrado.

—¿De modo que eres un maestro de la falsificación? Y si te criaste en un convento, ¿cómo es que eres bufón, y no monje, o sacerdote?

—¿Cómo es que vos, hijo de un conde, debéis implorar clemencia a un mentecato enorme que os aplasta con su peso? Todos somos bastardos del destino. ¿Escribimos ya esa carta, Edmundo?

Estoy seguro de que me habría hecho monje, de no ser por la anacoreta. En lo más que me habría aproximado a la corte habría sido en las plegarias por el perdón de los crímenes de guerra de algunos nobles. ¿Acaso no fui criado para la vida monástica desde el momento en que madre Basila me encontró lloriqueando en los peldaños de la abadía, en Lametón de Perro, a orillas del río Rezumo?

No conocí a mis padres, pero madre Basila me contó en una ocasión que creía que mi madre podría haber sido una loca del pueblo que se había ahogado en el río poco después de que yo apareciera a las puertas del convento. Si eso era así, según la abadesa, mi madre habría estado tocada por la mano de Dios (como los bufones con don natural), y a ello se debía que yo hubiera aparecido en la abadía, como niño especial de Dios.

Las monjas, casi todas de noble cuna, segundas y terceras hijas que no encontraban esposos de su alcurnia, me adoptaron como su nueva mascota. Yo era tan diminuto que la abadesa me llevaba metido en el bolsillo de su delantal, y de ahí me viene el nombre: El Bolsillito de la Abadía del Lametón de Perro. Yo era la novedad, el único varón en un mundo femenino, y las monjas se peleaban por llevarme en el bolsillo de su delantal, por más que no conservo ningún recuerdo de esa época. Más tarde, cuando aprendí a caminar, me subían a la mesa, durante las comidas, y me hacían desfilar por ella, arriba y abajo, enseñándoles el pitín, único apéndice en aquel reducto de mujeres. Hasta que tenía siete años no supe que uno podía desayunar con los pantalones puestos. Y, a pesar de todo, siempre me sentí separado del resto, una criatura distinta, aislada.

Me permitían dormir en el suelo, en los aposentos de la abadesa, pues ella contaba con una alfombra, regalo del obispo. En las noches más frías, ella me autorizaba a meterme entre las mantas, para que le calentara los pies, salvo cuando alguna otra monja se me adelantaba en tal empeño.

La madre Basila y yo éramos compañeros inseparables, incluso después de que creciera y abandonara su afecto marsupial. Asistía a las misas y a los rezos con ella, todos los días, desde que me alcanzaba la memoria. Cómo me gustaba verla afeitarse cuando salía el sol, limpiar el filo de la navaja sobre la tira de cuero, eliminar con cuidado las patillas negrísimas que le crecían a ambos lados de la cara. Ella me enseñó a eliminar el bozo, y a tirar de la piel del cuello para no cortarme la nuez. Pero era una señora severa, y yo debía rezar cada tres horas, como las demás monjas, así como llevarle el agua para el baño, cortar leña, fregar los suelos, cuidarme del huerto, además de estudiar matemáticas, el catecismo, latín, griego y caligrafía. Al cumplir los nueve años ya sabía leer y escribir en tres idiomas, y recitar las *Vidas de los Santos* de memoria. Vivía para servir a Dios y a las monjas de Lametón de Perro, con la esperanza de ser ordenado sacerdote algún día.

Y así podría haber sido. Pero una mañana llegaron obreros a la abadía, canteros y albañiles, y en cuestión de días construyeron una celda en uno de los pasadizos abandonados de la rectoría. Íbamos a tener a nuestro propio anacoreta, o, en nuestro caso, a nuestra propia anacoreta. Una sierva tan devota del Señor que sería emparedada en su celda, a la que se dejaría sólo una pequeña abertura por la que recibiría alimento y bebida. Allí pasaría el resto de su vida, convertida, literalmente, en parte de la iglesia, rezando e impartiendo su sabiduría a los habitantes del pueblo a través de su ventanuco, hasta que Dios la acogiera en su seno. Después del martirio, aquel era el mayor acto de devoción al que podía entregarse una persona.

Todos los días me escapaba de los aposentos de la madre Basila para seguir el avance de las obras, con la esperanza de recibir, de algún modo, parte de la gloria que recaería sobre la anacoreta. Pero, a medida que los muros se alzaban, constataba que allí no se dejaba abertura alguna, que no se construía ningún ventanuco por el que los aldeanos pudieran recibir sus bendiciones, como era costumbre.

—Nuestra anacoreta será muy especial —explicó la madre Basila con su firme voz de barítono—. Es tan devota que sólo dirigirá la mirada a aquellos que le traigan alimentos. No la distraerán de sus plegarias por la salvación del rey.

—¿Es la que vela por el monarca?

—Ella, y no otra —respondió la madre Basila. El resto de nosotros estábamos obligados, a cambio de un pago, a rezar por el perdón del conde de Sussex, que había matado a miles de inocentes durante la última guerra con los belgas, y que se abrasaría en las ascuas del Infierno a menos que pudiera cumplir su penitencia, que el propio papa había pronunciado, y que ascendía a siete millones de Avemarías por cada campesino. (Incluso con una dispensa y un cupón del cincuenta por ciento comprado en Lourdes, el conde no pasaba de mil Avemarías por penique, de modo que Lametón de Perro se estaba convirtiendo en un convento muy próspero a costa de sus pecados.) Pero nuestra anacoreta respondería por los pecados del mismísimo rey. Se decía que éste había perpetrado algunas maldades de gran calibre, por lo que sus plegarias tendrían que ser muy poderosas.

—Por favor, madre, os lo ruego, dejadme llevar comida a la anacoreta.

—Nadie debe verla, ni hablar con ella.

—Pero alguien tiene que llevarle el alimento. Dejadme que sea yo. Os prometo que no miraré.

—Lo consultaré con el Señor.

No vi llegar a la anacoreta. Simplemente, se supo que ya se encontraba en la abadía, y que los obreros la habían emparedado. Yo seguí implorando a la abadesa, durante aquella semana, que me concediera el deber sagrado de alimentarla, pero no me fue permitido atender a la anacoreta hasta una circunstancia en que la madre Basila debía pasar la noche a solas con Mandy, una joven hermana, rezando en privado por el perdón de alguien a quien la abadesa definió como «juerguista de mucho cuidado».

—De hecho —dijo la reverenda madre—, te quedarás ahí, junto a la celda, hasta la mañana, a ver si aprendes algo de devoción. No regreses hasta la mañana. Y que no sea temprano. Cuando regreses, tráenos té y bollos. Y mermelada.

Mientras me dirigía al pasadizo largo y oscuro, portando un plato de pan con queso y una jarra de cerveza, me pareció que no iba a soportar tanta emoción. Había imaginado que tal vez vería la gloria de Dios brillar desde el ventanuco, pero cuando llegué allí no había más abertura que una tronera como las de la muralla de un castillo, en forma de cruz. Las piedras se estrechaban de modo que la abertura terminara en punta. Era como si los albañiles sólo conocieran una única forma para las ventanas de los muros anchos. (Resulta curioso que las aspilleras y las troneras, mecanismos de muerte, adopten en su forma la señal de la cruz, símbolo de misericordia, aunque pensándolo mejor, supongo que la cruz también es un mecanismo de muerte en sí mismo.) La abertura era apenas lo bastante ancha como para pasar la jarra. El plato pasaría con dificultades por el travesaño horizontal de la cruz. Aguardé. El interior de la celda estaba en penumbra. Una sola vela, en la pared, al otro lado de la tronera, daba la única luz.

Presa del temor, me puse a escuchar por si oía a la anacoreta recitar las novenas. Pero allí no se oía siquiera el susurro de una respiración. ¿Estaría dormida? ¿Sería grave el pecado de interrumpir las oraciones de alguien tan santo? Dejé plato y jarra en el suelo y traté de ver algo en la oscuridad de la celda, de contemplar, tal vez, su resplandor.

Y entonces lo vi. El tenue brillo de la vela reflejado en un ojo. Ella estaba ahí, sentada, a escasos dos palmos de la abertura. Retrocedí de un salto hasta el muro más lejano del pasadizo, y al hacerlo volqué la jarra.

—¿Te he asustado? —oí preguntar a una mujer.

—No, no. Estaba sólo..., soy... Perdonadme. Vuestra piedad me sobrecoge.

Y en ese instante ella se echó a reír. Era una risa triste, como retenida largo tiempo y emitida casi entre sollozos. Pero era una risa, y la perplejidad se apoderó de mí.

—Lo siento, señora...

—No, no lo sientas. No te atrevas a sentirlo, muchacho.

—No lo siento. No me atreveré.

—¿Cómo te llamas?

—Bolsillo, madre.

—Bolsillo —repitió ella, y se rio un poco más—. Has derramado mi cerveza, Bolsillo.

—Sí, madre. ¿Queréis que vaya a buscaros más?

—Si no quieres que la gloria de mi maldita Divinidad nos queme a los dos, será mejor que lo hagas, ¿verdad, amigo Bolsillo? Y cuando regreses, quiero que me cuentes una historia que me haga reír.

—Sí, madre.

Y ése fue el día en que mi mundo cambió.

—Refréscame la memoria: ¿por qué no matamos a mi hermano y ya está? —preguntó Edmundo. De falsificación de garabatos a asesinato en una hora escasa; en asuntos de villanía, el bastardo resultaba un alumno aventajado.

Yo había tomado asiento y, con la pluma en la mano, aguardaba en mi pequeño aposento, sobre la barbacana de la puerta fortificada que se alzaba en la muralla exterior del castillo. En él dispongo de mi propia chimenea, de una mesa, dos taburetes, un lecho, un armario para guardar mis cosas y un colgador para mi gorro y mis ropas. En el centro de la estancia hay dispuesta una gran caldera para calentar el aceite que se vierte sobre una fuerza de asedio, a través de unos orificios abiertos en el suelo. Exceptuando el estruendo de las cadenas cada vez que se sube y se baja el puente levadizo, se trata de una madriguera acogedora para entregarse al sueño u otros deportes que requieren de la posición horizontal. Y lo mejor de todo es que se trata de un espacio privado, que cuenta con un gran cerrojo en la puerta. Incluso entre los nobles, la privacidad escasea, pues en ese estamento la conspiración está a la orden del día.

—Aunque se trata de un procedimiento atractivo, a menos que Edgar caiga en desgracia, sea desheredado y sus propiedades pasen a ser vuestras, lo cierto es que las tierras y el título podrían acabar en manos de algún primo legítimo, o peor aún, vuestro padre podría emprender la labor de engendrar un nuevo heredero legítimo.

Me estremecí ligeramente al pensarlo, como lo habrían hecho, sin duda, un puñado de doncellas del reino, perturbado por la visión mental de los flancos marchitos de un Gloucester desnudo y a punto de entregarse a la tarea de fabricar un heredero sobre su aristocracia núbil. Seguro que todas ellas se agolparían en la puerta del convento para librarse de semejante honor.

—No lo había pensado —dijo Edmundo.

—¿De veras? ¿No pensáis? Qué sorpresa. Aunque un simple envenenamiento pueda parecer más limpio, la carta es el arma más afilada. —Si conseguía orientar correctamente al bribón, tal vez sirviera a mis propósitos—. Yo podría redactar esa carta. Sutil, pero acusatoria. Y vos seréis conde de Gloucester antes de que la tierra cubra el cadáver aún caliente de vuestro padre. Con todo, tal vez la carta por sí sola no baste.

—Habla, bufón. Por más que me encantaría acallar tus graznidos, te ruego que hables.

—El rey favorece a vuestro padre y a vuestro hermano, razón por la que han sido convocados al castillo. Si Edgar se promete con Cordelia, lo que podría suceder antes del alba, bien…, con la dote de la princesa en su poder, carecerá de motivo para recurrir a la traición que queremos atribuirle falsamente. Vos quedaréis con los colmillos al descubierto, noble Edmundo, y el hijo legítimo será aún más rico.

—Yo me encargaré de que no se prometa con Cordelia.

—¿Cómo? ¿Le contaréis cosas horrendas de ella? Sé de buena tinta que tiene los pies como barcazas. Se los atan bajo el vestido para que no se le vean cuando camina.

—De que no se celebre ese matrimonio ya me encargo yo, hombrecillo, no te preocupes. Pero la carta es asunto tuyo.

Mañana Edgar se desplazará a Barking a entregar los avales, y yo regresaré a Gloucester con mi padre. En ese momento me encargaré de que encuentre la misiva, pues de ese modo, en su ausencia, tendrá tiempo de regodearse en su ira.

—Rápido, que no quiero malgastar el pergamino, prometedme que no permitiréis que Edgar se case con Cordelia.

—De acuerdo, bufón, prométeme tú que no dirás a nadie que la carta ha salido de tu pluma, y yo te prometeré lo que me pides.

—Lo prometo —dije yo—, por las pelotas de Venus.

—Entonces también lo prometo yo —replicó el bastardo.

—De acuerdo entonces —proseguí, hundiendo la pluma en el tintero—. Aunque el asesinato sería un plan más simple.

A decir verdad, Edgar, el hermano del bastardo, nunca me había caído bien. Se trata de un joven sincero y sin doblez, y a mí no me dan buena espina las personas de apariencia tan franca. Deben de tramar algo. Por supuesto, la idea de que Edmundo acabara ahorcado, con la lengua negra, acusado del asesinato de su hermano, me atraía considerablemente: ¿a qué bufón no le gusta el esparcimiento?

No tardé ni media hora en redactar una carta tan astuta y salpicada de traición que todo padre habría estrangulado a su hijo al momento y, de no tenerlo, se habría machacado las pelotas con un ariete para disuadir a conspiradores aún no nacidos. Se trataba de una obra maestra, no sólo de la falsificación, sino también de la manipulación.

—Me hará falta vuestra daga, señor —dije.

Edmundo quiso quitarme la carta, pero yo me alejé de él.

—Dadme antes el cuchillo, buen bastardo.

Edmundo se echó a reír.

—Toma mi daga, bufón, aunque no por ello estarás más a salvo. Aún conservo la espada.

—Así es, yo mismo os la he entregado. La daga la necesito para separar el lacre del aval, y meter la carta dentro. Deberéis rasgarla sólo en presencia de vuestro padre, como si sólo entonces descubrierais la naturaleza siniestra de vuestro hermano.

—Ah —comprendió por fin Edmundo.

Me alargó el arma. Realicé la operación con cera de sellar y una vela y, junto con la carta, le devolví la daga. ¿Podría haber usado uno de mis puñales para la tarea? Por supuesto, pero no era momento de que Edmundo supiera de su existencia.

Apenas el bastardo se metió la carta en el bolsillo, desenvainó la espada y me la acercó peligrosamente al pescuezo.

—Creo que, para silenciarte, mejor esto que tu promesa.

Permanecí inmóvil.

—De modo que lamentáis haber nacido sin gozar del favor de nadie. ¿Y qué favor obtendréis matando al favorito del rey? Doce guardias os han visto entrar aquí.

—Correré el riesgo.

En ese preciso instante, las cadenas que atravesaban mi aposento empezaron a agitarse, resonando como si cientos de prisioneros sufrientes estuvieran encadenados a ellas, y no sujetaran una plancha de hierro y roble. Edmundo miró en su dirección, y yo aproveché para agazaparme en el otro extremo de la estancia. El viento penetró a través de las aspilleras que me hacían las veces de ventanas, y apagó la vela que había usado para derretir la cera. El bastardo se volvió y se colocó frente a las aspilleras, y la habitación quedó a oscuras, como si alguien hubiera arrojado un manto sobre el día. La silueta dorada de una mujer resplandeció entonces en el aire, junto al negro muro.

El fantasma dijo: «Mil años de tortura aguardan al bribón que de algún modo ose lastimar a un bufón.»

Yo sólo veía a Edmundo gracias al fulgor que emitía el propio espíritu, pero supe que avanzaba de lado, como los cangrejos, en dirección a la puerta que conducía al muro de poniente, y que, desesperado, palpaba en busca del pasador. Al dar con él, tiró del pomo y desapareció al instante. La luz inundó mi pequeña estancia, y contemplé de nuevo el Támesis por entre las almenas de piedra.

—Bien rimado, fuego fatuo —dije al aire vacío—. Bien rimado.

4

El dragón y su ira*

—No desesperes, muchacho —le dije a Catador—. Las cosas no van tan mal como parece. El bastardo impedirá los planes de Edgar, y estoy relativamente seguro de que Francia y Borgoña se dan por detrás el uno al otro, y jamás permitirán que una princesa se interponga en su camino..., aunque apuesto a que le quitarían las prendas de su ropero de no guardarlas ella bajo llave. De modo que no hay nada que temer. Cordelia seguirá en la Torre Blanca para atormentarme, como siempre.

Nos encontrábamos en una antecámara, junto al Gran Salón. Catador, sentado con la cabeza apoyada en las manos, parecía más pálido que de costumbre. Delante de él, sobre la mesa, aguardaba una montaña de comida.

—Al rey no le gustan los dátiles, ¿verdad? —me preguntó Catador—. Es improbable que se coma los que le han ofrecido como presente, ¿no crees?

—¿Son regalos de Regan o de Goneril?

—Así es, han venido cargadas con la despensa entera.

—Lo siento, muchacho, en ese caso me temo que tienes mucho trabajo por delante. Que no estés más gordo que un cura, con todo lo que te obligan a tragar, es algo que escapa a mi comprensión.

* Shakespeare, *El rey Lear*, acto I, escena I (rey Lear).

—Burbuja dice que una ciudad de lombrices debe vivir en mi trasero, pero no es eso. Tengo un secreto, pero no puedes contárselo a nadie...

—Vamos, muchacho, si casi no te presto atención.

—¿Y éste? —me preguntó, señalando a Babas, que se había acuclillado en un rincón, y acariciaba uno de los gatos del castillo.

—Babas —lo llamé—. ¿Estará a salvo, contigo, el secreto de Catador?

—Oculto en las tinieblas de una vela apagada —declamó el idiota imitando mi voz—. Confiar un secreto a Babas es como arrojar tinta sobre un mar nocturno.

—Ya lo ves —corroboré yo.

—Bien —susurró Catador, mirando a un lado y a otro, como si alguien quisiera acercarse a nuestro miserable corrillo—. Enfermo con frecuencia.

—Por supuesto que enfermas. Estamos en la Edad Media, y todo el mundo tiene la peste, o la viruela. Pero, vamos, no creo que tengas la lepra, ni que se te caigan los dedos de las manos y los pies como si fueran pétalos de rosa, ¿verdad?

—No, no me refiero a eso. Es que vomito casi cada vez que como.

—Ah, vaya, así que eres un vomitón. No te preocupes, Catador. Conservas la comida en el vientre lo bastante como para que te mate si estuviera envenenada, ¿no?

—Supongo —respondió, mordisqueando un dátil relleno.

—En ese caso, cumples con tu obligación. Bien está lo que bien acaba. Pero volvamos de nuevo a lo que me preocupa. ¿Crees que Francia y Borgoña son bujarrones, o es que, ya sabes, son sólo franceses?

—Pero si ni siquiera los he visto.

—Ah, sí, tienes razón. ¿Y tú, Babas? ¿Babas? ¿Babas? ¡Deja eso!

Babas apartó el gatito húmedo de su boca.

—Pero es que él ha empezado a lamerme antes a mí. Y tú me dijiste un día que era una muestra de buena educación...

—Yo te hablaba de otra cosa completamente distinta. Deja ese gato en el suelo.

La pesada puerta se abrió con un chirrido y el conde de Kent hizo su entrada en la antecámara con la misma discreción de una campana de iglesia que cayera rodando escaleras abajo. Se trata de un hombretón ancho de hombros, y aunque se mueve con gran fuerza —considerando lo avanzado de su edad—, la Gracia y la Sutileza siguen siendo sonrosadas vírgenes en su séquito.

—Al fin te encuentro, niño.

—¿Niño? ¿Qué niño? —pregunté yo—. Yo no veo a ningún niño.

Cierto era que sólo le llegaba al hombro, y que, pesados en una balanza, en mi platillo deberían poner a otro, además de a un cochinillo, para nivelarla, pero hasta a los bufones hay que tratarlos con un mínimo de respeto. Excepto si eres el rey, claro.

—Está bien, está bien, sólo quería pedirte que esta noche no te ensañes ni con la debilidad ni con la vejez. El rey lleva toda la semana hablando de «avanzar a rastras hacia la muerte sin ningún peso».* Creo que es por el peso de sus pecados.

—Si no fuera tan rematadamente viejo, reírse de vuestra vejez no tendría gracia, ¿verdad? Que seáis viejo no es culpa mía.

Kent esbozó una sonrisa.

—Bolsillo, no ofenderás a tu señor deliberadamente.

—Así es, Kent, y con Goneril, Regan y sus hombres presentes no harán falta las burlas geriátricas. ¿Es por eso por lo que el rey sólo se ha dejado acompañar por vos esta semana? ¿Para lamentarse por los muchos años que tiene? ¿Entonces no ha estado planeando el matrimonio de Cordelia?

—Ha hablado de ello, sí, pero sólo como parte de su legado completo, de propiedades e historia. Cuando me he ausentado, parecía decidido a mantener unido el reino. Y me ha

---

* Shakespeare, *El rey Lear*, acto I, escena I (rey Lear).

ordenado que saliera mientras él recibía en audiencia privada al bastardo, Edmundo.

—¿Está hablando con el rey? ¿Él solo?

—Así es. El bastardo ha apelado a los años de servicio de su padre para solicitar el favor.

—Debo acudir junto al rey de inmediato. Kent, quedaos con Babas, si sois tan amable. Hay comida y bebida a vuestra disposición. Catador, muéstrale al bueno de Kent cuáles son los mejores dátiles. ¿Catador? ¿Catador? Babas, zarandéalo, parece que se ha quedado dormido.

En ese momento sonó la fanfarria de una única trompeta anémica, pues los otros tres trompetistas habían sucumbido recientemente al herpes (una pupa en el labio es tan mala para quien toca la trompeta como una flecha en el ojo para el arquero. El canciller los había mandado matar, o tal vez los hubiera puesto a tocar el tambor, no lo sé. Lo que digo es que no tocaban la trompeta.)

Babas dejó el gatito y se puso en pie con dificultad.

—«A las tres hijas ofenderá, y el rey, ¡ay, Dios!, bufón será» —declamó el gigante con voz aguda, femenina.

—¿Dónde has oído eso? ¿Babas? ¿Quién ha dicho eso?

—Bonita —respondió, palpando el aire con sus grandes manazas como si acariciara los pechos de una mujer.

—Es hora de irse —dijo Kent. El viejo guerrero abrió la puerta que daba al salón.

Se encontraban todos de pie, en torno a una gran mesa —redonda, de acuerdo con la tradición de un monarca largamente olvidado—, abierta en su centro para que los criados pudieran servir, los oradores hablar y Babas y yo actuar. Kent se situó junto al trono del rey. Yo permanecí cerca de algunos escuderos, que se agrupaban junto a la chimenea, y le hice una seña a Babas para que se ocultara tras uno de los pilares de piedra que sostenían la bóveda. Los bufones no tenemos sitio asignado a la mesa. En la mayoría de las ocasiones yo me situaba a los pies del rey para proporcionarle réplicas ingeniosas, críticas y observaciones agudas durante las comidas, pero sólo si requería mis servicios. Y Lear llevaba una semana sin llamarme.

Entró el monarca en el salón con la cabeza muy alta, posando la mirada en cada uno de los invitados hasta que, fijándola en Cordelia, sonrió. Hizo una seña para que los invitados tomaran asiento, y éstos obedecieron.

—Edmundo —dijo el rey—. Id a buscar a los príncipes de Francia y de Borgoña.

Edmundo hizo una reverencia al rey y retrocedió hasta la entrada principal del salón, antes de mirarme y guiñarme un ojo, indicándome que me uniera a él. El miedo se apoderó de mi pecho como una serpiente negra. ¿Qué había hecho el bastardo? Debería de haberle rebanado el pescuezo cuando tuve ocasión.

Avancé muy pegado a la pared, tratando de pasar inadvertido, labor que dificultaban los cascabeles que llevaba cosidos a los zapatos. El rey me miró un instante, antes de apartar de mí sus ojos, como si la visión fuera a pudrírselos.

Una vez que franqueé la puerta, Edmundo tiró de mí hacia un lado, bruscamente. El escudero corpulento que seguía plantado junto al umbral bajó menos de un palmo el filo de su alabarda y frunció el ceño, observando al bastardo. Edmundo me soltó, desconcertado, como si hubiera sido su mano la que lo hubiera traicionado.

(Suelo llevar alimentos y bebida a los soldados que montan guardia durante los banquetes. Creo que está escrito en las *Ofuscaciones de San Pesto*: «En nueve de cada diez casos, un amigo corpulento con alabarda gran bendición tiende a ser.»)

—¿Qué habéis tramado, bastardo? —le pregunté entre susurros coléricos y no exentos de salivazos.

—Sólo lo que querías, bufón. Tu princesa no encontrará marido, eso te lo aseguro, pero ni tus hechizos te servirán de nada si revelas mi estrategia.

—¿Mis hechizos? ¿Qué? Ah, es por el fantasma.

—Sí, por el fantasma y por el pájaro. Cuando cruzaba el almenaje, un cuervo me ha llamado pajillero y se me ha cagado en el hombro.

—Cierto, mis secuaces andan por todas partes —admití yo—, y haréis bien en temer mi dominio sobrenatural de las órbitas celestes, así como mi control sobre los espíritus y demás. Pero, a riesgo de que suelte sobre vos algo desagradable en extremo, decidme: ¿qué le contasteis al rey?

Edmundo sonrió, y aquella sonrisa me preocupó más que el filo de su espada.

—Hoy mismo he oído que las princesas hablaban entre ellas del afecto que profesaban a su padre, y saberlo me ha instruido sobre su carácter. Me he limitado a insinuarle al rey que ese mismo conocimiento podría servirle para aligerar su carga.

—¿Qué conocimiento?

—Descúbrelo por ti mismo, bufón. Yo he de ir en busca de los pretendientes de Cordelia.

Y se ausentó. El guardia me abrió la puerta, y yo regresé al salón, donde me situé cerca de la mesa.

Al parecer, el rey acababa de pasar lista, por así decirlo, de pronunciar los nombres de todos sus amigos y familiares presentes en la corte, proclamando el amor que sentía por todos ellos y, en los casos de Kent y Gloucester, recordando su larga historia de batallas y conquistas en común. El rey se ve algo encorvado, está flaco y tiene el pelo blanco, pero en sus ojos brilla todavía un fuego helado..., su rostro recuerda al de un ave de presa a la que acabaran de quitarle la caperuza, presto para el ataque.

—Soy viejo, y la responsabilidad y las propiedades son cargas que me pesan ya gravemente, de modo que, para evitar conflictos futuros, propongo dividir mi reino y entregarlo a fuerzas más jóvenes, para poder yo avanzar a rastras hacia la muerte ligero de corazón.

—¿Qué puede haber mejor que avanzar a rastras hacia la muerte ligero de corazón? —dije en voz baja a Cornualles, el gran villano. Me había agazapado entre él y su duquesa, Regan. La princesa Regan es alta, muy blanca, de cabellos negros como ala de cuervo y tiene debilidad por los vestidos de terciopelo rojo y por los granujas, defectos graves ambos, de no ser por lo útiles y placenteros que han acabado resultando a este contador de historias.

—Oh, Bolsillo, ¿has traído los dátiles rellenos que te he mandado a buscar? —me preguntó Regan.

Y, además, generosa hasta la exageración.

—¡Silencio, conejita en salsa! —chisté yo—. Vuestro padre está hablando.

Cornualles desenvainó su daga, y yo me aparté en dirección a Goneril.

Lear proseguía:

—Estas propiedades y poderes los dividiré entre mis yernos, el duque de Albany y el duque de Cornualles, y el pretendiente que tome la mano de mi amada Cordelia. Pero también he de determinar quién obtendrá la parte en la que se da la mayor abundancia, y para ello pregunto a mis hijas: ¿Cuál de las tres me ama más? Goneril, vos que sois la mayor, hablad primero.

—Vos tranquila, calabacita mía —susurré yo.

—Todo controlado, bufón —replicó ella y, esbozando una amplia sonrisa, con no poca gracia, avanzó por el exterior de la mesa redonda en dirección al centro, haciendo reverencias a todos los invitados al pasar frente a ellos. Goneril es más baja y bastante más entrada en carnes que sus hermanas, más dotada que ellas de busto. Tiene los ojos como un cielo gris parco en esmeraldas, y el pelo amarillo sol, parco en destellos rojizos. Su sonrisa baña las miradas como el agua fresca en la boca de un marinero sediento.

Aproveché para sentarme en su silla.

—Hermosa criatura, sí señor —le dije al duque de Albany—. Ese pecho que tiene, su manera de ladearse un poco, me refiero a cuando está desnuda, ¿os molesta en modo alguno? Hace que uno se pregunte cómo será posar en él la mirada..., algo así como mirar a un bizco, siempre te parece que está hablando con otra persona.

—Cállate, bufón —dijo Albany. Albany es casi veinte años mayor que Goneril, y su aspecto, me parece a mí, es anodino y aborregado, aunque no lo veo tan sinvergüenza como al noble medio. No lo detesto.

—Claro que sin duda forma parte integrante de un par, no es en absoluto un pecho errante que haya emprendido una misión por sí mismo. En una mujer, me gusta algo de asimetría. Cuando la naturaleza se muestra equilibrada en exceso, sospecho al momento... por aquello de la temible simetría, y demás. Pero no es como fornicar con una joroba, ni nada parecido. Vaya, que cuando está boca arriba, no es que ninguno de los dos te mire a los ojos, ¿verdad?

—¡Silencio! —ladró Goneril, tras dar la espalda a su padre (algo que, en teoría, no puede hacerse) para reprenderme. Qué poco sentido de la etiqueta.

—Lo siento, seguid —dije, saludándola con Jones, que hizo sonar sus cascabeles alegremente.

—Señor —dijo, dirigiéndose al rey—, os amo más de lo que las palabras pueden expresar. Os amo más que al don de la vista, al espacio, a la libertad. Os amo más allá de todo lo que tiene precio, de todo lo que es rico o único. Y no menos que a la vida misma, que a la gracia, a la salud, a la belleza, al honor. Tanto como cualquier niña o padre haya amado, así os amo yo. Es un amor que me deja sin aliento y casi sin habla. Os amo por sobre todas las cosas, más incluso que a las tartas.

—¡Y una mierda!

¿Quién lo había dicho? Yo estaba relativamente seguro de que no era mi voz, pues no había brotado del orificio de mi rostro por el que normalmente salía, y Jones también se había mantenido en silencio. ¿Cordelia? Me levanté al instante de la silla de Goneril y me arrimé a la princesa más joven, donde permanecí lo más agazapado que pude, para evitar llamar la atención y ser blanco de cubiertos voladores.

—¡Y dos mierdas! —dijo Cordelia.

Lear, fresco tras el baño de patrañas floridas que acababa de recibir, preguntó:

—¿Qué?

Entonces yo me levanté.

—Bien, señor, adorable como sois, la declaración de la dama adolece de poca credibilidad. No es ningún secreto lo mucho que a esa zorra le gustan las tartas.

Y volví a agazaparme.

—¡Silencio, bufón! Chambelán, traedme el mapa.

La distracción causó efecto, pues el rey me trasladó a mí la ira que Cordelia le había despertado. Ella aprovechó la ocasión para pincharme la oreja con el tenedor.

—¡Oh! —susurré, aunque enfáticamente—. Furcia.

—Truhán.

—Arpía.

—Roedor.

—Puta.

—Putero.

—¿Hay que pagar para ser putero? Porque, estrictamente hablando...

—¡Shh! —me hizo callar ella, sonriendo. Volvió a pincharme en la oreja, y con un movimiento de cabeza señaló al rey, instándome a prestarle atención.

El monarca apuntó al mapa con una daga de mango recubierto de piedras preciosas.

—Todas estas tierra, desde aquí hasta aquí, ricas en campos de labranza, ríos de abundancia y espesos bosques, las cedo a perpetuidad a Goneril y a su esposo Albany, así como a sus descendientes. Y ahora, oigamos a nuestra segunda hija. Habla, querida Regan, esposa de Cornualles.

Regan se dirigió al centro de la mesa, y al cruzarse con su hermana mayor, Goneril, la miró con suficiencia, como diciéndole: «Te voy a enseñar yo.»

Separó los brazos y los levantó. Las largas mangas de terciopelo de su vestido rozaron el suelo, y su figura compuso la forma de un crucifijo raro, imponente, con pechos. Alzó la vista al cielo, como buscando la inspiración en los orbes celestes, antes de declarar:

—Lo que ella ha dicho.

—¿Uh? —se extrañó el rey, y su gruñido se repitió por todo el salón.

Regan se dio cuenta de que debía seguir.

—Mi hermana ha expresado mis pensamientos con exactitud, como si hubiera leído mis notas antes de entrar. Sólo que yo os amo más. En la lista de todos los sentidos, todos se quedan cortos, y nada me emociona sino vuestro amor. —Hizo una reverencia, alzando un poco la vista para ver si alguien se lo había creído.

—Creo que voy a vomitar —dijo Goneril, tal vez en voz más alta de lo estrictamente necesario, lo mismo que el carraspeo y las falsas arcadas que perpetró a continuación.

Para desviar la atención, me puse en pie y dije:

—A Regan la emociona algo más que el amor de vuestra majestad, diría yo. Sin ir más lejos, en este mismo aposento podría nombrar a...

El rey me dedicó aquella mirada que equivalía a un «¿Vas a obligarme a que te corte la cabeza?», y callé al instante. Él asintió y se concentró en el mapa.

—A Regan y a Cornualles les dejo este tercio del reino, ni menor ni menos valioso que el que he entregado a Goneril. Y ahora, Cordelia, objeto de nuestra dicha, cortejada por tantos nobles jóvenes y dignos, ¿qué dirás que te haga merecedora de un tercio más opulento que el de tus hermanas?

Cordelia se levantó de la silla, pero no se molestó en situarse en el centro de la estancia, tal como habían hecho sus hermanas.

—Nada —dijo.

—¿Nada? —preguntó el rey.

—Nada.

—Pues no obtendrás nada a cambio de nada —sentenció Lear—. De modo que habla.

—La verdad es que no podéis culparla, ¿no es cierto? —tercié yo—. Vaya, que las tierras buenas ya se las habéis entregado a Goneril y a Regan, ¿verdad? ¿Qué queda? Un pedazo de Escocia, tan rocoso que hasta una oveja se moriría de hambre, y este miserable río cercano a Newcastle. —Me había tomado la libertad de acercarme al mapa—. Yo diría que, en este caso, para empezar a negociar, el «nada» de Cordelia es un buen principio. Vos deberías contraatacar con España, majestad.

Cordelia sí se trasladó entonces al centro de la mesa.

—Siento, padre, no poder llevarme el corazón a la boca, como mis hermanas. Os amo según el vínculo que me une a vos, que es el de hija, ni más ni menos.

—Cuidado con lo que dices, Cordelia —advirtió Lear—. Tu dote mengua con tus palabras.

—Mi señor, vos me habéis engendrado, criado y querido. Yo os obedezco, os quiero y os honro más que nada. Pero ¿cómo pueden mis hermanas decir que os aman por encima de todas las cosas? ¿Acaso no tienen esposos? ¿Es que no les queda nada de amor para ellos?

—Sí, pero ¿es que no conoces a sus maridos? —dije yo. Desde diversos puntos de la mesa se alzaron unos gruñidos. ¿Cómo pretende nadie considerarse noble y ponerse a gruñir a las primeras de cambio? A eso lo llamo yo mala educación.

—Cuando me case, podéis estar seguro de que mi esposo recibirá al menos la mitad de mis atenciones y la mitad de mi amor. Deciros otra cosa sería mentiros.

Todo aquello era obra de Edmundo, no me cabía duda de ello. De algún modo, debía de saber que ella respondería así, y convenció al rey para que formulara la pregunta. Ella ignoraba que su padre llevaba una semana lidiando con su propia mortalidad y su propio valor.

—Mentir en este instante sería lo mejor para vos —le susurré yo, tras acercarme a ella—. Arrepentíos más tarde, pero ahora, arrojad aunque sea un hueso al pobre viejo, chiquilla.

—¿De modo que así es como te sientes? —preguntó el rey.

—Así es, mi rey. Así me siento.

—Tan joven y tan poco tierna —dijo Lear.

—Tan joven, señor, y tan sincera —replicó Cordelia.

—Tan joven y tan tonta —observó Jones, el títere.

—Muy bien, niña. Que así sea, y que tu sinceridad sea tu dote. Pues, por el fulgor del sol, por las tinieblas de la noche, por todos los santos, por la Santa Madre de Dios, por las órbitas del cielo y la Naturaleza misma, te desheredo.

En su espiritualidad, Lear es algo elástico, por no decir más. Cuando se siente obligado a proferir una maldición, o una bendición, en ocasiones invoca a dioses de media docena de panteones, para asegurarse de que le oiga al menos el que esté de guardia ese día.

—Ninguna propiedad, tierra ni título será tuyo. Los caníbales de la más salvaje Mérica, que venderían a sus hijos en el mercado de la carne, me serán más próximos que tú, hasta hoy mi hija.

Reflexioné sobre ello. Nadie había visto nunca a un mericano, tratándose como se trataba, de seres míticos. Según la leyenda, su afán de lucro les llevaba a vender extremidades de sus propios hijos como alimento, eso fue antes de que quemaran el mundo, claro. Como no esperaba en breve ninguna visita oficial de aquellos mercaderes caníbales y apocalípticos, se me antojaba que mi soberano había forzado la metáfora, o que hablaba en la lengua de un loco de remate.

Kent se puso en pie.

—¡Mi soberano!

—Siéntate, Kent —ladró el rey—. No te interpongas entre el dragón y su ira. Yo la amaba más que a nadie, y esperaba que ella me cuidara en mi senectud, pero, dado que no me quiere lo bastante, Lear sólo hallará reposo en la tumba.

Cordelia parecía más perpleja que dolida.

—Pero, padre...

—¡Fuera de mi vista! ¿Dónde está Francia? ¿Dónde está Borgoña? Pongamos fin a esta farsa. Goneril, Regan, la parte del reino que correspondía a vuestra hermana menor se dividirá entre vosotras dos. Que Cordelia se case con su orgullo. Cornualles y Albany se repartirán a partes iguales el poder y las tierras de un rey. Yo sólo mantendré el título, y un estipendio que alcance para mantener a cien caballeros con sus pajes. Me mantendréis mes tras mes en vuestros castillos, pero el reino será vuestro.

—¡Lear, mi rey, esto es una locura! —insistió Kent, abandonando su lugar en la mesa y acercándose al centro de la estancia.

—Cuidado, Kent —dijo Lear—. El arco de mi ira está doblado y tenso. No me hagas disparar la flecha.

—Disparadla si así lo deseáis. ¿Me mataríais por la osadía de deciros que estáis loco? La mejor lealtad es la de un hombre leal que tiene el valor de hablar sinceramente cuando su señor avanza hacia la demencia. Retractaos, señor, vuestra hija menor no os quiere menos porque no hable, como tampoco quienes hablan en voz más alta son los más sinceros.

Las hermanas mayores y sus esposos se pusieron en pie al oír aquellas palabras. Kent los observó a todos, desafiante.

—No sigas, Kent —le advirtió el rey—. Por tu vida, no pronuncies una palabra más.

—¿Y qué ha sido siempre mi vida sino algo que he arriesgado para serviros a vos? Para protegeros. Amenazad mi vida todo lo que queráis, que eso no me impedirá deciros lo que hacéis mal, señor.

Lear hizo amago de desenvainar la espada, y en ese instante supe que había perdido el juicio, si es que despreciar a su hija preferida y a su más fiel consejero no eran ya suficientes muestras de ello. Si Kent decidía defenderse, el anciano lo segaría como la hoz a la brizna de paja. Desenvainaba tan rápido que ni siquiera un bufón era capaz de detener con su ingenio el avance de la espada. Así, sólo me era dado observar. Pero Albany se abalanzó con rapidez hasta la mesa y detuvo la mano del rey, obligándolo a envainar de nuevo.

Kent sonrió entonces, el viejo zorro, y comprendí que en ningún momento había tenido la intención de batirse con el anciano, y que habría muerto para demostrar con hechos las palabras que había pronunciado ante su soberano. Es más,

Lear también lo sabía, pero en su mirada no había rastro de misericordia, y se le había enfriado la locura. Se libró del abrazo de Albany, y el duque dio un paso atrás.

Cuando el rey volvió a hablar, lo hizo en voz baja, con tono contenido, aunque tembloroso, lleno de odio.

—Óyeme bien, husmeador, traicionero. Nadie cuestiona mi autoridad, mis decisiones, mis promesas... Hacerlo en tierra británica equivale a la muerte, y en el resto del mundo conocido, a la guerra. No lo consentiré. Por todos los años que has dedicado a servirme, te perdono la vida, pero sólo la vida, y no quiero verte nunca más. Tienes cinco días, Kent, para aprovisionarte, y al sexto día, vuelve tu espalda a nuestro reino para siempre. Si transcurren doce días y sigues en esta tierra, será tu muerte. Ahora vete, esto es lo que he decretado, y no pienso revocarlo.

Kent se mostraba aturdido. No era ésa la recompensa por la que había luchado. Hizo una reverencia.

—Adiós, rey. Parto, pues he osado cuestionar un poder tan alto que vos lo vendéis a cambio de unos pocos halagos. —Se volvió en dirección a Cordelia—. Ánimo, muchacha, has dicho la verdad y no has obrado mal. Que los dioses te protejan. —Dio media vuelta, dando la espalda al rey, algo que no le había visto hacer nunca, y abandonó el salón, deteniéndose apenas un instante para observar a Regan y a Goneril—. Habéis mentido muy bien, zorras venenosas.

Yo habría querido animar al viejo bruto, escribirle un poema, pero todos los presentes habían quedado en silencio, y el sonido de la gran puerta de roble al cerrarse tras Kent resonó en la sala como el primer trueno de una tormenta destructora.

—Bien —dije, colocándome de un salto en medio de la mesa—. Creo que ha ido todo lo bien que cabía esperar.

5

Apiadaos del bufón

Con Kent en el destierro, Cordelia desheredada, el rey ya desprovisto de su poder y sus propiedades, entre ellas la más importante, mi casa, la Torre Blanca; con las dos hermanas mayores insultadas por Kent, con los duques dispuestos a rebanarme el pescuezo..., bien, puede decirse que arrancar alguna risa iba a ser todo un desafío. No parecía que la sucesión real fuera un asunto a tocar, y tras el dramón de Lear, no veía el modo de transitar hacia la bufonada o la pantomima, de manera que Babas no era sino una losa atada al pescuezo de la comedia.

Yo, por mi parte, me dedicaba a hacer juegos malabares con unas manzanas y a canturrear una cancioncilla sobre monos, mientras sopesaba el problema.

Últimamente, el rey parecía decantarse claramente hacia el paganismo, mientras que las hermanas mayores habían abrazado la fe de la Iglesia. Gloucester y Edgar eran devotos del panteón romano, y Cordelia, por su parte..., bien, a ella le parecía que todo aquello era una mierda y que Inglaterra debería contar con su propia iglesia, en que las mujeres pudieran ser clérigos. Curioso. De modo que la cosa tendría que ir por un chiste de alto nivel sobre sátira religiosa....

Arrojé las manzanas sobre la mesa y dije:

—Dos papas se están cepillando a un camello detrás de una mezquita, cuando se acerca un sarraceno y...

—¡Sólo hay un papa verdadero! —exclamó Cornualles, ese altísimo torreón de esmegma maliciosa.

—Es un chiste, gilipollas —repliqué yo—. Abandonad por un instante vuestro escepticismo, joder, ¿me haréis ese favor?

En cierto sentido tenía razón (aunque no en lo del camello). Desde hacía un año había sólo un papa, en la ciudad santa de Ámsterdam. Pero durante los cincuenta años anteriores había habido dos, el papa al Por Menor y el papa Descuento. Tras la decimotercera Santa Cruzada, cuando se decidió que, para evitar enfrentamientos futuros, el lugar del nacimiento de Jesús se trasladaría a una ciudad distinta cada cuatro años, los santuarios sagrados habían perdido su importancia geográfica. A partir de entonces la Iglesia entró en una feroz guerra de precios, en la que los distintos templos ofrecían dispensas a los peregrinos a tarifas muy competitivas. Ya no era necesario que se produjera un milagro en un lugar determinado, pues todos podían ser declarados lugares santos, y eso era lo que con frecuencia sucedía. En Lourdes seguían vendiendo las dispensas junto con sus aguas milagrosas, pero cualquier espabilado de Puddinghoe podía plantar unos pensamientos y pregonar: «¡Jesús echó una meadita aquí mismo, en este huerto, cuando era niño! Dos peniques y una calada de maría te sacan del purgatorio durante un eón, tío.»

Al poco, en toda Europa, surgió un gremio entero de custodios de santuarios de bajo precio, que nombraron a su propio papa: Descarado, el Relativamente Desvergonzado, papa Descuento de Praga. La guerra de precios había empezado. Si el papa holandés te concedía cien años de dispensa en el purgatorio a cambio de un chelín y un billete de barcaza, el papa Descuento te sacaba de él durante doscientos años, y además llegabas a tu casa con el fémur de un santo menor, y con una astilla de la Santa Cruz. El papa al Por Menor ofrecía tapas de jamón y queso con la hostia durante la comunión, y el papa Descuento contraatacaba con monjas en topless durante las misas nocturnas.

Todo ello alcanzó su punto álgido cuando san Mateo se

apareció al papa al Por Menor en una visión que éste tuvo, y le reveló que los fieles estaban más interesados en la calidad de sus experiencias religiosas que en su cantidad. Con aquella inspiración, el papa al Por Menor trasladó la Navidad a junio, porque las condiciones climáticas no eran tan pésimas para ir de compras, y el papa Descuento, sin percatarse de que las reglas del juego habían cambiado, respondió perdonando el infierno a todos los que le hicieran una paja a un sacerdote. Sin infierno, no había miedo y sin miedo ya no había necesidad de que la Iglesia proporcionara la redención ni —más importante aún— medios para que ésta modificara los comportamientos. Los fieles del papa Descuento desertaron en masa, bien para abrazar la rama de la Iglesia encabezada por el papa al Por Menor, bien para abrazar alguna de las más de doce sectas paganas que habían surgido. ¿Por qué no emborracharse y ponerse a bailar desnudos alrededor de una estaca todo el sabbat, si lo peor que podía pasarte era que te saliera un sarpullido en las partes, o que tuvieras un hijo bastardo de vez en cuando? Al papa Descarado lo quemaron en la hoguera durante la siguiente celebración celta, pagana, del Beltane, y los gatos se cagaron en sus cenizas.

De modo que sí, que tal vez un chiste sobre dos papas resultara inoportuno, pero, qué diablos, aquellos eran tiempos difíciles, y yo insistí un poco:

—Y va el segundo papa y dice: «¿Tu hermana? ¡Creía que era *kosher*!»

Y nadie se rio. Cordelia, poniendo los ojos en blanco, resopló.

La fanfarria patética de la única trompeta inundó el aire, los grandes portones se abrieron y Francia y Borgoña entraron mariposeando en el salón, seguidos de Edmundo, el bastardo.

—Silencio, bufón —me ordenó Lear con grandes aspavientos—. Hola, Borgoña; hola, Francia.

—Hola, Edmundo, maldito bastardo —dije yo.

Lear me ignoró e hizo una seña a los dos para que se le

acercaran. Ambos estaban en forma y, sin ser altos, lo eran más que yo. No llegaban a los treinta. Borgoña tenía los cabellos negros, y las facciones angulosas de un romano. Los de Francia eran de un castaño claro, y sus rasgos, más suaves. Cada uno de ellos llevaba espada y daga al cinto, aunque yo dudaba que las hubieran usado alguna vez, salvo durante las ceremonias. Malditos franchutes.

—Señor de Borgoña —dijo Lear—, habéis competido por la mano de la menor de nuestras hijas. ¿Qué dote pedís por ella?

—No menos de lo que vuestra alteza ha ofrecido —respondió el moñas moreno.

—Ah, ya no es así buen Borgoña. Lo que hemos ofrecido, lo hemos ofrecido cuando la apreciábamos. Pero ahora ha suscitado nuestra ira, y ha traicionado nuestro amor, y su dote asciende a nada. Si la queréis tal como está, tomadla, pero no habrá dote.

Borgoña no disimulaba su asombro. Retrocedió, y estuvo a punto de pisar a Francia.

—En ese caso lo siento, señor, pero en mi búsqueda de duquesa debo contemplar el poder y las posesiones.

—Ella no tendrá ni lo uno ni las otras —reiteró Lear.

—Que así sea —dijo Borgoña, que, tras asentir y dedicarle una reverencia, se retiró unos pasos más—. Lo siento, Cordelia.

—No os preocupéis, señor —respondió la princesa—. Si el corazón de Borgoña se desposa solamente con el poder y las posesiones, entonces nunca podría desposarse conmigo verdaderamente. Que la paz sea con vos.

Yo suspiré, aliviado. Tal vez nos expulsaran de nuestra casa, pero si a Cordelia la expulsaban con nosotros...

—¡Yo la desposaré! —exclamó Edgar.

—¡No lo harás, tarado, fornicador de perros, cara de culo! —es posible que exclamara yo sin querer.

—No lo harás —dijo Gloucester, tirando de su hijo para que volviera a sentarse.

—Sí, será mía —insistió el príncipe de Francia—, pues ella es una dote en sí misma.

—Vamos, hombre, no me jodas —proferí.

—Bolsillo, ya basta —dijo el rey—. Guardias, lleváoslo fuera y retenedlo hasta que hayamos terminado.

Dos escuderos se colocaron detrás de mí y me levantaron por las axilas. Oí que Babas gemía, y vi que se ocultaba cobardemente tras una columna. Aquello no había sucedido jamás, ni remotamente. Yo era el bufón al que todo le estaba permitido. Era el único que podía decir la verdad a los poderosos. ¡Soy el descarado monito de feria del rey de Bretaña, joder!

—No sabes dónde te metes, Francia. ¿Tú le has visto los pies? O tal vez te interese precisamente por eso, para ponerla a trabajar en tus viñas, pisando uva. Majestad, ese marica pretende hacerla vasalla, y si no, al tiempo.

Pero nadie oyó mis últimas palabras porque los guardias me habían sacado a rastras del salón, y me retenían ahí fuera. Traté de golpear a uno de ellos con mi Jones, pero él agarró el palo del títere y se lo metió en el cinturón, por detrás.

—Lo siento, Bolsillo —dijo Curan, el capitán de la guardia, un oso gris cubierto de cota de malla que me tenía agarrado por el brazo derecho—. Ha sido una orden directa. Tú mismo te has encargado de cavar tu propia tumba con esa lengua que tienes.

—A mí no —dije yo—. A mí no me haría nada.

—Hasta esta noche, yo nunca habría dicho que enviaría al destierro a su mejor amigo, ni que desheredaría a su hija favorita. De modo que condenar a la horca a un bufón le resultará fácil, muchacho.

—Así es —admití—. Tienes razón. Suéltame entonces.

—No hasta que el rey haya terminado.

Las puertas se abrieron en ese instante, y la anémica fanfarria resonó a través del umbral, que atravesaron el príncipe de Francia y Cordelia, agarrada de su brazo, con una sonrisa de oreja a oreja. Me fijé en que apretaba mucho la mandíbula, pero se relajó al verme, y parte de la ira que sentía abandonó sus ojos.

—De modo que te largas con el príncipe gabacho —le dije.

Francia, el jodido maricón francés, se rio al oír mi comentario. ¿Existe algo más irritante que un noble que se comporta noblemente?

—Sí, me voy, Bolsillo, pero hay algo que debes recordar siempre y no olvidar nunca.

—¿Las dos cosas a la vez?

—Cállate.

—Sí, mi señora.

—Debes recordar siempre, y no olvidar nunca, que aunque eres el bufón negro, el bufón oscuro, el bufón real, el bufón con libertad total, el bufón del rey, no te trajeron hasta aquí para que fueras esas cosas. Te trajeron aquí para que me divirtieras a mí. ¡A mí! De modo que, dejando de lado tus títulos, un bufón es siempre un bufón y, ahora y siempre, eres mi bufón.

—Vaya, creo que en Francia os irá muy bien. Allí ser desagradable se tiene por virtud.

—¡Mío!

—Ahora y siempre, señora.

—Puedes besarme la mano, bufón.

El escudero me soltó, y yo me incliné para tomársela. Pero ella la retiró, se dio la vuelta, y el vestido se le abrió como un abanico mientras se alejaba.

—Lo siento, te estaba tomando el pelo.

Yo sonreí, mirando al suelo.

—Mala puta.

—Te echaré de menos, Bolsillo.

—Llevadme con vos. Llevadnos a los dos. Francia, no os vendría mal un bufón ingenioso, ni un saco de flatulencias grande y pesado como Babas, ¿no os parece?

El príncipe negó con la cabeza, con lástima excesiva en la mirada, para mi gusto.

—Eres el bufón de Lear, y con Lear debes quedarte.

—No es eso lo que acaba de decir vuestra esposa.

—Ya aprenderá —respondió el príncipe, que se volvió y siguió a Cordelia por el corredor. Yo quise ir tras ellos, pero el capitán me agarró del brazo.

—Suéltala, muchacho.

Los siguientes en abandonar el salón fueron las hermanas con sus maridos. Sin darme tiempo a decir nada, el capitán me cubrió la boca con la mano y me levantó por los aires, mientras yo no dejaba de dar puntapiés. Cornualles se llevó la mano al puñal, pero Regan tiró de él para disuadirlo.

—Acabas de obtener un reino, duque. Matar gusanos es trabajo de criados. Deja que ese bufón amargado se consuma en su propia bilis.

Aquella mujer me deseaba, eso estaba claro.

Goneril no se atrevió a mirarme a los ojos, y pasó de largo mientras su esposo, Albany, meneaba la cabeza, tras ella. Cientos de comentarios ingeniosos murieron asfixiados en el tupido guante del capitán. Así amordazado, le lancé el braguero al duque e intenté tirarme un pedo, pero de la trompeta de mi culo no salió ni una sola nota.

Como si los dioses hubieran enviado un avatar tenue y gaseoso para que acudiera en mi ayuda, Babas fue el siguiente en asomar por la puerta, caminando más erguido que de costumbre.

Entonces me fijé en que alguien le había atado una soga al cuello, y que la había anudado a una lanza cuya punta casi se le clavaba en el pescuezo. Edmundo apareció entonces en el pasadizo, sujetando el otro extremo de la lanza, escoltado por dos hombres armados.

—De modo que el capitán se está divirtiendo contigo, Bolsillo —dijo Babas, inconsciente del peligro que corría.

El capitán me soltó en ese instante, pero me agarró por el hombro para que no me acercara a Edmundo; su padre y su hermano pasaron tras él.

—Tenías razón, Bolsillo —dijo Edmundo, pinchando un poco a Babas, para dar más énfasis a sus palabras—. Matarte me colocaría para siempre en una posición nada favorable, pero un rehén puede servirme para canjearlo. He gozado tanto de tu actuación en la sala que he logrado del rey que me proporcione un bufón para mí solo, y mira qué me ha regalado. Vendrá a Gloucester con nosotros, así nos aseguraremos de que no olvides tu promesa.

—Para eso no te hace falta la lanza, bastardo. Irá con vos si se lo pido.

—¿Nos vamos de vacaciones, Bolsillo? —me preguntó Babas, al que la sangre empezaba a resbalarle por el cuello.

Me aproximé al gigante.

—No, muchacho —le respondí—. Tú te vas con este bastardo. Haz lo que te diga. —Me volví hacia el capitán—. Dame tu puñal.

El capitán observó a Edmundo y a los hombres armados junto a él, que se habían llevado las manos a la empuñadura de sus espadas.

—No lo sé, Bolsillo...

—¡Dame tu maldito puñal!

Me revolví, le arranqué la daga que llevaba al cinto y, sin dar tiempo a los soldados a desenvainar, corté la cuerda que Babas llevaba al cuello, y le despegué la lanza de Edmundo.

—Te digo que no te hace falta esa lanza, bastardo.

Le devolví la daga al capitán y le hice una seña a Babas para que se agachara y poder mirarlo a los ojos.

—Quiero que vayas con Edmundo, y que no le des ningún problema. ¿Lo entiendes?

—Sí. ¿Y tú no vienes?

—Yo iré más tarde. Más tarde. Antes tengo que ocuparme de unos asuntos en la Torre Blanca.

—¿Fornicio? —Babas asintió con tanto entusiasmo que casi pudo oírse el ruido de su diminuto cerebro chocando contra el cráneo—. Y yo podré ayudarte, ¿verdad?

—No, muchacho, pero tendrás tu propio castillo. Allí serás bufón de verdad. Y habrá toda clase de intrigas, de gente a la que espiar. Babas, ¿entiendes lo que te digo, muchacho?

—Le guiñé un ojo, con la vana esperanza de que el idiota comprendiera lo que trataba de decirle.

—¿Y allí también se fornica sin parar, Bolsillo?

—Sí, creo que puedes darlo por hecho.

—¡Genial! —Babas aplaudió y se puso a bailar, mientras cantaba—: Fornicando sin parar, fornicando sin parar...

Observé a Edmundo.

—Tienes mi palabra, bastardo. Pero también la tienes de que si le sucede algo malo a este tarado, yo me encargaré de que los fantasmas te persigan hasta la tumba.

Un destello de temor iluminó los ojos de Edmundo, aunque trató de disimularlo e impostó su habitual sonrisa arrogante.

—Su vida depende de tu palabra, hombrecillo.

El bastardo dio media vuelta y se alejó por el pasillo. Babas volvió la vista atrás, con lágrimas temblorosas en los ojos, pues al fin se había dado cuenta de lo que sucedía. Me despedí de él con la mano.

—Yo me habría cargado a los otros dos si tú le hubieras clavado la daga —dijo Curan. El otro guardia se mostró de acuerdo—. Ese bastardo se lo merece.

—A buenas horas me lo decís.

Otro guardia abandonó el salón en ese momento, y al ver que allí sólo quedaba el bufón con su capitán, se dirigió a nosotros.

—Capitán, el catador del rey... Está muerto, señor.

Yo tenía tres amigos.

6

Amistad y algún que otro polvo

La vida es soledad, rota sólo cuando los dioses nos tientan con la amistad y algún que otro polvo. Admito que sufrí. Tal vez fuera un necio por esperar que Cordelia se quedara, pero bueno, soy bufón, qué queréis... Durante casi toda mi vida adulta ella había sido el látigo en mi espalda, el cebo de mi entrepierna, el bálsamo de mi imaginación: mi tormento, mi tónico, mi fiebre, mi maldición. Y me desespera su ausencia.

En el castillo no hallo consuelo. Babas se ha ido, Catador también, Lear ha enloquecido. En realidad, Babas no me hacía mucha más compañía que Jones, y resultaba menos manejable, pero me preocupo por él, pues es un niño grande que se ha visto atrapado en las redes de tantos villanos, de tantas armas... Añoro su sonrisa mellada, llena de perdón, resignación y, no pocas veces, de queso.

Y de Catador, ¿qué sabía en verdad de él? Sólo que era un muchacho cetrino de la aldea de Narices de Jabalí del Támesis. Y sin embargo, cuando necesitaba un oído comprensivo, él me ofrecía los suyos aunque, con frecuencia, sus preocupaciones alimentarias, algo egoístas, lo distrajeran de mis cuitas.

Tendido en el jergón de mi puerta fortificada, mirando por las troneras cruciformes, contemplando los huesos grisáceos de Londres, me recreaba en mi tristeza, y añoraba a mis amigos.

A mi primera amiga.
A Talía.
La anacoreta.

Un día frío de otoño, en Lametón de Perro, la tercera vez que me permitieron llevarle comida a la anacoreta, nos hicimos amigos. A mí seguía inspirándome un temor reverencial, y encontrarme en su presencia bastaba para que me sintiera ruin, indigno y profano, aunque de un modo positivo. Pasé el plato con el pedazo de pan moreno, basto, y el queso por la cruz del muro, entre oraciones y súplicas, implorándole el perdón.

—Yo te perdono, Bolsillo, yo te perdono. Te perdonaré si me cantas una canción.

—Debéis de ser una dama muy piadosa, y sentir un gran amor por el Señor.

—El Señor es un soplapollas.

—Yo creía que el señor era un pastor.

—Bueno, eso también. Pero el hombre necesita sus distracciones. ¿Conoces *Greensleeves*?

—Me sé *Dona Nobis Pacem*.

—¿Conoces alguna canción de piratas?

—Podría cantar *Dona Nobis Pacem* como un pirata.

—Significa «Danos la Paz» en latín, ¿verdad?

—Así es, señora.

—En ese caso, resultaría algo forzado, ¿no crees? ¿un pirata que cantara «danos la maldita paz»?

—Sí, supongo que sí. En ese caso podría cantaros un salmo, señora.

—Está bien, Bolsillo, que sea un salmo. Uno en el que salgan piratas y se derrame mucha sangre, si es que lo tienes.

Yo estaba nervioso, necesitaba desesperadamente la aprobación de la anacoreta, y temía que si la contrariaba el ángel vengador vendría a fulminarme, como parecía que sucedía con frecuencia en las Escrituras. Por más que me esforzaba, no lograba recordar ningún salmo de piratas. Carraspeé, y entoné el único que sabía en lengua vernácula:

—«El Señor es mi soplapollas, nada me falta...»

—Un momento, espera —dijo la anacoreta—. ¿No era «el Señor es mi pastor...»?

—Bueno, sí, señora, pero vos habéis dicho que...

Y entonces ella empezó a reírse. Era la primera vez que la oía reír, y me pareció como si la Virgen en persona me diera su aprobación. En aquella cámara oscura, iluminada apenas por la tenue luz de la vela que yo llevaba encendida, me pareció que su risa me envolvía, me abrazaba.

—¡Oh, Bolsillo, eres un amor! Tarado a más no poder, pero un amor.

Yo sentía que la sangre se me agolpaba en el rostro. Estaba orgulloso, avergonzado y emocionado, todo a la vez. No sabía qué hacer, de modo que me postré de rodillas frente a la tronera, con una mejilla apoyada en el suelo de piedra.

—Lo siento, señora.

Ella se rio un poco más.

—Ponte en pie, señor Bolsillo de Lametón de Perro.

La obedecí y miré a través de la abertura en forma de cruz del muro, y por ella vi aquella estrella mortecina que era su ojo, reflejando la llama de la vela, y sólo entonces me di cuenta de que los míos estaban arrasados en lágrimas.

—¿Por qué me habéis llamado así?

—Porque me has hecho reír, y eres valiente, y lo mereces. Creo que vamos a ser muy buenos amigos.

Yo empecé a preguntarle a qué se refería, pero el cerrojo de metal resonó, y la puerta del pasillo se abrió despacio. Apareció la madre Basila con una palmatoria en la mano, y expresión disgustada.

—Bolsillo, ¿qué está pasando aquí? —preguntó la superiora con su voz ronca, de barítono.

—Nada, reverenda madre. Acabo de traerle su comida a la anacoreta.

La madre Basila parecía reacia a traspasar el umbral del

corredor, como si temiera hallarse frente a la tronera que daba a la cámara de la anacoreta.

—Ven conmigo, Bolsillo. Es la hora de los rezos.

Le hice una reverencia rápida a nuestra beata y abandoné el pasadizo a toda prisa, bajo el brazo de la madre Basila. Cuando ésta cerraba ya la puerta, la anacoreta la llamó.

—Reverenda Madre, un momento, por favor.

La madre Basila abrió mucho los ojos, y por su gesto se habría dicho que acababa de oír la llamada del diablo.

—Acude a las vísperas, Bolsillo, que yo voy enseguida.

Dicho esto, entró en el corredor ciego y cerró la puerta, en el preciso instante en que empezaba a sonar la campana que nos llamaba a vísperas.

Yo no supe de qué hablaría la anacoreta con la madre Basila, tal vez de alguna conclusión a la que hubiera llegado tras sus largas horas de oración, o tal vez de algún error que hubiera podido cometer yo, y que la llevara a no querer verme más. Acababa de hacer mi primera amiga, y ya me dolía la idea de perderla. Mientras repetía las oraciones en latín que recitaban los curas, con el corazón pedía a Dios que no se llevara a la anacoreta, y cuando la misa terminó, permanecí en la capilla y recé hasta medianoche, cuando ya habían terminado las plegarias de completas.

La madre Basila me encontró en la capilla.

—Va a haber algunos cambios, Bolsillo.

El alma se me cayó a los pies.

—Perdonadme, reverenda madre, pues no sé lo que hago.

—¿De qué hablas, Bolsillo? No te estoy regañando. Estoy añadiendo labores a tu devoción.

—Ah.

—A partir de ahora, llevarás alimento y bebida a la anacoreta en la hora anterior a las vísperas, y ahí, en la cámara exterior, te sentarás hasta que haya comido, pero al oír la campana que anuncia los rezos vespertinos te ausentarás, y no regresarás hasta el día siguiente. No has de permanecer más de una hora, ¿lo comprendes?

—Sí, madre, pero ¿por qué sólo una hora?

—Porque si la hora se prolonga, distraerás a la anacoreta de su propia comunión con Dios. Es más, no debes preguntarle jamás cómo era antes, ni sobre su familia, ni sobre ningún aspecto de su pasado. Si te hablara de esas cosas, debes taparte los oídos con los dedos, ponerte a cantar a voz en cuello «la la la, la la la, no os oigo, no os oigo», y abandonar la cámara inmediatamente.

—Eso no puedo hacerlo, madre.

—¿Por qué no?

—Porque no podría abrir el cerrojo si tengo los dedos en los oídos.

—Qué ingenioso eres. Creo que esta noche vas a dormir sobre el suelo de piedra. La alfombra te protege del frío e impide que se temple tu imaginación febril, que es una abominación a ojos de Dios. Sí, esta noche recibirás unos cuantos azotes, y dormirás en el suelo desnudo, por culpa de tu ingenio.

—Sí, madre.

—Sigamos. No debes hablar nunca con la anacoreta de su pasado, y si lo haces, serás excomulgado y condenado por toda la eternidad, sin posibilidad de redención, y la luz del Señor jamás recaerá sobre ti, y vivirás en las tinieblas y el dolor por siempre jamás. Y, además, le pediré a sor Bambi que te use como alimento del gato.

—Sí, madre —dije. Estaba tan emocionado que casi me oriné encima. Recibiría todos los días la bendición gloriosa de la anacoreta.

—Pues eso sí que es una mierda de serpiente —dijo la anacoreta.

—No, madre, es un gato enorme.

—Pero si no me refiero al gato, sino a contar sólo con una hora al día. ¿Sólo una?

—La madre Basila no quiere que perturbe vuestra comunión con Dios, señora anacoreta —expuse, agachando la cabeza sobre la tronera oscura.

—Llámame Talía.

—No me atrevo a hacerlo, madre. Y tampoco puedo preguntaros nada sobre vuestro pasado, ni sobre vuestros orígenes. La madre Basila me lo ha prohibido.

—En eso tiene razón, pero puedes llamarme Talía. Somos amigos.

—De acuerdo, madre. Talía.

—Y tú sí puedes contarme cosas de tu pasado, buen Bolsillo. Háblame de tu vida.

—Pero si sólo conozco Lametón de Perro..., es lo único que he conocido en mi vida.

Oí que ella se reía en la oscuridad de su encierro.

—Entonces cuéntame alguna historia que hayas aprendido durante tus lecciones.

Le hablé entonces de la lapidación de san Esteban, de la persecución de san Sebastián, de la decapitación de san Valentín, y ella, a su vez, me contó las historias de algunos santos de los que jamás había oído hablar en el catecismo.

—Y bien —concluyó Talía—. Ésta es la historia de cómo san Rufo de la Llave Inglesa murió a lametones de marmota.

—Parece un martirio horroroso —dije.

—Lo es —dijo la anacoreta—, pues la saliva de marmota es la más repugnante de todas las sustancias, y por eso san Rufo es, aún hoy, patrón de la saliva y la halitosis. Pero ya basta de martirios. Cuéntame algún milagro.

Y eso hice. Le conté el milagro de la lechera de santa Brígida de Kildare, que se llenaba sola, y el de san Fillan, que, cuando un lobo mató a su buey, convenció a aquél para que tirara de un carro lleno de material para la construcción de una iglesia, y el de san Patricio, que libró Irlanda de serpientes.

—Así es —corroboró Talía—, y las serpientes se lo han agradecido siempre. Pero déjame que te hable de uno de los milagros más asombrosos, en el que santa Canela expulsó de Swinden a todos los Mazdas.

—Nunca había oído hablar de santa Canela —dije yo.

—Bueno, eso es porque estas monjas de Lametón de Perro son de extracción humilde, y no son dignas de tales cosas. Por eso no debes compartir con ellas lo que aprendes aquí, no fueran a impresionarse y vaya a darles un síncope.

—¿Un síncope por exceso de piedad?

—Así es, muchacho, y serías tú el causante de su muerte.

—Eso no lo desearía jamás.

—Por supuesto que no. ¿Sabías que en Portugal canonizan a los santos disparándolos físicamente de un cañón?

Y así seguía, día tras día, semana tras semana, intercambiando secretos y mentiras con Talía. Podría pensarse que era cruel por su parte pasar el único rato que tenía de contacto con el mundo exterior contando embustes a un niño pequeño, pero la primera historia que me había contado la madre Basila había sido la de una serpiente que hablaba y que había tentado a unas personas desnudas para que comieran de un fruto prohibido, y el obispo la había hecho abadesa. En todo momento, lo que Talía me enseñaba era a entretenerla. A compartir un momento contando una historia divertida, a estrechar lazos con alguien, por más que estuviera separado de ti por una pared de piedra.

Una vez al mes, durante los dos primeros años, el obispo se trasladaba desde York para comprobar el estado de la anacoreta, y ella parecía perder el buen humor durante un día, como si él se lo quitara y se lo llevara, pero no tardaba en recuperarse, y retomábamos nuestra costumbre de charlar y reírnos. Transcurridos los primeros años, el obispo dejó de venir, y yo no me atrevía a preguntarle la razón a la madre Basila, no fuera a recordárselo y el adusto prelado retomara aquellas visitas descorazonadoras.

Cuando más tiempo pasaba la anacoreta en su cámara, más le gustaba que le contara los detalles más mundanos del mundo exterior.

—Háblame del tiempo que hace hoy, Bolsillo. Describeme el cielo, y no omitas ni una sola nube.

—Bueno, hoy parece como si alguien hubiera catapultado una oveja gigante hacia el cielo escarchado de Dios.

—Invierno de mierda. ¿Hay cuervos en el cielo?

—Los hay, Talía, como si un vándalo con pluma y tinta se hubiera dedicado a dibujar, azarosamente, puntos negros en la cúpula celeste.

—Bien dicho, cariño, una imagen del todo incoherente.

—Gracias, señora.

Mientras me dedicaba a mis tareas y mis estudios, trataba de tomar nota de todos los detalles y de construir metáforas mentalmente para poder pintar cuadros de palabras que regalaría a mi anacoreta, para la que yo era su luz y su color.

Parecía que mi jornada empezaba a las cuatro, cuando me dirigía a la celda de Talía, y que concluía a las cinco, cuando la campana llamaba a vísperas. Todo, antes de esa hora, suponía una preparación para ella, y todo, después de esa hora, era un dulce recuerdo de lo vivido.

La anacoreta me enseñó a cantar, no sólo los himnos y los cánticos que llevaba entonando desde niño, sino las canciones románticas de los trovadores. Con su magisterio sencillo, paciente, me transmitió bailes, juegos malabares, acrobacias, y todo a través de descripciones verbales; ni una sola vez en todo ese tiempo posé la mirada en la anacoreta, ni vi más que parte de su perfil por el hueco de la tronera.

Crecí, y el bozo cubrió mi rostro. Se me quebró la voz, como si tuviera un ganso diminuto metido en el pescuezo que graznara, reclamando alimentos. Las monjas de Lametón de Perro empezaron a verme como algo más que su mascota, pues muchas habían llegado a la abadía cuando no eran mayores que yo. Flirteaban conmigo y me pedían que les cantara una canción, que les recitara un poema, que les contara una historia, cuanto más picante mejor. La anacoreta me había enseñado muchas, aunque nunca me revelaba dónde las había aprendido.

—¿Fuisteis juglaresa antes de ser monja?

—No, Bolsillo. Y yo no soy monja.

—Pero tal vez vuestro padre...

—No, mi padre tampoco fue monja.

—No, pero tal vez fuera juglar.

—Dulce Bolsillo, no debes preguntarme por mi vida anterior. Lo que soy ahora lo he sido siempre, y todo lo que soy lo soy aquí, contigo.

—Dulce Talía —repliqué—, eso no se lo cree nadie, eso es una patraña del tamaño de una boñiga de dragón.

—¿Es blanda?

—Sonreís, ¿verdad?

Ella acercó la vela a la tronera, iluminando su sonrisa astuta. Yo me eché a reír, y metí la mano en la abertura para acariciarle la mejilla. Ella suspiró, me tomó la mano y la apretó con fuerza contra sus labios. Y entonces, en un instante, me retiró la mano y se separó de la luz.

—No os ocultéis —le supliqué—. Por favor, no os ocultéis.

—Bien poco me es dado decidir si me oculto o no. Vivo en una maldita tumba.

Yo no sabía qué decir. Nunca hasta entonces se había lamentado de su decisión de convertirse en la anacoreta de Lametón de Perro, por más que otras manifestaciones de su fe resultaran algo abstractas.

—Lo que os pido es que no os ocultéis de mí. Que me dejéis veros.

—¿Quieres verme? ¿Quieres ver?

Yo asentí.

—Dame tus velas.

Me pidió que le pasara cuatro velas encendidas por la abertura de la tronera. Cada vez que yo actuaba para ella, me pedía que las dispusiera en palmatorias, alrededor de la cámara exterior, para verme bailar, o hacer malabarismos, o acrobacias, pero nunca me había pedido que le entregara más de una vela para su propia celda. Las distribuyó por su cámara, y por primera vez vi la losa de piedra en la que dormía, sobre un colchón de paja, y sus escasas posesiones esparcidas sobre una mesa basta. Talía estaba ahí, de pie, cubierta con un vestido de lino harapiento.

—Mira —me dijo, quitándose el vestido y dejándolo caer al suelo.

Era lo más hermoso que había visto en mi vida. Más joven de lo que yo imaginaba, flaca, pero de curvas femeninas. Y su rostro era el de una virgen maliciosa, tallada por un escultor que se hubiera inspirado más en el deseo que en la divinidad. De cabellos largos, rubios, que se iluminaban a la luz de las velas como si un solo rayo de sol lo hubiera encendido con su fuego dorado. Yo sentí que un calor ascendía hasta mi rostro, y que otra cosa ascendía dentro de mis pantalones. Estaba excitado, confuso y avergonzado a la vez y, dando la espalda a la tronera, exclamé:

—¡No!

De pronto, ella estaba ahí, y sentí su mano en mi hombro, que ascendía hasta acariciarme la nuca.

—Bolsillo. Dulce Bolsillo, no. No pasa nada.

—Siento como si la Virgen y el demonio hubieran tomado mi cuerpo como campo de batalla. Yo no sabía que fueseis así.

—¿Cómo? ¿Una mujer, quieres decir?

Su mano estaba tibia, y su pulso era firme. Me amasaba los músculos del hombro a través de la abertura del muro, y yo me arrimaba más a él. Habría querido abandonar la cámara, estar ya dormido, o acabar de despertarme..., avergonzarme por que el diablo hubiera venido a visitarme en plena noche, con un sueño húmedo de tentación.

—Tú me conoces, Bolsillo. Soy tu amiga.

—Pero eres la anacoreta.

—Soy Talía, tu amiga, que te ama. Vuélvete, Bolsillo.

Y yo lo hice.

—Dame la mano —me dijo.

Y yo lo hice.

Se la acercó al cuerpo, la cubrió con las suyas, y allí, arrimado a la pared de piedra fría, a través de aquella cruz abierta en ella, descubrí un universo nuevo..., del cuerpo de Talía, de mi cuerpo, del amor, la pasión, la evasión..., y me pareció mucho mejor que todos los malditos cánticos y los juegos malabares. Cuando la campana llamó a vísperas, nos separamos de la cruz, cansados, jadeantes, y nos echamos a reír. Yo me había roto un diente.

—¿Uno a cero a favor del diablo, entonces, mi amor? —dijo Talía.

Cuando, a la tarde siguiente, volví a llevarle la cena, ella me esperaba con la cara muy pegada al centro de la aspillera cruciforme. Parecía como una de aquellas gárgolas de rostro angélico que flanqueaban las puertas de Lametón de Perro, aunque éstas parecían llorar siempre y ella, en cambio, sonreía.

—Así que hoy no has ido a confesarte, ¿verdad?

Me estremecí.

—No, madre, he trabajado en el *escriptorium* casi todo el día.

—Bolsillo, creo que prefiero que no me llames madre, si no es mucho pedir. Dado el nuevo nivel de nuestra amistad, me parece..., no sé..., ofensivo.

—Sí, mad..., esto..., señora.

—«Señora» sí te lo acepto. Y ahora, pásame la cena y veamos si puedes encajar la cara en este ventanuco igual que he hecho yo.

Ella había logrado meter los pómulos en la aspillera, que era ligeramente más ancha que mi mano.

—¿No os duele? —Yo llevaba todo el día descubriéndome arañazos en los brazos y otras partes de mi cuerpo, causados por la aventura de la noche anterior.

—No es como cuando despellejaron viva a santa Bartola, pero sí, escuece un poco. No puedes confesar lo que hicimos, o lo que hacemos, amor. Eso lo sabes, ¿verdad?

—¿Entonces voy a ir al infierno?

—Bueno —dijo ella, que alzó los ojos al cielo y los entornó, como si buscara la respuesta en el techo—. No irás solo. Sírveme la cena y mete la cara por el ventanuco. Tengo algo que enseñarte.

Así siguieron las cosas durante semanas, durante meses. Y yo pasé de acróbata mediocre a experto contorsionista, y Talía pareció recobrar parte de la vida que había perdido. No era santa en el sentido en que se lo parecía a sacerdotes y a monjas, pero estaba llena de espiritualidad, y demostraba una clase distinta de devoción. Más preocupada con la vida presente, el momento presente, que con la eternidad más allá del alcance de la cruz del muro. Yo la adoraba, y deseaba que saliera de la cámara, que se asomara al mundo, conmigo, y empecé a planear su huida. Pero yo sólo era un niño, y ella estaba muy loca, de modo que no iba a poder ser.

—Le he robado un cincel a un cantero que iba camino de la catedral de York. Os llevará cierto tiempo, pero si trabajáis en una sola piedra, tal vez en verano ya logréis huir.

—Mi huida eres tú, Bolsillo. La única huida que me permitiré nunca.

—Pero podríamos escapar, estar juntos.

—Eso sería genial, pero no puedo irme. De modo que acércate y mete la herramienta por la cruz. Hoy Talía tiene una oferta especial para ti.

Una vez con la herramienta en la cruz, nunca lograba salirme con la mía. Me distraía. Pero aprendía cosas, y si la confesión me estaba prohibida —a decir verdad, no me sentía tan mal al respecto—, empecé a compartir lo que asimilaba.

—Talía, debo confesaros algo. Le he contado a la hermana Nikki lo del «botoncillo de la flor».

—¿De veras? ¿Se lo has contado, o se lo has mostrado?

—Bueno, se lo he mostrado, supongo. Pero parece que es un poco lenta, porque quería que le enseñara dónde estaba una y otra vez. Me ha pedido que me reúna con ella en el claustro esta noche, después de las vísperas, para que se lo vuelva a enseñar.

—Ah, las ventajas de ser lenta. Aun así, es pecado mostrarse egoísta con los conocimientos adquiridos.

—Ya me parecía a mí —dije, aliviado.

—Y, hablando de botoncillos de flor, creo que hay uno

aquí dentro que se ha portado mal y precisa de unos lengüetazos bien dados.

—Cómo no, señora —respondí, encajando las mejillas en la aspillera—. Mostradme a ese bribón, que le daré su merecido.

Y así seguíamos. No conocía a nadie más con callos en las mejillas, pero también había desarrollado los brazos y la fuerza de un herrero, pues debía sostenerme con las puntas de los dedos, colgado a peso de las grandes piedras, para meter mis partes por el ventanuco.

Y así me encontraba una tarde, suspendido, pegado a la pared como una araña, mientras la anacoreta, aplicada y amable, se ocupaba de mí, cuando el obispo penetró en la antecámara.

(¿Que el obispo penetró en la antecámara? ¿Que el obispo penetró en la antecámara? Ahora te pones tímido y recurres a eufemismos sobre partes del cuerpo y posturas, cuando ya has confesado violaciones mutuas con una mujer santa a través de una ranura en forma de cruz, joder? Pues no, no es creíble.)

Que no, que el que entró en la antecámara, acompañado por la jodida Basila —que llevaba un par de jodidas lámparas encendidas—, era el jodido obispo de York en persona.

Me separé de la pared. Por desgracia, Talía no lo hizo. Al parecer, también su fuerza había aumentado a copia de repetir nuestros encuentros en el muro.

—¿Qué diablos estás haciendo, Bolsillo? —preguntó la anacoreta.

—¿Qué estás haciendo? —preguntó la madre Basila.

Yo seguía ahí, más o menos suspendido en la pared, sostenido en tres puntos, de los que uno no estaba cubierto por ningún zapato.

—¡Aaaaaaah! —exclamé. Se me hacía algo difícil pensar.

—No estires tanto, muchacho —dijo Talía—. Se supone que esto tiene que ser más una danza que una competición de a ver quién tira más de la cuerda.

—El obispo está aquí fuera —la advertí yo.

Ella soltó una carcajada.

—Muy bien, pues dile que se ponga a la cola, que lo atenderé cuando tú y yo hayamos terminado.

—No, Talía, está aquí de verdad.

—Vaya, mierda —declaró, soltándome el mango.

Yo caí al suelo, y al momento me acurruqué, boca abajo.

—Buenas noches, su gracia —dijo Talía, que todavía tenía la cara encajada en el ventanuco—. ¿Le apetece un revolcón rápido antes de las vísperas?

El obispo se volvió tan deprisa que se le ladeó la mitra.

—Que lo ahorquen —sentenció, arrebatándole una lámpara a la madre Basila, y saliendo de la cámara.

—¡El pan moreno que servís sabe a escroto de macho cabrío! —le gritó Talía—. Una dama merece un trato mucho más digno.

—Talía, por favor —le susurré yo.

—No lo digo por ti, Bolsillo. Tu servicio es encantador, pero el pan es una porquería. —Y, dirigiéndose a la madre Basila, añadió—: No culpéis al muchacho, reverenda madre. Es un amor.

La madre Basila me agarró de la oreja y me sacó a rastras de la cámara.

—¡Eres un amor, Bolsillo! —insistió la anacoreta.

La madre Basila me encerró en un armario, en sus aposentos, y entonces, a medianoche, abrió la puerta y me alargó un mendrugo de pan y un orinal.

—Quédate aquí hasta que el obispo se haya ido, mañana por la mañana, y si alguien pregunta, diremos que te han ahorcado.

—Sí, reverenda madre.

La abadesa volvió a buscarme a la mañana siguiente y me sacó de allí a través de la capilla. Yo no me había sentido tan disgustado en toda mi vida.

—Has sido como un hijo para mí, Bolsillo —me dijo, caminando a mi alrededor, mientras me entregaba un zurrón y algunas otras cosas—. De modo que va a dolerme tener que echarte.

—Pero, reverenda madre...

—Cállate, muchacho. Te llevaremos al pajar, te ahorcaremos en presencia de algunos campesinos, y luego te dirigirás hacia el sur, para unirte a un grupo de titiriteros, que te aceptarán en su grupo.

—Disculpad, madre, pero si me han ahorcado ¿qué harán conmigo los titiriteros? ¿Convertirme en títere y montar un espectáculo conmigo?

—No te ahorcaré de verdad, sólo lo simularemos. Tenemos que hacerlo, muchacho, el obispo lo ha ordenado.

—¿Y desde cuándo ordena el obispo a las monjas que ahorquen a la gente?

—Desde que tú te dedicas a fornicar con la anacoreta, Bolsillo.

Al oír que la mencionaba, me alejé de la madre Basila, corrí por toda la abadía, atravesé el viejo corredor y llegué a la antecámara. La aspillera en forma de cruz había desaparecido, rellenada con piedras y mortero hasta arriba.

—¡Talía! ¡Talía! —la llamé. Grité y golpeé las piedras hasta que me sangraron los nudillos, pero ni un solo sonido me llegó desde el otro lado de la pared.

Las hermanas me arrastraron, me ataron las manos y me llevaron al pajar, donde me ahorcaron.

7

Un amigo traidor

¿Estaré siempre solo? La anacoreta me decía que tal vez fuera así, tratando de consolarme cuando sentía que las hermanas de Lametón de Perro me daban de lado.

—Has recibido el don del talento, Bolsillo, pero para reírte y mofarte deberás mantenerte separado del blanco de tus chanzas. Temo que te conviertas en un solitario, a pesar de encontrarte en compañía de otros.

Tal vez tuviera razón. Tal vez ése sea el motivo por el que llevo y pongo tantos cuernos. Busco sólo socorro y solaz bajo las faldas de las tiernas y las comprensivas. Y así, desvelado, me dirigí hacia el gran salón en busca de un poco de consuelo entre las mozas del castillo que allí dormían.

El fuego seguía encendido, troncos del tamaño de bueyes dispuestos frente a los lechos. Mi dulce Chillidos, que con frecuencia había abierto su corazón y lo que no era el corazón a un bufón errante, se había dormido en brazos de su esposo, que se acoplaba a ella por detrás mientras roncaba. María Pústulas no se veía por ningún lado, y sin duda debía de estar prestando sus servicios al bastardo Edmundo en alguna parte; mis otras conquistas habituales habían sucumbido al sueño, demasiado cerca de sus esposos o padres para acoger junto a ellas a un bufón solitario.

Ah, pero la muchacha nueva, la que llevaba apenas dos semanas en la cocina y se llamaba Tesa, o Kate, o tal vez Fiona...

Sus cabellos eran negros como el azabache, y brillaban como hierro bruñido; tenía la piel blanca como la leche, las mejillas sonrosadas. Sonreía al oír mis bromas, y le había regalado una manzana a Babas sin que éste se la pidiera. Estoy bastante seguro de que la adoraba. De puntillas, pasé sobre los carrizos que se amontonaban en el suelo (había dejado a Jones en mi cámara, pues los cascabeles de su gorro no convenían a los romances furtivos), me tendí a su lado, y me introduje por el borde de su manta. Un cachetito afectuoso en la cadera la despertó.

—Hola —me dijo.

—Hola —le dije—. ¿No serás papista?, amor mío.

—No, por Cristo. Nací y me crie en la tradición druida.

—Gracias a Dios.

—¿Qué estás haciendo debajo de mi manta?

—Calentarme. Tengo mucho frío.

—No es verdad.

—Brrrr. Me congelo.

—Pero si aquí hace calor.

—Está bien, tienes razón. Sólo quería ser amable.

—¿Por qué no dejas de clavarme eso?

—Lo siento. Lo hace cuando se siente solo. Tal vez si lo acariciaras...

Y entonces (alabada sea la diosa misericorde de los bosques) ella lo acarició, algo temerosa al principio, casi con reverencia, como si intuyera cuánta dicha podía proporcionar a todos los que entraran en contacto con él. Aquella muchacha era muy adaptable, poco dada a ataques de histeria o timidez, y pronto, la firmeza segura de sus sacudidas reveló que contaba con algo de experiencia en el manejo de las partes masculinas. Era una moza encantadora.

—Pensaba que tenía un gorrito con cascabeles.

—Ah, sí. Si contara con un lugar privado para cambiarme, estoy seguro de que podría arreglarlo. Debajo de tu falda, tal vez. Ponte de lado, mi amor, la discreción será mayor si mantenemos el abrazo en un plano lateral. —Le quité los pechos del vestido, liberé aquellos cachorrillos de nariz roja, aquellos bracitos de gitano, los expuse a la luz y las atenciones amistosas de este maestro en malabarismos, y estaba pensando en hundir en ellos, suavemente, mis mejillas, cuando apareció el fantasma.

La aparición estaba dotada de más sustancia, y sus rasgos describían lo que debía de haber sido una criatura de lo más agradable, antes de ser arrojada al país ignoto, sin duda a manos de algún pariente cercano, cansado de lo irritante de su naturaleza. Flotaba sobre la forma durmiente de Burbuja, la cocinera, y ascendía y descendía al ritmo de sus ronquidos.

—Siento perseguirte ahora que te estás trajinando a la ayudante —dijo el fantasma.

—El trajín no ha comenzado, mequetrefe, apenas si he ensillado el caballo para llevármelo de paseo. Vete ahora mismo.

—Está bien. Siento haber interrumpido tu intento de trajinártela.

—¿Me estás llamando caballo? —preguntó molesta la posible Fiona.

—No, en absoluto, mi amor. Tú sigue acariciando al pequeño juglar, que yo atiendo al fantasma.

—Siempre tiene que haber un maldito fantasma merodeando, ¿no? —comentó La Posible, apretándome el mango con más fuerza, como para dar énfasis.

—Si vives en una fortaleza donde la sangre es azul y el asesinato es el deporte favorito, sí —convino el fantasma.

—Vete a la mierda —dije yo—. ¡Hedor visible, agravio humeante, plasta vaporosa! Estoy abatido, triste, intento obtener un módico consuelo y olvidar en brazos de..., esto..., esto...

—Kate —dijo la posible Fiona.

—¿De veras?

La moza asintió.

—¿No te llamas Fiona?

—No. Kate desde el día en que mi padre me ató el cordón umbilical a un árbol.

—Vaya. Lo siento. Yo soy Bolsillo, llamado el Bufón Negro. Estoy encantado, claro. ¿Te beso la mano?

—Entonces serás muy elástico, ¿no? —dijo Kate, acariciándome el mástil para corroborarlo.

—¿Queréis hacer el favor de callar, joder? —terció el fantasma—. Estoy tratando de aparecerme aquí.

—Sigue —dijimos los dos.

El fantasma hinchó el pecho y carraspeó, expulsando una ranita fantasmagórica que se evaporó a la luz del hogar, emitiendo un chisporroteo, antes de proseguir.

Si una segunda hermana
con su desprecio infame
falsedades proclama
que nublan la visión
y contra su familia
la pequeña villana
desenreda los lazos
y rompe el eslabón,
un loco habrá de alzarse
contra la casquivana
para guiar sin falta
al cegatón.

—¿Qué? —preguntó la ex Fiona.

—¿Qué? —pregunté yo.

—Parece una profecía de maldición, ¿no? —dijo el fantasma—. El fragmento de un presagio de toda la vida formulado como acertijo del más allá, ¿es que no lo veis?

—No se la puede matar otra vez, ¿verdad? —preguntó la falsa Fiona.

—Amable espectro —dije yo—. Si lo que traéis es una advertencia, decidlo claramente. Si requerís que emprenda alguna acción, pedídmela abiertamente. Si es música lo que queréis hacer sonar, tocad. Pero por las pelotas manchadas de vino de Baco, decid qué queréis, rápido y clarito, y luego os vais, antes de que la lengua de hierro del tiempo desgaste mi misericordia y me haga cambiar de idea.

—Es a ti a quien me he aparecido, bufón, y yo soy quien se ocupa de tus asuntos. ¿Qué quieres?

—Quiero que te vayas. Quiero que Fiona se muestre cooperadora, y quiero que Cordelia, Babas y Catador regresen. Y ahora ¿puedes decirme cómo hacer para que sucedan esas cosas? ¿Puedes conseguirlas tú, revoloteo quejoso de vapores?

—Puede hacerse —respondió el fantasma—. Tu respuesta está en las brujas del bosque de Birnam.

—También podrías dármela tú, joder —observé yo.

—¡Noooo! —exclamó el fantasma, fantasmagórico y etéreo, que mientras lo exclamaba iba disolviéndose.

—Te deja un escalofrío cuando se va, ¿verdad? —dijo la antigua Fiona—. Parece que se ha llevado parte de tu ímpetu, si me permites que te lo diga.

—Ese fantasma me salvó la vida ayer noche —le conté, tratando de devolver el brío a lo fláccido y marchito.

—Pero al pequeñín lo mató, ¿no? Vuelve a tu cama, bufón, que el rey parte de mañana, y hay un montón de cosas que hacer para preparar su viaje.

Triste, envainé el equipo y regresé a la torre fortificada, donde me dediqué a guardar mis cosas, dispuesto a emprender mi último viaje desde la Torre Blanca.

Las malditas trompetas que suenan al amanecer no voy a echarlas de menos, eso seguro. Y a la mierda las cadenas del puente levadizo que chirrían en mis aposentos antes de que cante el gallo. Con tanto estrépito y tantas idas y venidas a las primeras luces del alba, se diría que habíamos entrado en guerra. A través de la aspillera, vi que Cordelia se alejaba a caballo con Francia y Borgoña, y que montaba a horcajadas, como un hombre, como si fuera a cazar, y no a abandonar para siempre el hogar de sus antepasados. A su favor hay que decir que no miró atrás, y yo no me despedí de ella agitando la mano, ni siquiera cuando ya hubo cruzado el río y se perdió de vista.

Babas no se mostró tan firme, y desde que lo sacaron del castillo con una soga al cuello, no dejó de detenerse ni de mirar atrás, obligando al hombre armado al que iba atado tirar de él para que reanudara la marcha.

Yo no soportaba verlo partir, y no me asomé a la muralla. Regresé a mi jergón y me tumbé boca abajo, con la frente apretada contra la pared de piedra, y desde ahí oí que los demás personajes reales cruzaban el puente levadizo, seguidos por sus respectivos séquitos. A la mierda Lear, a la mierda la realeza, a la mierda la maldita Torre Blanca. Todo lo que amaba se había ido, o no tardaría en quedar atrás, todo lo que poseía lo había metido en un hatillo, que llevaba colgado a un gancho. Jones sobresalía en lo alto, se burlaba de mí con su sonrisa de títere.

Entonces oí que llamaban a la puerta. Como si me alzara de la tumba, me acerqué a abrir. Y allí estaba ella, lozana, encantadora, sosteniendo una cesta.

—¡Fiona!

—Fiona no, Kate —dijo Fiona.

—Ah, tu testarudez te sienta bien, incluso a la luz del día.

—Burbuja lamenta lo de Catador y lo de Babas, y te envía pasteles y leche para que te consueles, pero me ha pedido que te recuerde que no abandones el castillo sin despedirte, y también que te diga que eres un cobarde, un villano y un bribón. Yo, por mi parte, he venido para ofrecerte mi propio consuelo, para terminar lo que empezamos en el gran salón ayer noche. Chillidos me ha dicho que te pregunte por el ojal de una flor, o algo así.

—Mi querida Fiona. Eres un poquito ligera de cascos, ¿verdad?

—Más bien druida, cariño. Mi gente quema una virgen todos los otoños. Toda precaución es poca.

—Está bien, pero que sepas que estoy abatido, y que no lo disfrutaré.

—Pues suframos juntos. ¡Adelante! ¡Deja ya ese hatillo, bufón!

No sé qué tengo, que siempre saco a la tirana que hay en toda mujer.

«La mañana siguiente» se convirtió en una semana de preparativos para abandonar la Torre Blanca. Cuando Lear proclamó que lo acompañarían cien caballeros, no se refería a que cien hombres se montarían a sus caballos, sin más, y partirían al amanecer. Cada uno de ellos —los hijos segundones o terceros de los nobles y, por tanto, sin tierras— iba acompañado por lo menos de un escudero, un paje y, por lo general, de un mozo de cuadra que cuidaba de sus caballos; además, en ocasiones, de un hombre armado. Todos disponían al menos de un caballo de guerra, una bestia inmensa, cubierta con su armadura, y de dos o tres animales de carga para transportar cotas de malla, armas y suministros. Albany se encontraba a tres semanas de viaje rumbo al norte, cerca de Aberdeen. Teniendo el cuenta el paso lento que marcaría el anciano monarca, y el hecho de que tantas personas avanzaran a pie, sería preciso contar con montañas de provisiones. A finales de semana nuestra expedición sumaba ya más de quinientos hombres y niños, y otros tantos caballos. Habría hecho falta un carro lleno de monedas para pagar a todos, si Lear no hubiera dispuesto que Albany y Cornualles mantuvieran a los caballeros.

Vi pasar a Lear bajo la torre fortificada, encabezando la columna de hombres, antes de bajar las escaleras y subirme a mi montura, una yegua de grupa hundida que se llamaba *Rosa*.

—El barro no manchará el traje negro de mi bufón, no fuera a ser que se le manchara también el ingenio —dijo Lear el día que me la entregó. No es que el animal fuera mío, claro. Pertenecía al rey, y ahora, suponía, a sus hijas.

Me sumé a la retaguardia de la columna, inmediatamente

detrás de Cazador, al que seguía una larga hilera de perros. El soldado iba a cargo de un carro sobre el que viajaba la jaula que guardaba ocho halcones reales.

—Antes de llegar a Leeds ya nos veremos obligados a saquear las granjas —comentó Cazador, un hombre fornido, vestido con ropas de piel, con unos treinta años a sus espaldas—. No puedo alimentar a toda esta gente... con lo que llevamos, no hay ni para una semana.

—Quéjate si quieres, pero piensa que yo seré el encargado de mantenerlos de buen humor cuando se les vacíe el estómago —aduje.

—Cierto, no te envidio, bufón. ¿Es por eso por lo que cabalgas con nosotros, los lacayos, y no acompañas al rey?

—Estoy pensando en una canción procaz para la cena, y el estrépito de las armaduras me distrae, mi buen Cazador.

Habría querido decirle a mi compañero de viaje que no es que me abrumaran mis deberes, sino mi desdén por un monarca senil que había desterrado a mi princesa. Además, me hacía falta algo de tiempo para reflexionar sobre las advertencias del fantasma. Lo de las tres hermanas y el rey convertido en bufón ya había sucedido, o al menos estaba en vías de suceder. La muchacha fantasma había predicho que ofendería «a las tres hermanas», y aunque no todas la hubieran recibido aún, cuando Lear llegara a Albany con su desbocado séquito, la ofensa no tardaría en producirse. Pero ¿qué decir de lo otro? «Si una segunda hermana con su desprecio infame falsedades proclama que nublan la visión...»

¿Se refería a la segunda hermana? ¿A Regan? ¿Y qué importaba si sus mentiras nublaban la visión de Lear? El rey ya estaba casi ciego, sus ojos lechosos por culpa de las cataratas (hasta el punto de que yo me había acostumbrado a describirle mis pantomimas mientras las ejecutaba para que el anciano no se perdiera el chiste). Ya sin poder, ¿qué importancia podía tener que rompiera un eslabón familiar? ¿Una guerra entre los dos duques, tal vez? En todo caso, no era asunto de mi incumbencia, de modo que ¿para qué preocuparme?

Pero entonces ¿por qué habría de aparecerse el fantasma a un bufón irreverente y sin poder? Ese misterio me desconcertaba, y reflexionando sobre ello me rezagué bastante. Me detuve entonces a orinar, y mientras me hallaba absorto en la tarea, se me acercó un bandido.

Surgió tras un árbol caído, como un oso imponente, malcarado, de barba espesa y salpicada de restos de comida y virutas, un remolino de pelo gris que se movía bajo un sombrero negro, de ala ancha. Tal vez la sorpresa de verlo me hiciera gritar, y un oído no educado podría haber confundido mi grito con el de una niña, pero os aseguro que fue de lo más varonil, y más una advertencia a mi atacante que otra cosa, pues al momento desenvainé el puñal que llevaba a la espalda y se lo lancé. Si el miserable salvó su vida fue sólo porque calculé mal la distancia (por muy poco), aunque el mango del arma sí le dio en la cabeza con un golpe seco.

—¡Ah! ¡Maldita sea, bufón! ¿Qué diablos te sucede?

—Detente, canalla —le insté yo—. Tengo otras dos dagas listas, y esta vez las arrojaré de punta; he agotado mi misericordia, y siento una ira creciente, pues me he orinado en los zapatos —añadí, considerando que podía tratarse de una amenaza útil.

—Guárdate tus puñales, Bolsillo. No pretendo hacerte daño —pronunció una voz bajo el sombrero, antes de añadir—: *Y Ddraig Goch ddyry gychwyn.**

Me incorporé para lanzarle una segunda daga al corazón.

—Puede que conozcas mi nombre, pero esas gárgaras que pronuncias no te librarán de que te tumbe ahí mismo.

—*Ydych chi'n cymryd cerdynnau credid?*** —dijo el salteador de caminos, sin duda para asustarme aún más, encade-

---

* «¡El dragón rojo debe avanzar!», en galés. Originalmente, se trataba del lema nacional de Gales, posteriormente reemplazado por «Sí, tenemos pastel de carne».

** «¿Aceptan tarjetas de crédito?» en galés.

nando consonantes como si fueran una ristra de bolas chinas salidas del culo del mismísimo infierno.

—Tal vez sea bajito, pero no soy un niño para asustarme si finges ser un demonio con don de lenguas. Soy cristiano a veces, y pagano por conveniencia. Lo peor que puedo hacerle a mi conciencia es cortarte el pescuezo y pedirle al bosque que lo considere un sacrificio para cuando llegue el solsticio de invierno y se celebre el Yule, así que basta de galimatías y cuéntame por qué sabes mi nombre.

—No es un galimatías, es galés —dijo el bandido. Se retiró el ala del sombrero y me guiñó el ojo—. ¿No crees que deberías guardar tus dardos para un enemigo de verdad? Soy yo, Kent. Disfrazado.

Y, en efecto, lo era, el viejo amigo desterrado del rey, despojado de todos sus arreos reales salvo de la espada. Parecía que llevaba durmiendo en el bosque desde que lo había visto por última vez.

—Kent, ¿qué estáis haciendo aquí? Sois hombre muerto si el rey os descubre. Creía que ya estaríais en Francia.

—No tengo adónde ir. Me han despojado de tierras y título, y la familia que tengo pondría en peligro su vida si me acogiera. He servido a Lear durante cuarenta años, soy leal, y no conozco nada más. De modo que se me ha ocurrido fingir otro acento y ocultar mi rostro hasta que el rey cambie de opinión.

—¿Es la lealtad una virtud cuando se brinda a quien la ignora? A mí no me lo parece. Lear os ha usado a su antojo. Sois un loco, o un necio, o mostráis vuestra impaciencia por acabar bajo tierra, pero lo cierto es que no hay lugar para vos, buen oso, en compañía del rey.

—¿Y sí lo hay para ti? ¿Acaso no vi cómo te mandaban callar y te expulsaban del salón por cometer la misma ofensa, decir la verdad abiertamente? Así pues, no me hables de virtud, bufón. Existe una voz capaz de advertir al rey de su locura, sin temor, y aquí está, con los zapatos meados, a dos leguas de la cabeza de la expedición.

¡Carajo! A veces la verdad es una hiena malcarada. Qué bocazas, tenía razón el muy zorro.

—¿Habéis comido?

—No desde hace tres días.

Me acerqué a mi yegua para sacar un poco de queso del zurrón, y una manzana que me quedaba del regalo de despedida de Burbuja. Se los di a Kent.

—No os apresuréis en aparecer —le aconsejé—. Lear sigue furioso por la grave ofensa de Cordelia, y por vuestra supuesta traición. Seguidnos a distancia hasta el castillo de Albany. Le pediré a Cazador que deje un conejo o un pato junto al camino para vos todos los días. ¿Tenéis pedernal, sílex?

—Sí, y yesca.

Encontré el cabo de una vela en el fondo del zurrón, y se lo entregué al viejo caballero.

—Quemadla y recoged el hollín sobre la espada, y después frotáoslo contra la barba. Cortaos los cabellos muy cortos, y ennegrecéoslos también. Lear no ve con claridad más allá de unos pocos pasos, de modo que manteneos siempre a cierta distancia de él. Y no abandonéis ese horripilante acento galés.

—Tal vez de ese modo engañe al rey, pero ¿qué hay de los demás?

—Ningún hombre de bien os considera traidor, Kent, pero yo no conozco a todos esos caballeros, ni cuál de ellos podría delataros ante el rey. Manteneos sin ser visto, y cuando lleguemos al castillo de Albany yo ya habré tanteado a los sinvergüenzas capaces de delataros.

—Eres un buen muchacho, Bolsillo. Si te he faltado al respeto en algún momento, te pido perdón.

—No os arredréis, Kent, que la sumisión no sienta bien a los provectos. Una espada veloz y un buen escudo son aliados que puedo usar con malhechores y traidores que tejen intrigas, como la araña-ramera venenosa de Kilarny.

—¿La araña-ramera de Kilarny? No he oído hablar nunca de ella.

—Pues sentaos en ese árbol caído y, mientras dais cuenta de la comida, yo tejeré la historia para vos como si se tratara de un hilo que brotara de vuestro propio culo.

—Te rezagarás mucho de los demás.

—A la mierda los demás, ese viejo tambaleante y borracho va tan lento que no tardarán en dejar un rastro tras de ellos, como los caracoles. Sentaos y escuchad, barbagris. Por cierto, ¿habéis oído hablar del gran bosque de Birnam?

—Sí, se encuentra a apenas dos millas de Albany.

—¿De veras? ¿Y a vos, las brujas, os desagradan mucho?

8

Un viento que llega de la maldita Francia

Cazador tenía razón, claro, y no le fue posible alimentar a todo el séquito. Allá por donde pasábamos, imponíamos la ley de la cuarta parte, pero al norte de Leeds las aldeas habían tenido malas cosechas y no podían resistir nuestro apetito voraz sin morir ellas de hambre. Yo trataba de infundir buen humor a los caballeros, manteniéndome alejado del rey (no había perdonado al viejo por desheredar a mi Cordelia y alejarme de Babas). En secreto, me alegraba de las quejas de los soldados, que acusaban lo incómodo de las condiciones, y no me esforzaba lo más mínimo por aplacar su creciente ira hacia el anciano monarca.

Cuando llevábamos quince jornadas de marcha, a las puertas de Hilacha sobre Tweed, se comieron a mi yegua.

—«*Rosa, Rosa, Rosa,* ¿puede la carne de cualquier otro caballo saber tan deliciosa?» —cantaban los caballeros. Se creían muy listos al soltar aquellas perlas de su gracejo por las mismas bocas grasientas por las que escupían los pedazos asados de mi montura.

Los tontos siempre tratan de aparecer como listos a expensas de los bufones, para devolverles, de algún modo, los embates de su cortante ingenio, pero algunas veces se muestran inteligentes, y sí, a menudo, crueles. Ésa es la razón por la que tal vez nunca llegue a poseer nada, a preocuparme por nadie ni a desear nada, no vaya a ser que un rufián, creyéndose divertido, me lo arrebate. Tengo deseos secretos, anhelos y sueños, claro. Jones es un buen reclamo, pero algún día me gustaría tener un monito. Si me hiciera con uno, lo vestiría con un traje de bufón diminuto, de seda roja, creo. Lo llamaría Jeff, y tendría su propio títere, que se llamaría Pequeño Jeff. Sí, me gustaría mucho tener un mono. Sería mi amigo, y estaría prohibido asesinarlo, desterrarlo o comérselo. ¿Sueños vanos?

Salió a nuestro encuentro, a nuestra llegada al castillo de Albany, el mayordomo, consejero y adulador máximo Oswaldo, el capullo más maligno del lugar. Yo ya había conocido a aquel lameculos con cara de roedor cuando él no era más que un lacayo que trabajaba en la Torre Blanca, cuando Goneril todavía era princesa en nuestra corte y a mí, humilde juglar, me encontraron retozando desnudo entre sus orbes reales. Pero es mejor dejar ese relato para otra ocasión; el sinvergüenza que se halla junto a la puerta nos impide el paso.

Arácnido por su aspecto tanto como por su disposición, Oswaldo acecha incluso en campo abierto, pues acechar es su forma natural de moverse. Un fino bozo negro le cubre tanto el rostro como la cabeza, cuando se lleva la boina escocesa azul al corazón, lo que no hizo ese día, pues ni se la quitó ni le hizo la menor reverencia a Lear al acercarse éste.

Al viejo monarca no le gustó el gesto. Detuvo el séquito a un tiro de flecha del castillo, y me hizo una seña para que me acercara.

—Bolsillo, ve a ver qué quiere —me dijo Lear—. Y pregúntale por qué ninguna fanfarria anuncia mi llegada.

—Pero, señor —protesté yo—. ¿No debería ser el capitán de la guardia el que..?

—¡Ve, bufón! Debo darles una lección sobre el respeto. Envío a un bufón al encuentro de ese sinvergüenza, y lo pongo en su sitio. No escatimes modales, recuerda a ese perro que es un perro.

—Como digáis, majestad. —Puse los ojos en blanco y miré al capitán Curan, que, aunque estuvo a punto de soltar una risotada, se contuvo a tiempo, al constatar que el enfado del rey era auténtico.

Saqué a Jones del zurrón y me adelanté, apretando mucho los dientes, decidido como la proa de un barco de guerra.

—¡Ah, del castillo de Albany! ¡Ah, Albany! ¡Ah, Goneril!

Oswaldo no dijo nada, y ni siquiera se quitó la boina. Me ignoró con la mirada, que posó en el rey, a pesar de que me encontraba a menos de dos palmos de él.

—Ha llegado el rey de la jodida Britania, Oswaldo. Te aconsejo que le muestres el debido respeto —solté.

—No me rebajaré a hablar con un bufón.

—Menudo gilipollas relamido está hecho, ¿verdad? —dijo Jones, el títere.

—Pues sí. —En ese instante divisé a un guardia en la barbacana, que nos observaba desde su posición elevada—. Os saludo, capitán. Parece que alguien ha vaciado un orinal sobre vuestro puente levadizo, y la boñiga humeante impide el paso.

El guardia se rio. Oswaldo parecía furioso.

—Mi señora me ha pedido que os diga que los caballeros de su padre no son bienvenidos en el castillo.

—¿De veras? ¿De modo que os dirige la palabra?

—No pienso hablar con un bufón imprudente.

—No es imprudente —dijo Jones—. Con el estímulo adecuado, al muchacho se le pone más tiesa que un badajo. Preguntadle a vuestra señora.

Asentí, de acuerdo con el títere, pues, para tener el cerebro de serrín, es de lo más inteligente.

—¡Imprudente! ¡Imprudente! ¡No impotente! —exclamó Oswaldo, al que empezaba a salirle espuma por la boca.

—Ah, bueno, haberlo dicho antes —prosiguió Jones—. Imprudente sí es.

—Eso seguro —corroboré yo.

—Claro, claro —dijo Jones.

—Claro, claro —dije yo.

—La chusma del rey no tendrá acceso al castillo.

—Ajá. ¿Es eso cierto, Oswaldo? —Me puse de puntillas y

le di una palmadita en la mejilla—. Deberías haber ordenado que sonaran las trompetas, y que cubrieran el suelo con pétalos de rosa a nuestro paso. —Me volví e hice un gesto a la columna de hombres para que se pusiera en marcha. Curan espoleó a su caballo, y todos avanzaron al galope—. Y ahora apártate del puente, si no quieres que te aplasten, soplagaitas, cara de rata.

Dejé atrás a Oswaldo y entré en el castillo, agitando a Jones en el aire como si marcara el ritmo de unos tambores de guerra. A veces creo que debería haber sido diplomático.

Cuando Lear pasó a caballo junto a Oswaldo, lo golpeó en la cabeza con la espada envainada, haciendo caer al foso al fatuo mayordomo. Al verlo, noté que la indignación que sentía por el viejo remitía un punto.

Kent, con su disfraz perfeccionado tras casi tres semanas pasando hambre y viviendo al raso, se sumó a la retaguardia del séquito, tal como yo le había indicado. Se veía flaco, apergaminado, y se parecía más a una versión añosa de Cazador que al viejo caballero sobrealimentado que había sido en la Torre Blanca. Yo permanecí junto a la puerta mientras el séquito entraba, y lo saludé con un movimiento de cabeza al verlo pasar.

—Tengo hambre, Bolsillo. Ayer sólo comí un búho.

—El plato perfecto para ir en busca de brujas, me parece a mí. Entonces ¿os venís conmigo al bosque de Birnam esta noche?

—Después de cenar.

—De acuerdo. Eso si Goneril no nos envenena a todos antes.

Ah, Goneril, Goneril, Goneril. El nombre es como un lejano canto de amor. No es que no avive recuerdos de orines calientes y excrementos pútridos, pero qué amor digno de tal nombre se ve exento de un sabor agridulce.

Cuando la conocí, Goneril contaba apenas diecisiete años,

y aunque prometida con Albany desde los doce, jamás lo había visto. Curiosa, de trasero redondo, se había pasado toda la vida en las inmediaciones de la Torre Blanca, y había desarrollado un apetito colosal por conocer el mundo exterior, un apetito que, de algún modo, creía poder saciar asando a un humilde bufón. La cosa empezó cuando, algunas tardes, ella me llamaba a sus aposentos, y en presencia de sus damas de compañía, me formulaba toda clase de preguntas, las que sus tutores se negaban a responderle.

—Señora —le decía yo—, no soy más que un bufón. ¿No deberíais preguntar a alguien de más elevada posición?

—Madre está muerta, y padre nos trata como si fuéramos muñecas de porcelana. A todo el mundo le asusta hablarnos. Tú eres mi bufón, y es tu deber decir la verdad a los poderosos.

—Lógica impecable, señora, pero, a decir verdad, yo estoy aquí como bufón de la menor de las princesas.

Era nuevo en el castillo, y no quería que me acusaran de contar a Goneril algo que el rey no deseaba que ella supiera.

—Cordelia está durmiendo su siesta, de modo que, hasta que despierte, eres mi bufón. Lo decreto yo.

Las damas de compañía aplaudieron el decreto real.

—Lógica irrefutable una vez más —le dije a la princesa, que era boba, pero bonita—. Proceded.

—Bolsillo, tú que has viajado por el país, dime, ¿qué es ser campesino?

—Bien, mi señora, yo no lo he sido nunca, en sentido estricto, pero por lo que me han contado, en general consiste en levantarse temprano, trabajar mucho, pasar hambre, pillar la peste y morirse. Y en levantarse al día siguiente y vuelta a empezar.

—¿Todos los días?

—Bueno, si eres cristiano, los domingos también te levantas temprano para ir a la iglesia, pasas hambre hasta que te das un atracón de cebada y un brebaje infecto, pillas la peste y después te mueres.

—¿Hambre? ¿Es por eso por lo que parecen estar tan agotados y ser tan desgraciados?

—Ésa podría ser una de las razones, aunque también podrían influir el trabajo duro, la enfermedad, el simple sufrimiento y la ocasional quema de alguna bruja, o el sacrificio de alguna virgen, dependiendo de la fe de cada uno.

—Y si tienen hambre ¿por qué no comen?

—Ésa es una pregunta excelente, señora. Alguien debería sugerírselo.

—Ah, creo que voy a ser una duquesa fantástica. La gente ensalzará mi sabiduría.

—Sin duda, señora —dije yo—. Vuestro padre se casó con su propia hermana, ¿verdad, tesoro?

—Por Dios santo, no. Madre era una princesa belga. ¿Por qué lo preguntas?

—La heráldica es mi pasatiempo favorito. Seguid.

Una vez en el interior de la muralla exterior del castillo de Albany, se hizo evidente que no podríamos seguir adentrándonos en él. La torre del homenaje se alzaba tras una segunda fortificación, que contaba con su propio puente levadizo, construido sobre una zanja seca más que sobre un foso. Cuando el rey se aproximó a él, éste descendió al instante, y Goneril caminó por él sola, ataviada con un vestido de terciopelo verde ajustado en exceso.

Si lo que pretendía era disimular el volumen del busto, fracasaba estrepitosamente, y al verla varios caballeros emitieron silbidos y resoplidos, hasta que Curan alzó la mano pidiendo silencio.

—Padre, bienvenido a Albany —dijo Goneril—. Os saludo, buen rey y amantísimo padre.

Extendió los brazos, y la ira abandonó el rostro de Lear, que descendió del caballo. Yo me apresté a colocarme a su lado, y a sostenerlo. El capitán Curan hizo una seña, y el resto del séquito, emulando al monarca, desmontó.

Mientras yo le alisaba la capa que le cubría los hombros, miré a Goneril a los ojos.

—Os he echado de menos, calabacita mía.

—Mastuerzo —susurró ella entre dientes.

—Siempre fue la más hermosa de las tres —le dije a Lear—. Y también la más inteligente.

—Mi señor pretende ahorcar accidentalmente a vuestro bufón, padre.

—Bien, si se trata de un accidente, entonces será el destino, y no habrá culpables —intervine yo, sonriendo de oreja a oreja, pues soy alegre e ingenioso como unas castañuelas—. Con todo, en ese caso, habrá que dar una buena azotaina en el culo al destino, darle bien duro, ¿verdad, señora?

Le guiñé un ojo, y le di una palmada en la grupa al caballo.

La flecha de mi ingenio dio en el blanco, y Goneril se ruborizó.

—Ya me encargaré yo de que la azotaina te la den a ti, perro malvado.

—Ya basta —dijo Lear—. Deja en paz al muchacho y ven a abrazar a tu padre.

Jones ladró con entusiasmo, y entonó: «El bufón una azotaina, el bufón una azotaina, el bufón una azotaina propinará.»

El títere conoce bien las debilidades de una dama.

—Padre —dijo ella—. Me temo que sólo podemos alojaros a vos en el castillo. Vuestros caballeros y los demás deberán instalarse en el patio de armas. Disponemos de aposentos y comida para ellos en los establos.

—Pero ¿y mi bufón?

—Vuestro bufón puede dormir en el establo, con el resto de la chusma.

—Así sea.

Lear permitió que su hija mayor lo condujera al castillo como si de una dócil vaca lechera se tratara.

—Te desprecia sinceramente, ¿verdad? —comentó Kent, mientras se zampaba una espalda de cerdo del tamaño de un recién nacido, y con un acento galés que, entre la grasa y el cartílago, sonaba más natural que cuando tenía la garganta despejada.

—No te preocupes, muchacho —intervino Curan, que se había unido a nosotros junto al fuego—. No permitiremos que Albany te ahorque. ¿Verdad que no, mis hombres?

Los soldados que nos rodeaban vitorearon, sin saber bien por qué, más allá del hecho cierto de que, por primera vez desde que abandonaron la Torre Blanca, daban cuenta de una comida completa. La albacara alojaba una pequeña aldea en su interior, y algunos de los caballeros ya habían iniciado la búsqueda de taberna y ramera. Nos hallábamos fuera del castillo, pero al menos estábamos resguardados del viento, y podíamos dormir en los establos, que pajes y escuderos habían limpiado de excrementos tras nuestra llegada.

—Pero, si no nos acogen en el gran salón, se verán privados del talento del bufón del rey —dijo Curan—. Cántanos una canción, Bolsillo.

Un grito se extendió por todo el campamento:

«¡Que cante! ¡Que cante!»

Kent arqueó una ceja.

—Vamos, muchacho, tus brujas pueden esperar.

No nos engañemos, yo soy lo que soy. Me bebí de un trago la jarra de cerveza, emití un silbido estridente, me incorporé de un salto, di tres volteretas hacia atrás y aterricé señalando la luna con mi títere.

—¿Una balada, entonces?

—¡Síii! —respondió la multitud.

Y así, con gran dulzura, entoné la delicada canción de amor titulada ¿*Me calzaré a mi dama a lomos del caballo?* Seguí con un tema narrativo, en la más pura tradición trovadoresca: *De cómo le cuelgan a Pitorro Pelotas.* ¿A quién no le gusta oír una buena historia después de cenar? La que conté, en concreto, suscitó muchos aplausos, lo afirmo por los testículos de los cíclopes tuertos, de modo que calmé un poco los ánimos con la balada *La leche del dragón manchó a mi linda muchacha*. Como me pareció desconsiderado dejar a unos soldados hechos y derechos reprimiendo el llanto, me puse a bailar por todo el campamento al tiempo que atacaba la canción marinera *Lily, la tabernera del puerto (te joderá hasta dejarte muerto)*.

Estaba a punto de dar las buenas noches y ausentarme cuando Curan pidió silencio, y un heraldo, cansado de tanto caminar, y que llevaba una flor de lis en la pechera, entró en el campamento, desenrolló un pergamino y leyó.

—«Oíd bien, oíd bien, pues se hace saber que el rey Felipe XXVII de Francia ha muerto. Que Dios lo tenga en su gloria. Larga vida a Francia. ¡Larga vida al rey!»

Nadie coreó ese «larga vida al rey», y a juzgar por su aspecto, aquello supuso una decepción para él, aunque un caballero sí llegó a susurrar: «¿Y?», y otro dijo: «De otro bueno nos hemos librado.»

—Pues bien, cerdos ingleses, el nuevo rey es Jeff —dijo el heraldo.

Nos miramos los unos a los otros, y nos encogimos de hombros.

—Y la princesa Cordelia de Bretaña es la reina de Francia —añadió el emisario, cada vez más susceptible.

—¡Ah! —exclamaron muchos, comprendiendo al fin la importancia de las nuevas.

—¿Jeff? —dije yo—. ¿Ese maldito príncipe francés se llama Jeff? —Me acerqué al heraldo y le arrebaté el pergamino. Él trató de recuperarlo, pero yo le di con Jones.

—Calma, muchacho —me aconsejó Kent, quitándome a su vez el pergamino y devolviéndoselo al mensajero.

—*Merci* —dijo éste.

—¡Primero me robó a mi maldita princesa, y ahora me roba el nombre que iba a ponerle al mono! —me lamenté yo, blandiendo de nuevo a Jones, que no impactó en el blanco porque Kent ya me llevaba a rastras.

—Deberías alegrarte —dijo Kent—. Tu dama es la reina de Francia.

—No os creáis que no me lo va a restregar por la cara cuando la vea.

—Vamos, muchacho, vamos al encuentro de tus brujas. Debemos estar de regreso por la mañana, que es cuando Albany quiere ahorcarte por accidente.

—Eso a ella sí le gustaría, ¿verdad?

9

Dobla, dobla tu trabajo

—¿Y para qué vamos al bosque de Birnam en busca de brujas? —preguntó Kent mientras atravesábamos el páramo. Soplaba apenas una brisa ligera, pero el frío era intenso, y se añadía a la neblina, la oscuridad y la desesperación que me habían causado las noticias del rey Jeff. Me ceñí la capa.

—Maldita Escocia —dije—. Albany es, seguramente, la grieta más húmeda y fría de toda Albión. ¡Malditos escoceses!

—¿Y las brujas? —me recordó Kent.

—El maldito fantasma me dijo que aquí encontraría mis respuestas.

—¿Fantasma?

—La muchacha fantasma de la Torre Blanca, enteraos, Kent. La de las rimas, los acertijos y esas cosas.

Le conté lo de «a las tres hijas ofenderá», y lo del «un loco habrá de alzarse/contra la casquivana/para guiar sin falta/al cegatón».

Kent asintió, como si entendiera algo.

—Ajá, y yo te acompaño porque...

—Porque está muy oscuro y soy pequeño.

—Podrías habérselo pedido a Curan, o a cualquier otro. A mí las brujas...

—Tonterías. Son como los médicos, pero sin las sangrías. No hay nada que temer —alegué.

—Hace tiempo, cuando Lear era aún cristiano, no tratábamos demasiado bien a las brujas. Y tengo un saco lleno de las maldiciones que me dedicaron.

—Pues no fueron demasiado eficaces, ¿verdad? Sois viejísimo, y seguís más fuerte que un toro.

—Sí, pero he sido desterrado, no tengo ni un penique y vivo amenazado de muerte —se lamentó Kent.

—Tenéis razón. En ese caso, que hayáis venido es todo un acto de valor.

—Gracias, muchacho, pero el valor no lo siento por ningún lado. ¿Qué es esa luz?

En efecto, se distinguía una hoguera encendida a lo lejos, en medio del bosque, y a su alrededor evolucionaban unas figuras.

—Silencio ahora, buen Kent. Avancemos con sigilo y veamos lo que se cuece antes de aparecer. Gatead, Kent, buey decrépito, gatead.

A los dos pasos, mi estrategia se reveló fallida.

—Tintineas como un monedero poseído por el diablo —observó Kent—. Hasta los sordos y los muertos se percatarían de tu presencia. Manda callar a tus malditos cascabeles, Bolsillo.

Dejé el gorro en el suelo.

—Puedo desprenderme del sombrero, pero no me descalzaré. Todo nuestro sigilo se irá al garete si con el pie desnudo piso un lagarto, una espina, un puercoespín, y esas cosas, y pego un grito.

—Toma entonces —dijo Kent, sacando del bolso las sobras de la espalda de cerdo—. Cubre los cascabeles con grasa.

Yo arqueé una ceja, desconcertado, un gesto sutil en exceso, y que pasó inadvertido en la oscuridad, antes de encogerme de hombros y empezar a untar con sebo los cascabeles que adornaban la punta y los talones de mis botines.

—¡Ya está! —susurré, moviendo una pierna y constatando que no se oía nada—. ¡Adelante!

Volvimos a arrastrarnos por el suelo, hasta quedar justo al borde del círculo de luz que proyectaba la hoguera. Tres arpías encorvadas avanzaban lentamente, en círculo, alrededor de una gran caldera, en la que arrojaban pedazos de esto y aquello mientras entonaban sus cánticos.

Dobla, dobla tu trabajo,
abrasen fuego y caldero.

—Brujas —susurró Kent, el muy jodido, rindiendo tributo al dios de todo lo obvio.

—Así es —dije yo, en vez de asestarle un mamporrazo con Jones (que se había quedado cuidando de mi gorro).

Ojo de tritón, de rana una aleta,
pelo de murciélago y de un perro la lengua,
otra lengua, de víbora, y de lagarto una pata,
de búho un ala y que la pócima
en la olla como en el infierno hierva.

Todas repitieron el coro, y ya nos disponíamos a escuchar otra estrofa con la receta cuando sentí que algo me rozaba la pierna. Estuve a punto de gritar, pero me contuve.

—Tranquilo, muchacho, es sólo un gato.

Sentí otro roce, y oí un maullido. Ya eran dos gatos, que me lamían los cascabeles y ronroneaban (dicho así, parece más agradable de lo que en realidad era).

—Es por la maldita grasa de cerdo —susurré.

Un tercer felino se sumó a la pandilla. Yo permanecía en equilibrio sobre un pie, tratando de sostener el otro por encima de sus cabezas, pero a pesar de ser un buen acróbata, el arte de la levitación todavía se me resiste; y así, el pie que tenía en el suelo se convirtió en mi talón de Aquiles, por decirlo de algún modo; uno de los diablos me clavó las garras en la pantorrilla.

—¡Cojones en calzones! —dije, algo enfático. Di un brinco, me volví y emití comentarios despectivos dirigidos a todas las criaturas de aspecto felino, que fueron seguidas de bufidos y agudos maullidos. Cuando, por fin, los gatos se retiraron, me encontré sentado junto al fuego, con las piernas separadas, y Kent estaba a mi lado, la espada desenvainada y lista. Frente a nosotros, las tres arpías, una junto a la otra, al otro lado de la caldera.

—¡Atrás, brujas! —dijo Kent—. Podréis maldecirme y convertirme en sapo, pero ésas serán las últimas palabras que broten de vuestras bocas con la cabeza pegada al cuerpo.

—¿Brujas? —dijo la primera bruja, que era la más verde de las tres—. ¿Qué brujas? Nosotras somos sólo unas humildes lavanderas, que al bosque nos dirigimos.

—Humildes y buenas somos, las coladas repartimos —dijo la segunda bruja, que era la más alta.

—El bien hacemos a nuestros «projimos» —dijo la tercera, que tenía una verruga muy fea sobre el ojo derecho.

—¡Por los pezones negros de Hécate,* dejad ya de rimar! —intervine yo—. Si no sois brujas, ¿qué era esa pócima que preparabais?

—Un guisado —dijo la Verrugosa.

—Un guisado cocinado —dijo la Alta.

—Un guisado azulado —terció la Verde.

—No es azul —dijo Kent, echando un vistazo a la caldera—. Es más bien marrón.

—Lo sé —dijo la Verde—, pero es que con marrón no rima. ¿O sí, cielo?

—Estoy buscando brujas —proseguí yo.

—¿De veras? —se interesó la Alta.

—Me envía un fantasma.

Las arpías se miraron entre ellas, antes de clavar la vista en mí.

—El fantasma te dijo que trajeras aquí tu colada, ¿verdad? —dijo la Verrugosa.

—¡Vosotras no sois lavanderas! ¡Sois brujas, maldita sea! Y eso no es un guisado, y el maldito fantasma de la maldita

* Diosa griega de la brujería, la hechicería y los fantasmas.

Torre Blanca me dijo que acudiera a vosotras en busca de respuestas, de modo que ¿podemos ponernos ya manos a la obra, sarmientos retorcidos de vómito erecto?

—Ahora sí que nos convierten en sapos —se lamentó Kent.

—Siempre tiene que haber un maldito fantasma, ¿verdad? —dijo la Alta.

—¿Y cómo era ella? —preguntó la Verde.

—¿Quién? ¿El fantasma? Yo no he dicho que fuera «ella»...

—¿Cómo era ella, bufón? —graznó la Verrugosa.

—Supongo que me pasaré los días comiendo bichos y ocultándome bajo las hojas, hasta que alguna bruja me meta en una caldera —reflexionó Kent, apoyándose en la espada y observando las polillas que acudían a la hoguera y eran devoradas por ella.

—Era de una palidez fantasmagórica —dije yo—. Iba toda vestida de blanco, con ropa vaporosa, rubia y...

—Pero ¿estaba buena? —preguntó la Alta—. ¿Era incluso guapa, podríamos añadir?

—Demasiado transparente para mi gusto, pero sí, estaba buena.

—Ajá —dijo la Verrugosa, mirando a las otra dos, que se habían acercado mucho a ella y formaban un corro.

Cuando se separaron, la Verde dijo:

—Cuéntanos qué quieres, entonces, bufón. ¿Por qué te envió hasta aquí la aparición?

—Me dijo que podríais ayudarme. Soy bufón en la corte del rey Lear de Bretaña, que ha echado a su hija menor, Cordelia, por la que siento cierto afecto; y ha regalado a mi aprendiz, Babas, a Edmundo de Gloucester, el bastardo sinvergüenza. Además, a mi amigo Catador lo han envenenado, y está bastante muerto.

—Y no te olvides de que van a ahorcarte al amanecer —añadió Kent.

—No os preocupéis por eso, señoras —dije yo—. Estar a punto de ser ahorcado es mi statu quo, no una situación que precise de vuestras artes.

Las arpías volvieron a formar un corro. Hubo muchos susurros, y algún que otro silbido. Finalmente se separaron y la Verrugosa, que al parecer era la jefa del aquelarre, dijo:

—Ese Lear es una mala pieza de mucho cuidado.

—La última vez que se hizo cristiano se ahogaron veinte brujas —dijo la Alta.

Kent asintió, y se miró las puntas de los zapatos.

—*La Petite Inquisition...*, nada extraordinario.

—Así es. Nos pasamos diez años devolviéndolas a la vida, a modo de venganza —dijo la Verrugosa.

—Sí, y las carpas me comieron los dedos de los pies mientras caminaba por el fondo del lago —comentó la Verde.

—Y con los dedos ya convertidos en buñuelos de pescado, tuvimos que ir en busca de un lince encantado, y quitarle dos de los suyos para sustituírselos.

Romero (que era la Verde) asintió muy seria.

—Los zapatos los destroza en dos semanas, pero no hay mejor bruja persiguiendo ardillas por los árboles —dijo la Alta.

—Eso es verdad —corroboró Romero.

—Mejor eso y no que te quemen —dijo la Verrugosa.

—Sí, también es cierto —admitió la Alta—. Por más dedos de gato que tengas, no te servirán de nada si tienes todo el cuerpo chamuscado. Lear también ordenó quemas de brujas.

—No he venido de parte de Lear —dije yo—. Estoy aquí para corregir la locura que ha cometido.

—¿Y por qué no empezabas por ahí? —dijo Romero.

—Siempre hemos sido partidarias de enviarle a Lear algunas desgracias —dijo la Verrugosa—. ¿Lo maldecimos con la lepra?

—Con su permiso, señoras, no deseo ningún mal al anciano, sólo deshacer sus entuertos.

—Una maldición simple sería más fácil —dijo la Alta—. Un poco de saliva de murciélago en la caldera y lo ponemos a caminar sobre patas de pato antes del desayuno. Y si tienes un chelín, o un recién nacido al que acaben de estrangular y del que podamos servirnos, lo hacemos graznar también.

—Sólo deseo recuperar a mis amigos, y mi casa —insistí.

—Bien, si no hay modo de convencerte, iniciemos una consulta —dijo Romero—. Perejil, Salvia, venid un momento.

Convocó a las otras dos brujas junto a un viejo roble, donde parlamentaron entre cuchicheos.

—¿Perejil, Salvia y Romero? —se preguntó Kent—. ¿Y no hay tomillo?

Romero se volvió hacia él.

—Si vos contáis con la disposición, nosotras disponemos de tiempo, guapo.

—Muy bien dicho, arpía —intervine yo. Me caían bien aquellas brujas, poseían un humor afilado.

Romero le guiñó el ojo al conde, se levantó los faldones y le enseñó el culo ajado, antes de frotarse una nalga con la mano marchita.

—Redondas y firmes, buen caballero. Redondas y firmes.

Kent carraspeó un poco y retrocedió unos pasos.

—¡Que Dios nos proteja! Atrás, zorra horrenda y purulenta.

Yo habría apartado la mirada, debería haberlo hecho, en realidad, pero nunca había visto uno de color verde. Un hombre más débil se habría arrancado los ojos tras aquella visión, pero, siendo filósofo, sabía que una visión no podía no verse, de modo que insistí.

—Vamos Kent, montadla —dije—. Joder con bestias es un oficio para el que sin duda habéis sido llamado.

Kent retrocedió hasta un árbol, a punto de desvanecerse. Aturdido, se apoyó en el tronco.

Romero se bajó las faldas.

—Sólo te tomaba el pelo.

Las arpías cacarearon sus risas, mientras volvían a parlamentar.

—Tenemos un hechizo como Dios manda para vos, que os propondremos cuando terminemos con el asunto del bufón. Un momento, por favor...

Las brujas susurraron un instante, y al poco regresaron a la caldera.

Nariz de turco, labios de tártaro,
esperma de grifo, caderas de mono,
mandrágora y de un tigre los huevos,
adivina a deshacer del rey loco los entuertos.

—Oh, mierda, se nos han terminado las caderas de mono —dijo Salvia.

Perejil observó la caldera y removió un poco la pócima.

—No es imprescindible. Puede sustituirse por un dedo de bufón.

—No —dije yo.

—Bien, en ese caso, cortémosle uno a ese apuesto pedazo de carne con la barba teñida de betún... Bufón no sé si es, pero loco parece un rato.

—No —dijo Kent, aún algo mareado—. Y no es betún, es un disfraz muy bien conseguido.

Las brujas me miraron.

—No podemos garantizar la fiabilidad sin caderas de mono ni dedo de bufón —anunció Romero.

Y yo le respondí:

—Sigamos con lo que tenemos y procedamos gentilmente, ¿no les parece, damas?

—De acuerdo —dijo Perejil—. Pero no te quejes si te jodemos el futuro.

Hubo más remover de pócima y más cánticos en lenguas muertas, y no pocos gemidos y lamentos, pero finalmente, cuando ya estaba a punto de quedarme transpuesto, una gran burbuja se elevó desde la caldera, y cuando estalló, liberó una nube de vapor que adoptó la apariencia de un rostro gigante, similar a las máscaras de tragedia que usaban los actores itinerantes. Su resplandor se recortaba en la neblina nocturna.

—Hola —dijo el rostro gigante, con cierto acento cockney, y algo beodo.

—Hola, rostro grande y vaporoso —dije yo.

—Bufón, bufón, a Babas debes salvar, parte presto hacia Gloucester, o la sangre se va a derramar.

—Me cago en todo, ¿a éste también le da por los ripios? ¿Tan difícil es encontrarse con una aparición que hable en prosa llana?

—Silencio, bufón —me regañó Salvia, a la que estuve a punto de confundir con la Verrugosa. Y, dirigiéndose al rostro, añadió—: Aparición del más oscuro poder, ya sabemos el dónde y el qué, pero este bufón esperaba averiguar algo en la línea del cómo.

—Ah, lo siento —se disculpó la gran cara humeante—. No es que sea torpe, ¿sabéis? Es que a la receta le faltaba cadera de mono.

—La próxima vez usaremos dos —dijo Salvia.

—Está bien, en ese caso...

Para la voluntad de un rey inconstante alterar
quitadle el séquito para sus alas cortar
a las hijas mayores, dote de caballeros entregar,
y pronto un bufón el poder ha de ostentar.

El rostro vaporoso sonrió.

Yo miré fijamente a las brujas.

—De modo que, no sé cómo, he de conseguir que Goneril y Regan le quiten los caballeros al rey, además de todo lo otro que ya le han arrebatado.

—Nunca miente —dijo Romero.

—Muchas veces es abiertamente inexacto —opinó Perejil—. Pero mentiroso no es.

—Insisto —me dirigí a la aparición—. Está bien saber qué hay que hacer y todo eso, pero un método para llevar a cabo la locura me sería de gran ayuda también. Una estrategia, vamos.

—Menuda cara dura tiene el cabroncete, ¿verdad? —dijo Vapores a las brujas.

—¿Quieres que lo maldigamos? —preguntó Salvia.

—No, no, el muchacho ya lo tiene bastante crudo sin necesidad de que una maldición se lo ponga más difícil.

La aparición carraspeó entonces (o emitió el ruido que se emite al carraspear pues, estrictamente hablando, carecía de garganta).

A tu antojo a princesa doblegarás
pues seducciones escritas le enviarás.
Y destinos reales dirigirás
pues con hechizos sus pasiones controlarás.

Dicho esto, la aparición se difuminó hasta desaparecer.

—¿Y eso es todo? —pregunté—. ¿Un par de rimas y ya está? No tengo ni idea de lo que debo hacer.

—Pues eres un poco zoquete, ¿no? —dijo Salvia—. Tienes que ir a Gloucester. Tienes que apartar a Lear de sus caballeros, y lograr que éstos queden bajo el poder de sus hijas. Luego tienes que escribir cartas de seducción a las princesas, y someter sus pasiones a un encantamiento. Ni rimándolo habría podido expresarlo con más claridad.

Kent asentía y se encogía de hombros, como si la obviedad de todo ello hubiera caído sobre el bosque en forma de diluvio iluminado, excluyéndome sólo a mí, que seguía seco.

—Iros un poco a la mierda, borrachuzo barbiblanco. ¿Y de dónde saco yo un encantamiento mágico que me dé el control de las pasiones de esas zorras?

—De ellas —respondió él, señalando a las brujas.

—De nosotras —declamaron las tres al unísono.

—Ah —balbucí yo, dejando que la inundación me cubriera de pies a cabeza—. Claro.

Romero se adelantó y me alargó tres bolas grises y arrugadas, del tamaño de ojos. Yo no las cogí, pues temía que fueran algo tan desagradable como lo que parecían ser: escrotos disecados de elfo, o algo por el estilo.

—Son pedos de lobo, una seta que crece en el corazón del bosque —aclaró Romero.

Debajo de la napia del amado
estas esporas libera
y gran atracción genera
—pasión más que duradera—
por aquel cuyo nombre has pronunciado.

—Bien, ¿puedes recapitular, pero con palabras llanas y sin versitos?

—Aprieta uno de estos hongos bajo la nariz de tu dama, y acto seguido pronuncia tu nombre. Ella te encontrará de pronto irresistible, y de ella se apoderará un deseo irrefrenable por ti —aclaró Salvia.

—Un poco redundante, ¿no? —me burlé yo, sonriente.

Las brujas hicieron un corro, entre carcajadas, y luego Romero metió las setas en un saquito de seda, que me entregó.

—Queda pendiente la cuestión del pago —dijo, mientras yo acercaba la mano al monedero.

—Soy un pobre bufón —dije yo—. Todo lo que llevo conmigo es mi títere, y una espalda de cerdo a medio comer. Supongo que podría esperar a que las tres os llevéis a Kent al pajar, si lo preferís.

—¡Eso no! —exclamó el conde.

La arpía levantó una mano.

—El precio se fijará más tarde —dijo—. Cuando nosotras digamos.

—Muy bien, entonces —acepté yo, apartando de ella el monedero.

—Júralo.

—Lo juro.

—Con sangre.

—Pero...

Rápida como un gato, me arañó la palma de la mano con su talón afilado.

—¡Ah!

La sangre se acumuló en mi mano.

—Suéltala en la caldera, y jura.

Hice lo que me pedía.

—Y, ya que estoy aquí, ¿tengo alguna posibilidad de hacerme con un mono?

—No —dijo Salvia.

—No —corroboró Perejil.

—No —zanjó Romero—. Se nos han terminado los monos, pero vamos a poner algo de glamour en tu compañero, para que su disfraz no resulte tan patético.

—Daos prisa —dije yo—. Tenemos que irnos.

Acto II

Cuánto más punzante que el diente de una serpiente es tener un hijo ingrato.

SHAKESPEARE,
El rey Lear, acto I, escena IV

10

Todas vuestras temidas voluntades

El cielo amenazaba con un alba deprimente cuando llegamos al castillo de Albany. El puente levadizo estaba levantado.

—¿Quién va? —gritó el centinela.

—Soy Bolsillo, el bufón del rey, y éste es mi escudero, Cayo.

Cayo había sido el nombre que las brujas sugirieron a Kent para completar su disfraz. En efecto, lo habían revestido de glamour: su barba y cabellos eran ahora de un negro azabache, natural, y no producto del hollín; su rostro, anguloso y ajado, y sólo sus ojos, tan marrones y bondadosos como los de una vaca, delataban al verdadero Kent. Yo le aconsejé que se calara bien el sombrero de ala ancha, por si nos encontrábamos con viejos conocidos.

—¿Dónde diantres estabas? —me preguntó el centinela que ordenó, con una seña, que bajaran el puente—. El viejo rey ha estado a punto de poner todo el país patas arriba, buscándote. Ha acusado a nuestra señora de atarte una piedra al cuello y arrojarte al mar del Norte. Eso ha hecho.

—Parece demasiado molestia. Debo de haber empezado a ser de su agrado. Ayer noche sólo pensaba en ahorcarme.

—¿Ayer noche? Mastuerzo beodo, pero si llevamos buscándote un mes entero.

Miré a Kent, él me miró a mí, y los dos miramos al centinela.

—¿Un mes?

—Malditas brujas —masculló Kent.

—Si aparecéis, tenemos órdenes de llevaros de inmediato ante la señora —informó el centinela.

—Por favor, sí, hacedlo, gentil guardia, tu señora adora verme con las primeras luces del día.

El centinela se rascó la barba, con gesto pensativo.

—Bien dicho, bufón. Tal vez a los dos os vendría bien desayunar algo y adecentaros un poco antes de que os lleve en presencia de mi señora.

El puente levadizo encajó en su lugar. Yo conduje a Kent a través de él, y el centinela salió a nuestro encuentro junto a la puerta interior.

—Disculpe, señor —le dijo el centinela a Kent—. ¿Le importaría esperar hasta las ocho campanadas para anunciar el regreso del bufón?

—¿A esa hora libras, muchacho?

—Así es, señor, y no estoy seguro de querer ser el portador de la buena nueva que es el retorno del bufón. Los caballeros del rey llevan dos semanas llamando al levantamiento de la plebe por todo el castillo, y yo he oído a nuestra señora maldecir al Bufón Negro como parte responsable.

—¿Acusado incluso en mi ausencia? —me asombré—. Ya te lo he dicho, Cayo, me adora.

Kent dio unas palmadas en el hombro al centinela

—No te preocupes, muchacho, que ya nos escoltaremos solos, y diremos a vuestra señora que hemos entrado junto a los mercaderes esta mañana. Y ahora, regresa a tu puesto.

—Gracias, buen señor. De no ser por los harapos que te cubren, diría que eres un caballero.

—De no ser por ellos, lo sería —replicó Kent, esbozando una sonrisa borrosa entre su barba recientemente ennegrecida.

—Oh, no me jodáis más y haceos una mamada mutua, así acabamos antes —dije yo.

Los dos soldados se apartaron como si el otro se hubiera prendido fuego.

—Perdón, era broma —dije, pasando entre los dos, camino del castillo—. Qué susceptibles son estos maricones...

—Yo no soy maricón —dijo Kent cuando nos acercábamos a los aposentos de Goneril.

Era media mañana. El tiempo transcurrido desde nuestra llegada nos había permitido comer algo, lavarnos, escribir un poco y constatar que, en efecto, llevábamos ausentes un mes, a pesar de que a nosotros nos parecía que había pasado sólo una noche. Tal vez ése fuera el pago que se habían cobrado las brujas, quitarnos un mes de vida a cambio de sus encantamientos, pócimas y adivinaciones. Parecía un precio justo, aunque redomadamente difícil de explicar.

Oswaldo estaba sentado ante el escritorio, junto a los aposentos de la duquesa. Al verlo, me eché a reír y agité a Jones bajo su nariz.

—¿Todavía custodiáis la puerta, como un vulgar lacayo, Oswaldo? Ah, los años os han tratado bien.

Oswaldo iba armado sólo con una daga al cinto, pero se puso en pie y llevó la mano a ella.

Kent acercó la suya a su espada, y meneó la cabeza, muy serio. Oswaldo se sentó en el taburete.

—Te diré que soy a la vez mayordomo y chambelán, así como apreciado consejero de la duquesa.

—Un verdadero abanico de títulos os ha otorgado, para que os columpiéis en él. Y decidme, ¿todavía respondéis a los de comemierda y sapo inmundo, o ésos ya son solamente honorarios?

—Soy mejor que un vulgar bufón —contraatacó Oswaldo.

—Cierto es que soy bufón, y cierto también que soy vulgar, pero lo que no soy es un vulgar bufón, comemierda. Soy el Bufón Negro. Me han mandado llamar, y tendré acceso a los aposentos de la señora, mientras que vos, necio, seguís sentado junto a la puerta. Anunciadme.

Creo que en ese momento Oswaldo gruñó. Un nuevo

truco que había aprendido ya en los viejos tiempos. Siempre había intentado insultarme llamándome bufón, y le enfurecía que yo me lo tomara como un piropo. ¿Comprendería alguna vez que si gozaba del favor de Goneril no era por su sumisión devota, sino por lo fácil que resultaba humillarlo? Era lógico que hubiera aprendido a gruñir, pues no era más que un perro apaleado.

Abandonó el escritorio como una exhalación, y regresó al minuto.

—Mi señora te recibirá —informó sin mirarme a los ojos—. Pero sólo a ti. Este rufián tendrá que esperar en la cocina.

—Espera aquí, rufián —ordené a Kent—. Y trata de no darle por el culo al pobre Oswaldo, por más que te lo implore.

—No soy maricón —insistió Kent.

—Con este villano, te aseguro que no lo eres —proseguí yo—. Su trasero es propiedad de la princesa.

—Haré que te ahorquen, bufón —dijo Oswaldo.

—La idea te excita, ¿verdad, Oswaldo? No importa, mi rufián no va a ser tuyo. *Adieu.*

Y crucé el umbral que conducía a los aposentos de Goneril. La encontré sentada al fondo de una estancia inmensa, circular. Sus salones ocupaban una torre entera del castillo, que contaba con tres plantas: la sala en la que ahora nos encontrábamos, dedicada a las recepciones y los asuntos oficiales; la planta superior, en la que se situaban los aposentos de las damas, el guardarropa así como el cuarto de baño y el vestidor; y el último piso, en el que dormía y jugaba, si es que lo seguía haciendo.

—¿Todavía jugáis, calabacita? —le pregunté, dando unos pasos de baile, y haciéndole una reverencia.

Goneril ordenó a sus damas de compañía que se ausentaran.

—Bolsillo, haré que te...

—Sí, ya lo sé, que me ahorquen al amanecer, que claven mi cabeza en una estaca, que hagan ligueros con mis tripas, que me ahoguen y me cuarteen, que me empalen, que me destripen, que me apaleen, que me hagan picadillo... Todas vuestras temidas voluntades recaerán sobre mí con gloriosa crueldad..., todo está estipulado, señora, todo debidamente anotado y tenido por verdad. Y ahora, ¿cómo puede serviros un humilde bufón antes de que sobre él descienda vuestra condena?

Ella retiró el labio superior, como si quisiera morderme, pero lo que hizo fue echarse a reír, y rápidamente miró a su alrededor, para asegurarse de que nadie la veía.

—Sabes que lo haré, hombrecillo malvado y horrendo.

—¿Malvado? *Moi?* —dije yo, y en perfecto francés, joder.

—No se lo digas a nadie —prosiguió ella.

Siempre había sido así con Goneril. Sin embargo, según tuve ocasión de descubrir, aquel «no decírselo a nadie» sólo me afectaba a mí, no a ella.

—Bolsillo —me había dicho ella un día, mientras se cepillaba sus cabellos rojizos junto a una ventana. El sol se reflejaba en ellos, y parecían poseer un brillo propio. Por aquel entonces tal vez tuviera diecisiete años, y le había dado por llamarme a sus aposentos varias veces por semana, para interrogarme sin piedad

—Bolsillo, pronto he de casarme, y las partes de los hombres me tienen desconcertada. Me las han descrito, pero no me ha sido de ayuda.

—Preguntadle a vuestra aya. ¿No se supone que ella debe ilustraros sobre esas cosas?

—Mi tía es monja, y está casada con Jesús. Es virgen.

—¿En serio? Pues se habrá equivocado de convento, entonces.

—Necesito hablar con un hombre, pero no con un hombre de verdad. Tú eres como uno de esos tipos que los sarracenos ponen en sus harenes para que los vigilen —manifestó ella.

—¿Un eunuco?

—Te lo pido porque eres un hombre de mundo, y sabes cosas. Necesito verte el pito.

—¿Cómo decís? ¿Qué? ¿Por qué?

—Porque nunca he visto ninguno, y no quiero pecar de ingenua en mi noche de bodas, cuando el bruto depravado me posea.

—¿Y cómo sabéis que es un bruto depravado?

—Me lo ha dicho mi aya. Todos los hombres lo son. Y ahora, sácate el pito, bufón.

—Pero ¿por qué el mío? Hay pitos a montones entre los que podéis escoger. ¿Qué hay de Oswaldo? Tal vez incluso él tenga uno, y si no, apuesto a que sabe dónde conseguirlo. (Oswaldo era su lacayo en aquella época.)

—Ya lo sé, pero es la primera vez que veré uno, y el tuyo será pequeño y no me impresionará tanto. Es como cuando aprendía a montar a caballo y padre me regaló primero un poni, pero luego, al crecer...

—Está bien, está bien. Callaos. Aquí lo tenéis.

—Vaya, se hace mirar.

—¿Qué?

—¿Es así, entonces?

—Sí. ¿Qué?

—En realidad, no hay nada de lo que asustarse, ¿verdad? No sé por qué tanto revuelo. A mí me parece bastante insignificante.

—No lo es.

—¿Y todos son así de pequeños?

—La mayoría lo son más, de hecho.

—¿Puedo tocarlo?

—Si creéis que debéis...

—Vaya, se hace mirar.

—Es que ahora lo habéis enojado.

—¿Dónde has estado, por Dios? —me preguntó—. Padre se ha vuelto loco buscándote. Él y su capitán han salido a patrullar todos los días hasta bien entrada la tarde, dejando al resto de los caballeros en el castillo, a sus anchas, provocando el desorden. Mi señor ha enviado soldados hasta Edimburgo, para que preguntaran por ti. Debería hacer que te ahogaran por todos los contratiempos que has causado.

—Vaya, ya veo que me habéis echado mucho de menos, ¿verdad? —Me llevé la mano al bolsillo de seda, preguntándome cuál era el mejor momento para esparcir el encantamiento. Una vez que estuviera hechizada, ¿cómo usaría yo mis poderes?

—Se supone que debería estar ya al cuidado de Regan, pero cuando consiga trasladar hasta Cornualles a sus malditos caballeros, que son cien, ya volverá a tocarme a mí. No soporto a la chusma en mi palacio.

—¿Y qué dice el señor de Albany?

—Él dice lo que yo le pido que diga. Esto es intolerable.

—Gloucester —dije yo, planteando un ejemplo paradigmático de *non sequitur* envuelto en un enigma.

—¿Gloucester? —preguntó la duquesa.

—El buen amigo del rey se encuentra ahí. Está a medio camino entre Cornualles y Albany, y el conde de Gloucester no osaría negarse a la petición conjunta de los duques de Albany y Cornualles. No dejaríais al rey desatendido, pero tampoco lo tendríais metido en casa.

La advertencia de las brujas sobre el peligro que corría Babas me había decidido a acercarme hasta Gloucester, por más que ello implicara sufrir.

Me senté en el suelo, a sus pies, me puse a Jones en las rodillas y esperé. Tanto yo como mi títere esbozábamos la mejor de nuestras sonrisas.

—Gloucester... —dijo Goneril, permitiendo también que una sonrisa fugaz asomara en sus labios. Lo cierto era que, cuando se olvidaba de ser cruel, podía resultar encantadora.

—Gloucester —repitió Jones—. Ahí, a poniente, donde el perro de la maldita Albión perdió sus pelotas.

—¿Y crees que aceptará? No es eso lo que dispuso en su legado.

—No aceptará lo de Gloucester, pero sí se avendrá a irse

con Regan y, de camino, a pasar por Gloucester. El resto dependerá de vuestra hermana.

¿Debía sentirme como un traidor? No, el anciano se lo había ganado a pulso.

—Pero, con todos los hombres que lo acompañan, ¿qué haremos si se niega? —Me miró a los ojos—. Es demasiado poder en manos de los débiles.

—Hace apenas dos meses ostentaba todo el poder del reino.

—Tú no lo has visto, Bolsillo. Su abdicación, el destierro de Cordelia y de Kent fueron sólo el principio. Desde que te fuiste, no ha hecho sino empeorar. Sale en tu busca, caza, añora amargamente sus días como soldado de Cristo, y al momento invoca a los dioses de la Naturaleza. Con una fuerza de combate como la suya, si sintiera que lo hemos traicionado...

—Tomadlos para vos —dije yo entonces.

—¿Qué? No podría.

—¿Conocéis a mi aprendiz, Babas? Come con las manos, o a lo sumo con cuchara. No nos atrevemos a dejarle cuchillos ni tenedores, no vaya a ponernos en peligro a todos.

—No seas obtuso, Bolsillo. Háblame de los caballeros de padre.

—Vos les pagáis, ¿no es cierto? Pues tomadlos para vos. Por el propio bien del rey. Lear, con su séquito de caballeros, es como un niño que corriera blandiendo una espada. ¿Es crueldad despojarlo de su fuerza mortífera, cuando no es ya lo bastante fuerte ni lo bastante sensato para gobernarla? Decid a Lear que debe renunciar a cincuenta caballeros y asistentes de éstos, y mantenedlos aquí. Y aseguradle que acudirán a su llamada cuando llegue a su destino.

—¿Cincuenta? ¿Sólo cincuenta?

—Debéis dejar algunos para vuestra hermana. Enviad a Oswaldo a Cornualles para que exponga vuestro plan. Pedid a Regan y a Cornualles que acudan prestos a Gloucester, para que estén allí cuando llegue Lear. Tal vez logren convencer a Gloucester para que se sume al plan. Una vez que los caballeros hayan sido relevados, los dos viejos podrán recordar sus días de gloria y arrastrarse juntos hasta la tumba entre pacíficas nostalgias.

—¡Sí! —Goneril, cada vez más entusiasmada, respiraba con dificultad. Yo ya la había visto así otras veces, y no siempre era una buena señal.

—Deprisa —dije yo—. Enviad a Oswaldo a informar a Regan, ahora que el sol todavía está alto.

—¡No! —Goneril se echó hacia delante con brusquedad, y el pecho estuvo a punto de salírsele del vestido, lo que captó mi atención más que sus uñas al clavarse en mi brazo.

—¿Qué? —pregunté, y los cascabeles de mi gorro de bufón estuvieron a punto de sonar en su canalillo.

—No habrá paz para Lear en Gloucester. ¿No te has enterado? Edgar, el hijo del conde, es un traidor.

¿Que si me había enterado? Pues claro, el plan del bastardo estaba en marcha.

—Por supuesto, señora. ¿Dónde os creéis que he estado?

—¿Habéis llegado hasta Gloucester? —Goneril había empezado a jadear.

—Sí, señora. Y ya he vuelto. ¡Os he traído una cosa!

—¿Un regalo? —Volvió a abrir mucho sus ojos verdes, como cuando era una niña—. Tal vez no te mande ahorcar, después de todo. Pero de un castigo no te libras, Bolsillo.

Entonces la señora me agarró y me puso en su regazo, boca abajo. Jones cayó al suelo.

—Señora, tal vez...

¡Azote!

—Ahí va, bufón. Te doy, te doy, te doy. Toma, toma, toma.

Y con cada «toma», me daba un azote.

—Maldita sea, ramera loca —grité yo, con las nalgas rojas, marcadas con sus cinco dedos.

¡Azote!

—¡Qué bien! —exclamó Goneril—. ¡Ah, sí! —Y se rio.

¡Azote!

—¡Aaah! Que es una letra —dije.

—Ya me encargaré yo de que te quede el culito rojo como una rosa.

¡Azote!

Yo me revolví en su regazo, forcejeé, le agarré los pechos y me incorporé hasta sentarme entre sus piernas.

—¡Tomad! —le pedí, extrayendo el pergamino lacrado de mi chaleco y alargándoselo.

—¡Todavía no! —se resistió ella, tratando de darme la vuelta para seguir azotándome el trasero.

Y me palpó el braguero.

—Me habéis palpado el braguero.

—Sí, ríndete, ríndete, bufón —me dijo, intentando meter la mano bajo el braguero.

Yo me busqué el bolsillo de seda y saqué una de las setas, mientras trataba de mantener mi hombría fuera de su alcance. Oí que una puerta se abría.

—¡Entrégame el pito! —exclamó la duquesa.

Yo ya no podía hacer nada más, y se apoderó de él. Apreté el pedo de lobo para que el polvillo que desprendía le fuera directo a la nariz.

—¿Señora? —dijo Oswaldo, que estaba plantado en el quicio de la puerta.

—Déjame bajar, calabacita —dije yo—. A este comemierda hay que explicarle en qué consiste su misión.

Todo resonaba a historia.

El juego estaba bastante avanzado cuando Oswaldo nos interrumpió aquel día, por primera vez, hacía ya muchos años, pero había empezado, como siempre, con una de las sesiones de preguntas de Goneril.

—Bolsillo —dijo ella—. Como te criaste en una abadía, diría que has de saber bastante sobre castigos.

—Así es, señora. Recibí unos cuantos, y la cosa no terminó ahí. Todavía, en estos mismos aposentos, se me somete a la inquisición.

—Adorable Bolsillo, sin duda bromeas.

—En eso precisamente consiste mi trabajo, mamita.

Entonces se puso en pie, y echó a las damas de compañía con malos modos.

—A mí nunca me han castigado —dijo cuando nos quedamos solos.

—No os preocupéis, señora. Sois cristiana, siempre estáis a tiempo.

Yo había abandonado la Iglesia entre maldiciones después de que emparedaran a la anacoreta, y por aquel entonces era de un pagano subido.

—Como nadie está autorizado a pegarme, siempre hay una muchacha que recibe los castigos en mi lugar. Las azotainas.

—Claro, mamita, como debe ser. Por aquello de ahorrar sufrimientos a la realeza, y esas cosas.

—Y la verdad es que me siento algo rara al respecto. Hace apenas una semana, durante la misa, comenté que a lo mejor Regan era un poco coñazo, y la muchacha que recibe mis castigos fue azotada a conciencia por ello.

—Pues, ya puestos, podrían haberla azotado por que hubierais comentado que el cielo es azul. Azotada por decir la verdad..., no me extraña que os sintáis rara.

—No me refiero a eso, Bolsillo. Me refiero a rara como cuando me enseñasteis lo del botoncillo de la flor.

Sólo habían sido unas clases teóricas, que pronuncié poco después de que a ella le diera porque le enseñara mis partes. Pero, con altibajos, gracias a ello había conseguido mantenerla entretenida un par de semanas.

—Ah, claro —dije yo—. Rara. Sí.

—Necesito que me azoten —soltó Goneril.

—En eso estoy de acuerdo, señora, aunque eso es tanto como declarar que el cielo es azul, ¿verdad?

—Quiero que me azoten.

—Ah —dije yo, siempre tan elocuente e ingenioso—. Eso ya es distinto.

—Y quiero que lo hagas tú —declaró la princesa.

—¡Cojones en calzones! —exclamé, y al hacerlo pronuncié mi condena.

Pues bien, cuando Oswaldo entró en el aposento aquella primera vez, tanto la princesa como yo teníamos los culos tan colorados como monos de barbaría, e íbamos casi desnudos (salvo por mi gorra, que se había puesto Goneril), mientras, cara a cara, nos dedicábamos a darnos el uno al otro rítmicamente. Oswaldo, por desgracia, no consideró oportuno ser discreto al respecto.

—¡Auxilio! ¡Auxilio! ¡Un bufón está violando a mi señora! ¡Auxilio! —exclamó Oswaldo, desapareciendo al instante del aposento para dar la voz de alarma por todo el castillo.

Le di alcance cuando ya entraba en el gran salón, donde Lear se encontraba sentado en su trono, Regan, a sus pies, bordando, y Cordelia junto a ella, jugando con una muñeca.

—¡El bufón ha violado a la princesa! —anunció Oswaldo.

—¡Bolsillo! —dijo Cordelia, soltando la muñeca y corriendo a mi lado, con una sonrisa de oreja a oreja. Creo que por aquel entonces tendría unos ocho años.

Oswaldo se plantó frente a mí.

—¡He encontrado al bufón embistiendo a la princesa Goneril como un macho cabrío en celo, señor!

—Eso no es cierto, mi rey —me defendí yo—. La dama me ha llamado a su torreón para que, con mis chanzas, la sacara de su bajón matutino, que se le huele en el aliento, por si alguien tiene dudas.

En ese instante Goneril apareció corriendo en la sala, tratando de alisarse los faldones mientras avanzaba. Se detuvo a mi lado, y le hizo una reverencia a su padre. Iba descalza, le costaba respirar, y uno de sus pechos, ciclópeo, se le derramaba por sobre el corpiño del vestido. Yo le quité mi gorro cascabelero de la cabeza, y lo oculté a mi espalda.

—Aquí la tenéis, fresca como una rosa —dije yo.

—Hola, hermana —dijo Cordelia.

—Buenos días, corderita —respondió Goneril, guardándose el Cíclope de ojo rosado con gesto veloz.

Lear se rascó la barba y miró fijamente a su hija mayor.

—Qué zorra estás hecha, hija mía. ¿Has jodido con un bufón?

—Yo creo que toda mujer que haya jodido con un hombre, ha jodido con un bufón, padre.

—Con esa respuesta ha querido decir que no —tercié yo.

—¿Qué es «joder»? —preguntó Cordelia.

—Lo he visto con mis propios ojos —intervino Oswaldo.

—Joder con un hombre y joder con un bufón es lo mismo —insistió Goneril—. Pero esta mañana me he tirado a vuestro bufón sin piedad. Me lo he trajinado hasta que les ha suplicado a dioses y a caballos que me separaran de él.

¿Qué era todo aquello? ¿Acaso esperaba recibir más castigo?

—Es cierto —confirmó Oswaldo—. Yo he oído la súplica.

—¡Jodida, jodida, jodida! —dijo Goneril—. Pero ¿qué es esto que siento? Unos bufones bastardos, diminutos, que se agitan en mis entrañas. Creo oír sus cascabeles minúsculos.

—Seréis mentirosa, furcia —dije yo—. Si los bufones nacen ya con cascabeles, entonces las princesas nacen con garras. No, en los dos casos son cosas que hay que ganarse.

Lear habló entonces.

—Si todo esto es cierto, Bolsillo, haré que te metan una alabarda por el culo.

—No puedes matar a Bolsillo —dijo Cordelia—. Yo voy a necesitarlo para que me distraiga cuando me visite la maldición roja y me invada una horrible melancolía —dijo Cordelia.

—¿De qué hablas, criatura? —le pregunté yo.

—Les pasa a todas las mujeres —abundó Cordelia—. Es el castigo que pagan por la traición de Eva en el jardín del bien y del mal. Mi aya me dice que siempre te encuentras muy mal.

Le di una palmada en la cabeza a la pequeña.

—Joder, señor, tenéis que contratar a alguna institutriz que no sea monja.

—¡Merezco un castigo! —exclamó Goneril.

—Pues yo he sufrido mi maldición desde hace meses —dijo Regan, sin levantar siquiera la vista de la labor—. Y me da la sensación de que si voy a las mazmorras y torturo a algún prisionero, me siento mejor.

—No, yo quiero a mi Bolsillo —insistió Cordelia, que empezaba a alzar la voz.

—Pues no puede ser —dijo Goneril—. A él también hay que castigarlo. Después de lo que ha hecho...

Oswaldo hizo una reverencia sin motivo aparente.

—¿Me permitís sugerir que le corten la cabeza y la expongan sobre una lanza, en el Puente de Londres, para evitar más excesos?

—¡Silencio! —exclamó el rey Lear, poniéndose en pie. Descendió los peldaños, pasó junto a Oswaldo, que se hincó de rodillas, y se plantó ante mí, al tiempo que posaba la mano en la cabeza de Cordelia.

El viejo monarca clavó sus ojos de halcón en los míos.

—Antes de que llegaras, llevaba tres años sin hablar —dijo.

—Lo sé, señor —respondí, apartando la mirada.

El rey se volvió para contemplar a Goneril.

—Ve a tus aposentos. Y que tu aya atienda tus fantasías. Ella se ocupará de que de ahí no salga nada.

—Pero, padre, el bufón y yo...

—Tonterías. Eres doncella —insistió Lear—. Así hemos acordado entregarte al duque de Albany, y así ha de ser.

—Señor, han violado a la dama —dijo Oswaldo, cada vez más desesperado.

—¡Guardias! Llevaos a Oswaldo al patio de armas y azotadlo veinte veces por mentiroso.

—¡Pero señor! —imploró Oswaldo, mientras dos guardias lo sujetaban por los brazos.

—¡Veinte azotes que son prueba de mi misericordia! Si mencionas una sola palabra de todo esto, será tu cabeza la que adorne el Puente de Londres.

Y, atónitos, observamos a los guardias llevarse a Oswaldo, que lloraba en silencio y, muy colorado, hacía esfuerzos por morderse la lengua.

—¿Puedo ir a ver? —preguntó Goneril.

—Ve —consintió el rey—. Y, después, te reúnes con tu aya.

Regan se había puesto en pie, y se acercó a su padre. Lo miró suplicante, de puntillas, aplaudiendo nerviosa, anticipándose.

—De acuerdo, ve tú también —dijo Lear—. Pero sólo a mirar.

Regan abandonó el salón tras los pasos de su hermana mayor, el pelo negro azabache meciéndose tras ella como un cometa oscuro.

—Tú eres mi bufón, Bolsillo —dijo Cordelia, tomándome de la mano—. Ven a ayudarme. Le estoy enseñando a la muñequita a hablar francés.

La princesita me llevó consigo. El viejo rey no dijo nada más, y nos vio alejarnos con una ceja arqueada y el ojo de halcón debajo, fulgurante como una estrella helada, lejanísima.

11

Un bufón dulce y amargo

Goneril me soltó y caí al suelo, como si de pronto se hubiera encontrado con un saco de gatitos ahogados en el regazo.

Abrió la carta enseguida y empezó a leerla sin siquiera molestarse en meterse los pechos de nuevo en el vestido.

—Mi señora —insistió Oswaldo, que algo había aprendido desde aquella primera azotaina, y actuaba como si no me hubiera visto—. Vuestro padre se encuentra en el gran salón, y pregunta por su juglar.

Goneril alzó la vista, irritada.

—Bien, pues llévatelo. Llévatelo. Llévatelo.

Y nos despachó con un movimiento de mano, tal si fuéramos moscas.

—Muy bien, señora. —Oswaldo se volvió sobre sus talones y se puso en marcha—. Ven, bufón.

Yo me puse en pie y me froté el trasero, mientras abandonaba el torreón precedido de Oswaldo. Me escocía el culo, sí, pero también había dolor en mi corazón. Qué mala zorra, echándome de allí cuando todavía me dolía el trasero por los golpes de su pasión. Los cascabeles de mi gorro quedaron colgando, fláccidos, en señal de desconsuelo.

Kent vino hacia mí una vez me encontré en la sala.

—¿Y bien? ¿Está colada por ti?

—Por Edmundo de Gloucester —respondí yo.

Kent pareció desconcertado, y se echó hacia atrás el ala del sombrero para verme mejor.

—Pero tú la has hechizado para que sienta eso, ¿no?

—Sí, supongo que sí —dije. De modo que había logrado que fuera inmune a mis encantos, sí, pero para lograrlo había tenido que valerme de una magia oscura y poderosa. ¡Ja! Ya me sentía mejor—. En este preciso instante está leyendo la carta que yo mismo escribí imitando su letra.

—¡Vuestro bufón! —anunció Oswaldo cuando entramos en la gran estancia.

El viejo rey se encontraba presente, en compañía del capitán Curan y de una docena de caballeros que parecían recién llegados de una cacería (de cazarme a mí, sin duda).

—¡Mi muchacho! —exclamó Lear abriendo los brazos.

Yo acepté su abrazo, aunque sin devolvérselo. No sentí la menor ternura al verlo, pues la ira que me había causado seguía intacta.

—Alegría, alegría —dijo Oswaldo, con un desprecio en la voz que era como un veneno—. Regresa el imbécil pródigo.

—Ven aquí —ordenó Lear—. Mis hombres todavía no han recibido su soldada. Dile a mi hija que deseo verla.

Pero Oswaldo ignoró al anciano y siguió caminando.

—¡Eh, tú, señor! —rugió el rey—. ¿Me has oído?

Oswaldo se volvió, despacio, como si acabara de oír su nombre débilmente arrastrado por el viento.

—Sí, os he oído.

—¿Sabes quién soy?

Oswaldo se pasó la uña del meñique entre dos dientes.

—Así es, señor, el padre de mi señora.

Y sonrió. El bribón tenía arrestos, debía reconocérselo, o eso o un deseo irrefrenable de salir disparado hacia el más allá.

—¡El padre de tu señora! —Lear se quitó el pesado guante de caza y le golpeó con él en la cara.

—¡Capullo! ¡Hijo de perra! ¡Esclavo! ¡Sabandija!

Los clavos metálicos del guante de Lear hacían que brotara la sangre en el rostro de Oswaldo.

—No soy ninguna de esas cosas. Y no consentiré que sigáis golpeándome.

Oswaldo se retiraba en dirección al gran portón de doble hoja, mientras el rey le daba con el guante, pero cuando el mayordomo se dio la vuelta, presto a salir corriendo, Kent alargó la pierna y le hizo la zancadilla que dio con él en el suelo.

—Ni que os haga tropezar, gilipollas —dijo Kent.

Oswaldo rodó por el suelo hasta llegar a los pies de los guardias de Goneril, antes de ponerse en pie y salir corriendo. Los guardias fingieron no ver nada.

—Bien hecho, amigo —le dijo el rey a Kent—. ¿Eres tú uno de los que han traído de regreso a mi bufón?

—Así es, señor —intervine yo—. Me ha rescatado de lo más profundo del bosque, tras luchar con bandoleros, pigmeos y una manada de tigres. Y todo para traerme de vuelta aquí. Pero no dejéis que os hable en ese galés tan duro, que uno de los tigres se ha ahogado en un mar de babas, y se ha visto golpeado por todas esas consonantes.

Lear observó con atención a su viejo amigo, y se estremeció, invadido sin duda por el frío de la culpa.

—Bienvenido seas pues, señor, te doy las gracias —le dijo, entregándole un saquito con monedas—. Acepta este pago sincero por tus servicios.

—También yo os doy las gracias, y os entrego mi espada —dijo Kent, haciendo una reverencia.

—¿Cómo te llamas?

—Cayo —dijo Kent.

—¿Y de dónde sales?

—De Revolcón.

—Sí, claro, muchacho. Como todos —dijo Lear—. Pero yo te pregunto que de qué ciudad eres.

—De Revolcón con Cabra sobre Cabeza de Lombriz —me anticipé yo, encogiéndome de hombros—. Está en Gales.

—Muy bien, entonces —zanjó Lear—. Únete a mi séquito. Estás contratado.

—Ah, y permitidme que yo también os contrate —tercié

yo, quitándome el gorro y entregándoselo a Kent, haciendo sonar los cascabeles.

—¿Qué es esto? —preguntó Kent.

—¿Quién, sino un bufón, trabajaría para un bufón?

—Cuida esa lengua —me advirtió Lear.

—Tendréis que conseguiros vuestro propio sombrero —le dije al rey—. El mío ya está apalabrado.

El capitán Curan se volvió para ocultar su sonrisa.

—¿Me estás llamando bufón?

—¿Acaso no debería llamároslo? Todos vuestros otros títulos los habéis entregado ya, junto con vuestras tierras. —Me froté el trasero—. Ése es el único legado que conserváis, señor.

—En tu ausencia te has convertido en un bufón amargo —dijo el rey.

—Y vos en el bufón dulce —contraataqué yo—. En el que convierte en chanza su propio destino.

—El muchacho no es necio del todo —musitó Kent.

Lear se volvió hacia el caballero anciano, sin ira.

—Tal vez —dijo débilmente, clavando la vista en el suelo, como si en sus piedras buscara la respuesta—. Tal vez.

—¡La señora Goneril, duquesa de Albany! —anunció uno de los guardias.

—Fulana indeseable —añadí yo, bastante seguro de que el guardia olvidaría anunciar esa parte.

Goneril entró sin dilación en la sala y, sin fijarse en mí, fue directamente hacia su padre. El viejo separó los brazos, pero ella se detuvo antes de que él pudiera abrazarla, a una distancia prudencial.

—¿Habéis golpeado a uno de mis hombres por reconvenir a vuestro bufón?

Yo volví a frotarme el trasero, y le lancé un beso.

Oswaldo observaba desde las puertas de la estancia, como si esperara una respuesta.

—Lo he abofeteado porque es un capullo, pero le he pedido que fuera a buscarte. Mi bufón se había perdido y acaba de llegar. No es momento de enfados, hija.

—Para vos no hay sonrisas, señor —dije yo—, ahora que no tenéis nada que ofrecer. La señora sólo ofrece bilis a los bufones y a aquellos que carecen de título.

—Cállate, muchacho —me advirtió el rey.

—Ya veis —intervino Goneril—. No sólo vuestro bufón tiene licencia para hacer lo que guste, todo vuestro séquito trata mi palacio como una taberna y un burdel. Pelean y comen todo el día, beben y retozan toda la noche, y a vos sólo os preocupa vuestro querido bufón.

—Como debe ser —terció Jones, aunque en voz muy baja: cuando la ira real aparece, incluso la saliva que escapa de sus labios puede matar a títeres y a personas corrientes.

—A mí me preocupan muchas cosas, y mis hombres son los mejores de esta tierra. Desde que partimos de Londres no han recibido sueldo alguno. Tal vez, si tú...

—¡Yo no pienso pagar por ellos! —exclamó Goneril, y de pronto todos los caballeros presentes en el salón hicieron silencio y le prestaron atención.

—Cuando te lo di todo, fue a condición de que mantuvieras a mi ejército, hija.

—Así es, padre, y recibirán su manutención, pero no si están a vuestro cargo, y no en su totalidad.

El rostro de Lear enrojecía por momentos, y todo su cuerpo temblaba de ira.

—Habla claro, hija, que estos oídos viejos me engañan a veces.

Goneril se acercó, ahora sí, a su padre, y le tomó la mano.

—Sí, padre, sois muy anciano. Mucho. Verdaderamente, extraordinariamente, abrumadoramente... —Se volvió hacia mí en busca de ayuda.

—Podridamente —le sugerí yo.

—Podridamente viejo —soltó la duquesa—. Sois débilmente, incontinentemente, disecadamente, apestosamente (a col hervida) viejo. Sois desesperantemente, rejodidamente...

—¡Sí, soy viejo, coño! —dijo Lear.

—Eso ha quedado claro —tercié yo.

—Y —prosiguió Goneril—, aunque vos, en la senectud, deberías ser respetado por vuestra sabiduría y gracia, os meáis en vuestro legado y en vuestra reputación manteniendo a este séquito de rufianes. Son demasiado para vos.

—Son mis hombres leales, y tú te comprometiste a mantenerlos.

—Y lo haré. Pagaré a vuestros hombres, pero la mitad de ellos permanecerán aquí, en Albany, a mi cargo y a mis órdenes, en los cuarteles de los soldados, y no consentiré que vaguen por la albacara como saqueadores.

—¡Rayos y centellas! ¡No pienso consentirlo. Curan, ensilla mis caballos, convoca al séquito. Tengo otra hija.

—Id con ella, pues —dijo Goneril—. Abofeteáis a mis sirvientes, y vuestra chusma toma como criados a sus superiores. Partid, pero la mitad de vuestro séquito se quedará aquí.

—¡Preparad mis caballos! —insistió Lear. Curan abandonó el salón precipitadamente, seguido de los demás caballeros, y se cruzaron con el duque de Albany, que entraba en ese momento con aire algo más que confuso.

—¿Qué hace el capitán del rey saliendo con tal urgencia? —preguntó.

—¿Conoces tú la pretensión de esta arpía, que quiere despojarme de mi ejército? —preguntó Lear al duque.

—Es la primera noticia —dijo Albany—. Os pido que seáis paciente, señor. ¿Mi señora?

Albany miró a Goneril. Ella dijo:

—No lo despojamos de sus caballeros. Le he ofrecido mantenerlos aquí, entre nuestras tropas, mientras padre se traslada al castillo de mi hermana. Trataremos a sus hombres como si fueran los nuestros, con disciplina, como soldados, no como invitados ni trasnochadores. Escapan al control del viejo.

Albany se volvió para mirar a Lear, y se encogió de hombros.

—¡Miente! —dijo Lear, agitando el índice bajo la nariz de Goneril—. Víbora detestable. Demonio ingrato. Odiosa...

—¡Buscona! —sugerí yo—. ¡Triste palillera! ¡Virago engreída! ¡Chupona de escrotos de perro de aliento infernal! Intervenid, Albany, que yo no puedo seguir indefinidamente, por más inspirado que esté. Sin duda vos habéis acumulado años de resentimiento, y ahora es el momento de airearlos. ¡Leprosa tragaleches! ¡Gusana...!

—Cállate, bufón —me ordenó Lear.

—Perdón, señor, me ha parecido que perdía impulso.

—¿Cómo puedo haber favorecido a esta villana y no a mi dulce Cordelia? —se preguntó Lear.

—Sin duda la pregunta se perdió más que yo en ese bosque, señor, pues veo que sólo ahora se os ocurre formulárosla. ¿Conviene que nos pongamos a cubierto, para protegernos del impacto de la revelación que nos dice que habéis entregado el reino a los más embusteros engendros de vuestra entrepierna?

Quién lo habría dicho... El caso era que sentía más compasión por el viejo antes de que se diera cuenta de su locura. Ahora...

Lear alzó los ojos al cielo y empezó a invocar a los dioses.

—Atendedme, Naturaleza, querida diosa, atendedme. Verted sobre esta criatura la esterilidad. Secad sus entrañas, y no permitáis que una nueva vida surja de su cuerpo para honrarla. Engendrad en ella un hijo del rencor y la bilis. Que la atormente y cubra de arrugas su frente juvenil. Convertid todas las dichas maternales en risa y desprecio, para que sienta cuánto más punzante que el diente de una serpiente es tener un hijo ingrato.

Dicho esto, el anciano escupió a los pies de Goneril y abandonó el salón.

—Creo que se lo ha tomado todo lo bien que cabía esperar —dije yo. Pero, a pesar de mi tono optimista y mi sonrisa de oreja a oreja, nadie me hizo el menor caso.

—¡Oswaldo! —llamó Goneril. El mayordomo pelota llegó hasta ella de inmediato—. Deprisa, lleva esta carta a mi hermana y a Cornualles. Ve con dos de los caballos más veloces, y altérnalos. No descanses hasta que la misiva esté en su mano. Y luego ve a ver a Gloucester y entrégale el otro mensaje.

—No me habéis entregado ningún otro mensaje, señora —dijo el gusano.

—Sí, tienes razón. Acompáñame. Juntos lo redactaremos.

Se llevó a Oswaldo del gran salón, dejando al duque de Albany desconcertado, mirándome en busca de una explicación.

Yo me encogí de hombros.

—Puede ser todo un torbellino de tetas y terror cuando se empecina en algo, ¿no es cierto, señor?

Albany no pareció oír mi comentario, aturdido como parecía estar. La barba le encanecía por momentos, teñida por las preocupaciones.

—No apruebo el trato que depara al rey. El anciano se ha ganado un mayor respeto. ¿Y qué hay de esos mensajes que envía a Cornualles y a Gloucester?

Yo hice ademán de hablar, considerando la ocasión inmejorable para exponer el nuevo afecto que su esposa sentía por Edmundo de Gloucester, así como para relatarle mi reciente sesión de ruda disciplina con la duquesa, y para ello pensé en valerme de media docena de metáforas con las que referirme al fornicio ilícito, que me habían venido a la mente mientras él permanecía meditabundo, pero en ese instante Jones intervino:

De sexo y de cornudos
dominas las chanzas que sean menester,
para burlas más altas
un nuevo lacre deberías romper.

—¿Qué? —pregunté yo. Hasta entonces, siempre que Jones había hablado lo había hecho con mi voz, amortiguada en ocasiones, a veces más aguda, pues mi arte consistía precisamente en ello, pero siempre era mi voz, excepto cuando Babas imitaba al títere. Soy yo, también, el que mueve la pequeña anilla y la cuerda que mueven la boca de Jones. Pero aquélla no era mi voz, ni yo había movido al títere. Aquélla era la voz de la muchacha fantasma que se me había aparecido en la Torre Blanca.

—No seas tedioso —me dijo Albany—. No tengo paciencia para títeres ni rimas.

Jones habló de nuevo:

> —*¿Mil noches de esfuerzos*
> *para a la señora ramera llamar,*
> *y basta la chanza de un bufón*
> *para el país a la guerra arrastrar?*

Y como si se tratara de una estrella fugaz, que atravesara con su brillo la noche ignorante de mi mente, comprendí qué pretendía decir el fantasma. Y dije:

—No sé qué es lo que la señora envía a Cornualles, buen duque, pero durante mi estancia en Gloucester, este mes pasado, oí a algunos soldados comentar que Cornualles y Regan congregaban ejércitos junto al mar.

—¿Congregaban ejércitos? ¿Y para qué? Con la dulce Cordelia y con Jeff en el trono de Francia, sería una locura cruzar el Canal. Contamos con un seguro aliado en la otra orilla.

—No, no congregan ejércitos contra Francia, sino contra vos, señor. Regan sería así reina de toda Britania. Eso oí decir.

—¿Y eso lo oíste a unos soldados? ¿Bajo qué bandera hablaban esos soldados?

—Eran mercenarios, señor. Para ellos no hay más bandera que la fortuna, y allí circulaba el rumor de que en Cornualles había mucho dinero que ganar para un guerrero a sueldo. Debo irme. El rey va a necesitar azotar a alguien después de los groseros anuncios de vuestra señora.

—Eso no me parece justo —dijo Albany, en el que habitaba una chispa de decencia que Goneril aún no había logrado sofocar. Eso por no hablar de que se había olvidado de ahorcarme accidentalmente.

—No os preocupéis por mí, buen duque, que con vuestras propias cuitas os basta. Si alguien debe recibir golpe en nombre de vuestra señora, que sea este humilde bufón. Cuando la veáis decidle que alguien siempre debe dar, y alguien recibir.

Y abandoné la sala con el trasero escocido, dispuesto a desatar los perros de la guerra. «¡Aiho!»

Encontré a Lear a lomos de su caballo, a las puertas del castillo de Albany, vociferando como un loco de remate.

—¡Que las ninfas de la Naturaleza hagan aparecer insectos del tamaño de langostas que infesten el nido putrefacto de su vientre, y que las serpientes claven sus colmillos en sus pezones y permanezcan en ellos hasta que sus ubres envenenadas se tornen negras y caigan al suelo como higos maduros!

Observé a Kent.

—Demasiado tiempo aguantando, y ahora es como una caldera, ¿verdad?

—¡Que Thor le aseste un martillazo en las tripas, y que sus flatulencias abrasadoras arrasen el bosque y la lancen por encima de las murallas y la hagan caer sobre un montón de estiércol!

—Parece que no se circunscribe a una sola fe, ¿no es cierto? —comentó Kent.

—¡Oh, Poseidón, envía a tu hijo tuerto a que le clave la mirada en el corazón bituminoso, para que lo encienda con las llamas del más descarnado sufrimiento!

—Pues la verdad es que —dije yo—, para alguien con un historial tan desafortunado con las brujas, veo que el rey recurre en exceso a las maldiciones.

—Cierto —convino Kent—. Y parece concentrar su ira en la hija mayor, si no me equivoco.

—¿De veras? —me asombré yo—. Seguro, seguro. Vaya, podría ser, supongo.

Oíamos caballos al galope, y yo aparté a Kent del puente

levadizo poco antes de que dos jinetes, seguidos por una recua de seis caballos, lo cruzaran con estrépito.

—Es Oswaldo —dijo Kent.

—Con varios caballos —observé yo—. Se dirige a Cornualles.

Lear dejó sus maldiciones y observó a los jinetes alejarse por el páramo.

—¿Y qué va a hacer ese bribón en Cornualles?

—Lleva un mensaje, señor —respondí yo—. He oído a Goneril ordenarle que le cuente a su hermana lo que ella planea, y que pida a Regan y su esposo que acudan a Gloucester, y que no se encuentren en Cornualles a vuestra llegada.

—¡Goneril, monstruo rastrero! —exclamó el rey, dándose un golpe en la frente.

—Cierto —dije yo.

—¡Monstruo maligno!

—Sin duda —convino Kent.

—Monstruo pernicioso, perfecta en tu perfidia.

Kent y yo nos miramos, sin saber ya qué decir.

—He dicho —dijo Lear— monstruo pernicioso, perfecta en tu perfidia.

Kent se llevó las manos a unos senos imaginarios y arqueó una ceja como preguntando: «¿Tetas?»

Y yo me encogí de hombros también, como respondiendo: «Sí, por qué no, tetas suena bien.»

—Sí, de lo más perniciosa y pérfida, señor —admití al fin.

—Sí, pérfida en sus meneos y sus cimbreos —dijo Kent.

Y entonces, como si saliera de un trance, Lear fijó su atención en su montura.

—Tú, Cayo, pídele a Curan que te ensille un caballo veloz. Debes acudir a Gloucester e informar a mi amigo el conde de que nos dirigimos hacia allí.

—Sí, mi señor —dijo Kent.

—Y, Cayo, ocúpate de que mi aprendiz, Babas, no sufra ningún daño —le pedí yo.

—¡Oh, mi buen bufón negro —dijo Lear—. ¿en qué deberes paternos erré para que en Goneril surgiera una ingratitud tal que se asemeja a una locura febril?

—Yo soy sólo un bufón, señor, pero si tuviera que decir algo diría que, tal vez, a la señora, en los años delicados de su juventud, le habría venido bien algo más de disciplina que modelara su carácter.

—Habla más llano, Bolsillo, que no he de recriminarte tus palabras.

—Que deberíais haber dado más de un azote a la muy puta cuando era joven, señor. Y en cambio lo que habéis hecho es dar la vara a vuestras hijas y bajaros vos mismo los pantalones.

—Haré que te azoten a ti, bufón.

—Su palabra es como el rocío —habló Jones, el títere—. Sólo vale hasta que le da la luz del día.

Yo me eché a reír, simple como soy, sin pensar en absoluto que Lear se estaba volviendo inconstante como las mariposas.

—Debo ir a hablar con Curan y pedirle un caballo para el viaje, señor —dije yo—. Os traeré una capa.

Lear se hundió de hombros en su montura, cansado de tanto maldecir.

—Ve, buen Bolsillo. Que mis caballeros se apresten.

—Y yo también —dije yo—. Y yo también.

Y, dicho esto, dejé al anciano solo, a las puertas del castillo.

12

Un Camino Real

Habiendo puesto en marcha los acontecimientos, me pregunto si mi formación para convertirme en monja, y mis depuradas aptitudes para el chiste, los malabarismos y el canto me cualifican plenamente para iniciar una guerra. He sido con tanta frecuencia el instrumento de los caprichos de otros, he sido menos que un simple peón en la corte, he sido simplemente un complemento del rey o de sus hijas... Un adorno divertido. Un pequeño recordatorio de la conciencia y la humanidad, rebajadas con dosis de humor, para poder rechazarlas, reírse de ellas o ignorarlas.

Tal vez exista una razón por la que, en el tablero de ajedrez, no figure ningún bufón. ¿Qué acción podría corresponderle? ¿A un bufón? ¿Qué estrategia podría desplegar? ¿Un bufón? Ah, pero el bufón sí aparece en la baraja de cartas, como comodín. Y en ocasiones se encuentran dos. Sin valor alguno, claro. Sin propósito definido. Con apariencia de triunfo, pero sin poder real. Sencillamente, un instrumento del azar. Sólo el que reparte puede otorgar valor al comodín. Hacerlo atrevido. Hacerlo triunfador. ¿Es el Destino el que reparte los naipes? ¿Dios? ¿El rey? ¿Un fantasma? ¿Las brujas?

La anacoreta me hablaba de las cartas del tarot, por más paganas que fueran y prohibidas que estuvieran. Nosotros no disponíamos de ellas, pero me las describía minuciosamente, y yo dibujaba sus imágenes con carboncillo sobre las piedras de la antecámara.

—El número del bufón, que en el tarot se llama «el loco», es el cero —me contó en una ocasión—, pero eso es porque representa la posibilidad infinita de todo. Puede convertirse en cualquier cosa. Lleva todas sus posesiones en un hatillo que carga a la espalda. Está listo para lo que sea, para ir a donde sea, para convertirse en lo que haga falta. Así que, Bolsillo, no descartes al loco porque sea el cero.

¿Sabía hacia dónde me dirigía, o sus palabras sólo cobran significado para mí ahora, cuando yo, el cero, la nada, pretendo mover naciones enteras? ¿Guerra? No le veía la menor gracia al asunto.

Borracho, y sombrío de ánimo, Lear reflexionó sobre la guerra una noche en que yo le sugerí que lo que le hacía falta para quitarse de encima su mal humor era un buen revolcón.

—Ah, Bolsillo, ya soy demasiado viejo, y la alegría de la jodienda se me marchita, como se me marchita el cuerpo. Ya sólo una buena matanza es capaz de despertar apetito en mis venas. Y con una sola muerte no me basta. Matadme a cientos, a miles, a diez mil, bajo mis órdenes..., que ríos de sangre corran por los campos... Eso es lo que insufla fuego en la lanza de un hombre.

—Vaya, yo pensaba ir en busca de María Pústulas a la lavandería, pero me temo que diez mil muertos y ríos de sangre pueden exceder un poco las habilidades de la criada, majestad.

—No, gracias, buen Bolsillo. Me sentaré aquí y me deslizaré lenta y tristemente hacia el olvido.

—O, si queréis —le ofrecí yo—, también puedo ponerle un cubo en la cabeza a Babas y golpearlo con un saco de remolachas hasta que el suelo quede teñido de rojo, mientras María os da un repaso como Dios manda para que todo resulte aún más asqueroso.

—No, bufón, las guerras no pueden imitarse.

—¿Y qué está haciendo Gales, majestad? ¿Podríamos invadir a los galeses y perpetrar una matanza considerable, a ver si así os animáis un poco. Podríais estar de regreso a la hora de la merienda, para el té con tostadas.

—Gales ya es nuestro, muchacho.

—Mierda. En ese caso ¿qué os parecería atacar el norte de Kensington?

—Kensington se encuentra a una milla escasa. Prácticamente en nuestro patio de armas.

—Así es, señor, y ésa es precisamente la gracia, que jamás lo imaginarían. Avanzaríamos como un cuchillo caliente avanza sobre la mantequilla. Y oiríamos a las viudas y los huérfanos desde los muros del castillo. Eso tendría que ser como una nana cachonda para vos.

—No creo. No pienso atacar ningún barrio de Londres para distraerme, Bolsillo. ¿Por qué clase de tirano me tomas?

—Ah, estáis por encima de la media, señor. Bastante por encima.

—No quiero que hables más de la guerra, bufón. Tu naturaleza es demasiado dulce para tales asuntos malignos.

¿Demasiado dulce? *Moi?* Creo que el arte de la guerra está hecho para los bufones, y éstos están hechos para ella. Kensington tembló esa noche.

Camino de Gloucester, dejé que mi ira menguara y traté de consolar al rey lo mejor que pude, prestándole un oído amigo, y las palabras amables que necesitaba.

—¡Pedazo de bruto resoplador! ¿Qué esperabais que sucediera cuando pusisteis el cuidado de vuestro cuerpo medio podrido en las garras de esa ave de presa que es vuestra hija?

—Está bien, lo reconozco, tal vez me quedaba algo de ira residual.

—Pero si le di la mitad de mi reino.

—Y ella, a cambio, os dio la mitad de su verdad, cuando os dijo que os amaba.

El anciano ladeó la cabeza, y un mechón de cabello cano le cubrió el rostro. Estábamos sentados sobre piedras, junto al fuego. En el bosque cercano habían erigido una tienda para comodidad del monarca, pues en aquel país septentrional no había ninguna casa en la que pudiera guarecerse. El resto de nosotros dormiríamos al raso.

—Espera, bufón, a que nos encontremos en el castillo de mi segunda hija —dijo Lear—. Regan siempre fue la más dulce, y no se mostrará tan avara en su gratitud.

No me vi capaz de regañar más al anciano. Esperar bondad de Regan era como realizar un canto a la esperanza en clave de locura. ¿Siempre la más dulce? A mí nunca me lo pareció.

Durante mi segunda semana en el castillo, encontré a la joven Regan y a Goneril en uno de los torreones del rey, fastidiando a Cordelia, pasándose sobre su cabeza un gatito por el que la niña se había encaprichado, para chincharla.

—Ven, agarra el gatito —decía Regan—. Y ten cuidado, no sea que salga volando por la ventana.

Regan hizo ademán de arrojar al aterrorizado animal por la ventana, y mientras Cordelia corría, con los brazos extendidos para alcanzarlo, Regan la esquivó y le pasó el gato a Goneril, que lo asomó por otra ventana.

—Oh, mira, Cordy, también él se ahogará en el foso, como la traidora de tu madre —dijo Goneril.

—¡Noooo! —gritó Cordelia, casi sin aliento con tanta carrera de hermana en hermana, en pos de su gatito.

Yo seguía junto a la puerta, asombrado ante sus muestras de crueldad. El chambelán me había contado que la madre de Cordelia, la tercera esposa de Lear, había sido acusada de traición y desterrada hacía tres años. Nadie conocía con exactitud las circunstancias del delito, pero se decía que la habían descubierto practicando la antigua religión, o que había cometido adulterio. Lo único que el chambelán sabía a ciencia cierta era que a la reina la habían sacado de la torre en plena noche, y que desde ese momento y hasta mi llegada al castillo Cordelia no había articulado ni una sola sílaba.

—Ahogada, como una bruja —soltó Regan, agarrando al gatito al vuelo. Pero en esa ocasión las garras del animal se clavaron en carne real—. ¡Ah! ¡Eh, tú, mierdecilla! —Y, entonces sí, lo arrojó por la ventana. Cordelia emitió un grito ensordecedor.

Sin pensármelo dos veces, me lancé por la ventana, tras el gatito, y me sujeté por los pies a una soga. A escasos palmos del suelo, y con los tobillos quemados por la fricción de la cuerda, logré cazar al vuelo al cachorro, pero como había improvisado mi acción, no calculé cómo haría para sujetarme yo, con el gato en una mano. Y en ésas estaba cuando el impulso de la soga me devolvió al muro de la torre, y ésta se apretó contra mi tobillo. Recibí el impacto en un hombro, y reboté mientras veía caer mi gorra de cascabeles hasta el foso.

Me metí el gatito en el chaleco, y trepé por la cuerda hasta llegar a la ventana.

—Hace un día estupendo para practicar un poco de ejercicio, ¿no os parece, damas? —Las tres seguían allí, boquiabiertas, y la mayor había retrocedido hasta la pared del torreón—. Parece que no os vendría mal tomar un poco el aire —dije al verlas.

Extraje el gatito del chaleco y se lo entregué a Cordelia.

—Este gatito ha vivido toda una aventura. Tal vez deberíais llevarlo con su madre, para que duerma un poco.

Cordelia me lo quitó y salió corriendo del aposento.

—Podríamos hacer que te decapitaran, bufón —amenazó Regan, saliendo de su asombro.

—En cuanto quisiéramos —la secundó Goneril, con menos convicción que su hermana.

—¿Queréis que envíe a una doncella para que recoja de nuevo los cortinajes? —pregunté, señalando con grandilocuencia la tela que había soltado de la pared en el momento de saltar por la ventana.

—Mmmm, sí, hazlo —me ordenó Regan—. ¡Ahora mismo!

—¡Ahora mismo! —ladró Goneril.

—¡Ahora mismo, mamita!

Y, tras esbozar una sonrisa de oreja a oreja y hacer una reverencia, abandoné la estancia.

Descendí por la escalera de caracol muy pegado a la pared, por si el corazón me desequilibraba y me hacía caer rodando. Cordelia se encontraba al pie, acariciando el gatito, y observándome como si fuera Jesucristo, Zeus y san Jorge que acabaran de regresar de un entretenido día dedicado a la caza del dragón. Abría los ojos de un modo sobrenatural, y no parecía respirar. Supongo que todo aquello se lo causaba el respeto reverencial que sentía por mí.

—Gracias —dijo entre grandes sollozos que le hicieron sacudirse.

Yo le acaricié la cabeza.

—De nada, cielo. Y ahora me voy volando. Bolsillo tiene que ir a rescatar su gorra de cascabeles al foso, y después a la cocina, a beber hasta que dejen de temblarle las manos o se ahogue en su propio vómito, depende de lo que suceda primero.

Ella retrocedió para dejarme pasar, sin apartar en ningún momento sus ojos de los míos. Así había sido desde la noche de mi llegada al castillo, instante en el que su mente salió del lugar oscuro en el que había estado metida antes de mi aparición: aquellos ojos enormes, azules, cristalinos, me observaban asombrados, sin parpadear siquiera. Aquella niña podía dar bastante miedo, si se lo proponía.

—No os llevéis a engaño, tío mío —le dije yo. Sostenía las riendas de mi montura y las del caballo del rey mientras ambos bebían de un arroyo de aguas gélidas, unas cien millas al norte de Gloucester—. Regan es un amor, sin duda, pero puede compartir las ideas de su hermana. Aunque lo nieguen, suele ser así.

—No soy de tu opinión —dijo el rey—. Regan nos recibirá con los brazos abiertos. —Se oyó un traqueteo detrás de nosotros y el rey se volvió—. ¿Qué es esto?

Un carromato pintado con colores vivos surgió de entre el bosque, y vino hacia nosotros. Varios caballeros se llevaron la mano a las espadas y a las lanzas. El capitán Curan les hizo una seña para que estuvieran tranquilos.

—Son titiriteros, señor —informó el capitán.

—Claro —respondió Lear—. Me olvidaba de que se acercan las fiestas del Yule. Supongo que también se dirigen a Gloucester a actuar en las celebraciones. Bolsillo, ve a decirles que les garantizamos un viaje seguro, si nos siguen y desean contar con nuestra protección.

El carromato se detuvo entre chirridos. Encontrarse con un ejército de cincuenta caballeros, con sus respectivos asistentes, en medio del monte, habría bastado para despertar la desconfianza de cualquier cómico. El hombre que conducía el vehículo se mantuvo a las riendas y nos saludó. Llevaba un gran sombrero morado, con una pluma blanca atravesada en él.

Yo vencí de un salto el riachuelo y me acerqué al camino. Cuando el cochero me vio el traje de rombos, sonrió. Yo hice lo propio, aliviado: aquél no era el cruel maestro de mis días de mimo.

—Hola, bufón, ¿qué te lleva tan lejos de tu corte y tu castillo?

—Llevo la corte conmigo, y voy al encuentro de mi castillo, señor.

—¿Llevas contigo la corte? Entonces, ese anciano de pelo cano es...

—En efecto, el rey Lear en persona.

—En ese caso, eres el célebre Bufón Negro.

—A tu maldito servicio —dije yo, haciéndole una reverencia.

—Eres más pequeño de lo que se dice —comentó el hurón de gran sombrero.

—Sí, y tu gorro es un océano en el que tu ingenio vaga como un cordero perdido.

El cómico se echó a reír.

—Me concedes más de lo que merezco, señor. Nosotros no trabajamos con el ingenio. ¡Somos tespianos!

Una vez que lo hubo dicho, tres jóvenes y una muchacha se bajaron del carromato por detrás y me dedicaron una reverencia con mucha más ceremonia de la que la ocasión requería.

—Tespianos —dijeron todos a coro.

Yo me llevé la mano a mi gorra de cascabeles.

—Bueno, a mí también me gusta lamer el lirio de vez en cuando —dije—, pero no es precisamente algo que pintar en un costado de un carromato.

—Tespianos, no lesbianos —dijo la muchacha—. Somos actores.

—Ah —dije yo—. Eso es distinto.

—En efecto —intervino el del gorro enorme—. A nosotros no nos hace falta ingenio..., lo importante es la obra, ¿entiendes? Ni una sola palabra sale de nuestros labios si no ha sido mascada tres veces y escupida por un escriba.

—La originalidad no supone una carga para nosotros —corroboró uno de los actores, que llevaba un chaleco rojo.

—Aunque cargamos con el sambenito de tener un pelo muy brillante...

—Hojas en blanco, eso es lo que somos —terció otro de los actores.

—Somos meros apéndices de la pluma, por así decirlo —concluyó el del sombrero.

—Apéndices sí que sois —susurré yo en voz muy baja—. Bien, entonces sois actores. Qué genial. El rey me ha pedido que os informe de que os garantiza un viaje seguro hasta Gloucester, y os ofrece su protección.

—Oh, Dios mío. Nosotros sólo vamos hasta Birmingham, aunque supongo que podríamos seguir viaje hasta Gloucester, si su majestad desea que actuemos para él.

—No —dije yo—. Seguid vuestro rumbo y llegad a Birmingham. El rey nunca impediría el avance de los artistas.

—¿Estás seguro? —insistió el del gorro—. Llevamos un tiempo ensayando un clásico de la antigüedad, *Huevos Ver-*

des y Hamlet, la historia de un joven príncipe de Dinamarca que se vuelve loco, ahoga a su novia y, presa del remordimiento, le arroja el desayuno a todo el que se le pone por delante. Es una obra montada a partir de fragmentos de un manuscrito mericano muy antiguo.

—No —mantuve yo—. Creo que al rey le resultaría demasiado esotérico. Es viejo, y se duerme durante las representaciones largas.

—Una lástima —opinó el del sombrero—. Es una obra conmovedora. Permíteme que te recite unos pasajes.

—«Huevos Verdes o no Huevos Verdes. Ésa es la cuestión. ¿Es más noble para el ánimo comérselos en una caja, en una mortaja...»

—¡Basta! —lo interrumpí—. Seguid viaje ahora mismo. Y deprisa. La guerra ha llegado a nuestra tierra, y circula el rumor de que tan pronto como terminen con los abogados van a matar a los actores.

—¿De veras?

—De veras —asentí con la mayor seriedad—. Así que deprisa, a Birmingham antes de que os sacrifiquen.

—Todos al carro —ordenó el de la gorra grande, y los actores obedecieron—. ¡Buen viaje tengas, bufón!

Y, haciendo chasquear las riendas, emprendió la marcha. Las ruedas del carromato traqueteaban por culpa de los baches del camino.

El séquito de Lear retomó el viaje, al galope, y al poco dejó atrás a la compañía de actores.

—¿Quiénes eran? —me preguntó Lear cuando regresé a su lado.

—Un carro lleno de necios.

—¿Y por qué van con tanta prisa?

—Se lo he mandado yo, señor. La mitad de la troupe va enferma, con fiebres. No nos interesa en absoluto que se acerquen a nuestros hombres.

—Bien hecho entonces, muchacho. Temía que añoraras esa vida y fueras a unirte a ellos.

Me estremecí al pensarlo. Fue en un día frío de diciembre cuando entré por vez primera en la Torre Blanca, junto con mi grupo de cómicos. Tespianos no éramos, eso desde luego, sino más bien cantantes, malabaristas y acróbatas, y yo el comodín, pues podía actuar en las tres disciplinas. Nuestro patrón era un belga despiadado que respondía al nombre de Belette, y que me compró a la madre Basila por tres chelines, tras asumir el compromiso de alimentarme. Hablaba holandés y francés, pero su inglés era escaso, por lo que yo no entendía cómo había logrado que la Torre Blanca nos contratara para Navidad, aunque más tarde supe que la compañía que debía actuar cayó enferma con unos horribles dolores de estómago, de lo que deduje que Belette los había envenenado.

Llevaba ya varios meses a su cargo pero, exceptuando las palizas y las noches frías a la intemperie, durmiendo bajo el carromato, había recibido poco más que mi ración diaria de pan y algún que otro vaso de vino, además de aprender lanzamiento de cuchillos y adquirir una destreza con las manos que podía usar para rasgar y abrir monederos.

Nos condujeron al gran salón de la torre, que se encontraba llena de nobles entregados al jolgorio del banquete, rodeados de bandejas con una cantidad de comida que yo no había visto, junta, jamás en mi vida. El rey Lear estaba sentado en el centro de la mesa principal, flanqueada por dos hermosas muchachas de mi edad, que luego sabría que eran Regan y Goneril. Junto a Regan se encontraban Gloucester, su esposa y su hijo Edgar. El intrépido Kent estaba sentado al otro lado, junto a Goneril. Bajo la mesa, a los pies del rey, entreví a una niña de corta edad que observaba la celebración con los ojos muy abiertos, como un animalillo asustado, aferrada a una muñeca de trapo. He de confesar que pensé que la pequeña era sorda, o tal vez débil mental.

Actuamos durante un par de horas. Durante la cena entonamos canciones sobre santos, y una vez concluida pasamos a temas más procaces, pues el vino corría, y los invitados abandonaban el envaramiento. A última hora ya todos reían, los invitados bailaban con los actores, e incluso los plebeyos que vivían en el castillo se habían sumado a la fiesta. Pero la niña seguía escondida debajo de la mesa, sin pronunciar palabra, sin sonreír siquiera, sin alzar una ceja, movida por el asombro. Había luz en sus ojos azules, cristalinos —no se trataba de una boba—, pero parecía no usarlos para observar, como si se hallara muy lejos.

Me metí debajo de la mesa y me senté a su lado, pero la pequeña no se inmutó; me acerqué más a ella y, con la cabeza, le señalé a Belette, que se encontraba junto a una columna, en el centro del salón, acechando con lujuria a las jovencitas que se arremolinaban a su alrededor. Me había dado cuenta de que la pequeña también observaba al muy bribón. En voz muy baja le canté una cancioncilla que me había enseñado la anacoreta, a la que cambié la letra para que se adaptara a la situación:

> *Belette era una rata, una rata, una rata*
> *Belette era una rata, una rata, una rata*
> *Belette era una rata, que se comió su pata.*

La niña alzó la cabeza y me miró, como para asegurarse de que hubiera cantado aquello de verdad. Yo proseguí:

> *Belette era una rata, una rata, una rata*
> *Belette era una rata, una rata, una rata*
> *Belette era una rata, que se ahogó en una lata.*

La pequeña emitió una carcajada, un gritito infantil que era una risa, y que sonaba a inocencia, a alegría, a dicha.

Yo seguí cantando, siempre en voz muy baja, y ella se sumó al canto.

> *Belette era una rata, una rata, una rata,*
> *Belette era una rata, una rata...*

Y de pronto ya no estábamos solos debajo de la mesa. Había otro par de ojos azules, cristalinos, y tras ellos, un rey de pelo cano. El viejo rey sonrió, me estrujó un brazo, y sin dar tiempo a que nadie se percatara de que se encontraba debajo de la mesa, volvió a sentarse en su trono. A pesar de ello, bajó las manos, y una la posó sobre el hombro de su hija, y la otra sobre el mío. Aquella mano, aquel gesto, atravesaba un gran abismo de la realidad, iba desde la posición más alta del gobernante del reino hasta un huérfano de humilde cuna que dormía en el suelo, bajo un carromato. Y se me ocurrió que así debían de sentirse los caballeros cuando la espada del monarca rozaba sus hombros, elevándolos a la categoría de nobles.

—«Era una rata, una rata, una rata...» —cantábamos nosotros.

Cuando la celebración terminó y los nobles invitados dormitaban, ebrios, sobre las mesas, y los criados se amontonaban en el suelo, frente a la chimenea, Belette empezó a moverse entre los asistentes y a despertar a los miembros de su troupe, para que se congregaran todos junto a la puerta. Yo había sucumbido al sueño bajo la mesa, y la pequeña se había dormido apoyada en mi brazo. El patrón me tiró del pelo.

—¡No has hecho nada en toda la noche! Te he estado observando.

Yo sabía que me aguardaba una paliza cuando regresáramos al carromato, y estaba preparado para recibirla. Al menos había tomado algo de sopa durante el banquete.

Pero cuando Belette se volvió, dispuesto a arrastrarme, se detuvo de pronto, abruptamente. Yo alcé la vista para ver a mi dueño, congelado en el espacio, con la punta de una espada junto a su mejilla, un poco por debajo del ojo. Y me soltó el pelo.

—Bien pensado —dijo Kent, el toro viejo, retirando la espada, aunque manteniéndola en alto, a apenas un palmo del ojo de Belette.

Se oyó el ruido de una moneda sobre la mesa, y mi dueño no pudo evitar bajar la vista, aun a riesgo de perder la vida. Un saquito de piel del tamaño de un puño apareció ante sus ojos.

El chambelán, un hombre alto y severo que miraba siempre por encima del hombro, se plantó junto a Kent.

—Tus honorarios, más diez libras que aceptarás como pago por este muchacho —dijo.

—Pero... —objetó Belette.

—Estás sólo a una palabra de la muerte, señor —intervino Lear—. Sigue.

El monarca, sentado muy recto, regio, en su trono, acercó una mano a la mejilla de su hija, que se había despertado y se aferraba a su pierna.

Belette recogió el saquito, hizo una gran reverencia y se alejó por el salón. Los demás cómicos de la compañía lo imitaron, y se fueron tras él.

—¿Cómo te llamas, muchacho? —preguntó Lear.

—Bolsillo, majestad.

—De acuerdo, entonces, Bolsillo. ¿Ves a esta niña?

—Sí, majestad.

—Se llama Cordelia. Es nuestra hija menor, y de ahora en adelante será tu señora. Tienes un deber por encima de todos los demás, Bolsillo, y es hacerla feliz.

—Sí, majestad.

—Llevadlo con Burbuja —ordenó el rey—. Que le den de comer y lo bañen, y que le busquen luego ropa nueva.

De nuevo en el viaje hacia Gloucester, Lear me dijo:

—¿Y bien? ¿Cuál es tu voluntad, Bolsillo? ¿Preferirías volver a ser un cómico itinerante? ¿Cambiarías las comodidades del castillo por la aventura de los caminos?

—Parece ser que ya lo he hecho, señor —repliqué.

Acampamos junto a un arroyo, que se heló durante la noche. El viejo se sentó junto a la hoguera, envuelto en su manto de pieles; temblaba. La capa le venía tan grande, y él estaba tan delgado, que parecía como si una bestia lenta pero aplicada estuviera consumiéndolo vivo. Sólo la barba blanca y la nariz aguileña asomaban por sobre la prenda de abrigo, además de dos brasas candentes: sus ojos.

La nieve caía a nuestro alrededor en una orgía salvaje y húmeda de copos, y a mí se me había empapado ya la capa de lana que usaba para cubrirme la cabeza.

—¿He sido tan mal padre para que mis hijas me traten así? —se lamentó el rey.

¿Por qué sentía ahora la necesidad de escudriñar en los rincones más negros de su alma, cuando durante tantos años se había contentado con satisfacer sus deseos y dejar que las consecuencias de éstos se llevaran por delante a quien fuera? Mal momento para la introspección, una vez entregado ya a otros el techo que lo cobijaba. Pero eso no se lo dije.

—¿Qué sé yo de paternidades, señor? Yo no tuve ni padre ni madre. Me crio la Iglesia, y os aseguro que sus miembros me la traen floja.

—Pobre muchacho —dijo el rey—. Mientras yo viva, tendrás padre y familia.

Le habría recordado que, según sus propias palabras, su viaje hacia la tumba ya había dado inicio y que, dada su actuación ante sus hijas, más me valía seguir adelante como huérfano, pero el viejo me había salvado de una vida de esclavo y titiritero, y me había dado un hogar en palacio, con amigos y, supongo, una especie de familia. De modo que lo que le dije fue:

—Gracias, majestad.

El viejo suspiró con dificultad.

—Ninguna de mis tres reinas me quiso nunca.

—Vamos, hombre, no me jodáis, Lear, que yo soy bufón, no brujo. Si pensáis seguir hurgando en la mierda de vuestros reproches, lo mejor será que yo os sostenga la espada, y vos hacéis un esfuerzo, movéis el culo y os arrojáis contra la punta, a ver si os la claváis de una vez y los dos descansamos un poco, coño.

Lear se echó a reír (seguía siendo un retorcido), y me dio una palmadita en el hombro.

—No podría pedirle nada más a un hijo: que me hiciera reír en mis horas de desesperación. Voy a acostarme. Duerme en mi tienda esta noche, Bolsillo. A salvo del frío.

—De acuerdo, señor.

Reconozco que la amabilidad del rey me conmovió.

El anciano se fue hacia su tienda. Uno de los pajes llevaba una hora introduciendo piedras calientes en el interior, y cuando Lear se metió dentro, el calor se asomó a la puerta.

—Echo una meadita y entro —le dije.

Me alejé hasta donde moría el resplandor del fuego, y estaba aliviándome junto a un gran olmo desnudo cuando una luz azulada parpadeó en el bosque, frente a mí.

—Eso es una gilipollez como la copa de un pino —dijo una mujer justo en el instante en que la muchacha fantasma salía de detrás del árbol contra el que yo orinaba.

—Por dios, pequeña, casi te meo encima.

—Cuidado, bufón —dijo el fantasma, que ahora ya había adquirido un aspecto terroríficamente denso, con apenas un punto de transparencia, aunque los copos de nieve lo atravesaran. Yo, sin embargo, no estaba asustado.

Tu corazón agradecido puedes arrimar
a la familia del rey para calor hallar,
pero de no ser por las reales fechorías,
huérfano, bufón, tú no serías.

—¿Y ya está? —le pregunté—. ¿Otra vez con acertijos y rimas?

—Es todo lo que necesitas por el momento —dijo el fantasma.

—Vi a las brujas —le comenté—. Y parecían conocerte.

—Así es —admitió el fantasma—. Aguardan hechos oscuros en Gloucester, bufón. No pierdas punto.

—¿Punto de qué?

Pero ya se había ido, y yo me encontraba de pie en el bosque, con el pito en la mano, hablando con un árbol. Al día siguiente llegaríamos a Gloucester, y yo ya vería sobre qué debía permanecer alerta. O lo que fuera.

Las banderas de Regan y Cornualles ya ondeaban sobre el parapeto, junto a las de Gloucester, informando de que su llegada ya se había producido. El castillo de Gloucester estaba formado por una sucesión de torres rodeadas por un lago en tres de sus lados, y con un foso ancho delante. Carecía de muralla exterior, como el de la Torre Blanca, o el castillo de Albany, así como de patio de armas propiamente dicho, pues contaba sólo con uno pequeño, y con una puerta fortificada que protegía la entrada. Las murallas de la ciudad, en el lado del castillo que daba a la tierra, proporcionaban las defensas exteriores y los puntos de apoyo para establos y cuarteles.

Al acercarnos, oímos el sonido de una trompeta que, desde lo alto de la muralla, anunciaba nuestra presencia. Babas llegó corriendo, cruzó el puente levadizo y extendió mucho los brazos.

—¡Bolsillo! ¡Bolsillo! ¿Dónde estabas? ¡Amigo mío! ¡Amigo mío!

Sentí un gran alivio al verlo vivo, pero aquel oso enorme y simplón me arrancó de mi montura y me abrazó hasta dejarme casi sin aliento, y se puso a bailar en círculos, elevándome por los aires como si fuera un muñeco.

—Deja de lamerme, Babas, tonto, que me vas a arrancar el pelo.

Le di un golpe en la espalda al mastuerzo, valiéndome de Jones, y él dejó escapar un grito.

—¡Ah! No me pegues, Bolsillo.

Me soltó y se abrazó a sí mismo, como si fuera su propia madre consolándolo. Distinguí entonces unas manchas granates en la parte posterior de su camisa, y se la levanté para ver a qué se debían.

—¡Oh, muchacho! ¿Qué te ha sucedido? —Se me quebró la voz, las lágrimas asomaron a mis ojos y ahogué un grito. La

espalda musculosa de Babas estaba casi por completo en carne viva. Lo habían azotado una y otra vez, sin dar tiempo a
que las heridas cicatrizaran.

—Te he echado mucho de menos —dijo Babas.

—Sí, yo también, pero ¿cómo te has hecho estas marcas?

—Lord Edmundo dice que soy un insulto a la naturaleza,
y que debo ser castigado por ello.

Edmundo. El muy bastardo.

13

Un nido de villanos

Edmundo. Habría que ocuparse de Edmundo, un gran peso recaería sobre él, y tuve que vencer el impulso de ir en busca de aquel diablo de negro corazón para clavarle una de mis dagas entre las costillas. Pero mi plan ya estaba en marcha, o al menos algo que se le parecía, y yo aún conservaba el saquito con las dos setas que las brujas me habían entregado. De modo que me tragué mi ira y dejé que Babas me acompañara al interior del castillo.

—Vaya, Bolsillo, ¿eres tú? —dijo alguien con acento galés—. ¿Viene el rey contigo?

Me fijé en la coronilla de un hombre que sobresalía, metida dentro de un cepo. El pelo, negro y largo, le cubría el rostro. Me acerqué y me agaché para ver quién era.

—¿Kent? Veo que os habéis agenciado un collar muy cruel.

El pobre hombre no podía alzar la vista siquiera.

—Llámame Cayo —me recordó el anciano caballero—. ¿Viene contigo el rey?

—Sí, viene de camino. Los hombres están en la ciudad buscando establo para los caballos. ¿Cómo habéis acabado metido en este cepo?

—Me peleé con Oswaldo, ese hijo de puta, el mayordomo de Goneril. Cornualles consideró que la culpa era mía, y ordenó que me trajeran al cepo. Llevo aquí desde ayer noche.

—Babas, ve a buscar un poco de agua para este buen caballero —le pedí al gigante, que se alejó en busca de un cubo. Yo rodeé a Kent, me puse detrás de él y le di una palmadita en el trasero.

—¿Sabéis, Kent..., esto..., Cayo? Sois un hombre muy atractivo.

—No seas majadero, Bolsillo. No me dejaré sodomizar por ti.

Volví a golpearle el culo, y de sus pantalones ascendió una nube de polvo.

—No, no por mí. No sois mi tipo. Pero Babas..., él sí os pegaría un buen viaje si no temiera la oscuridad. Y bastante bien dotado está, la tiene como un buey. Sospecho que, una vez que Babas os dé por detrás, pasaréis dos semanas fabricando mojones sin punta. La cena saldrá tan pronto como haya entrado.

Babas regresaba ya cargando un cubo de madera y un cucharón.

—¡No! ¡Deteneos! —exclamó Kent—. ¡Villanía! ¡Violación! ¡Detened a estos demonios!

Los guardias empezaron a asomarse desde las murallas. Yo llené el cucharón de agua y la arrojé al rostro de Kent para apaciguarlo. Pero él se atragantó y forcejeó para librarse de los grilletes que lo oprimían.

—Tranquilo, buen Kent, sólo os tomaba el pelo. Vamos a sacaros de aquí tan pronto como llegue el rey.

Sostuve el cucharón, y el caballero bebió con avidez.

Al terminar, aspiró hondo.

—Por el braguero de Cristo, Bolsillo, ¿por qué me has hecho eso?

—Porque soy la encarnación del mal en estado puro, supongo.

—Bueno, pues no sigas por ahí, que no va contigo.

—Pues yo me esfuerzo para que sí.

En ese instante Lear apareció por la puerta fortificada, flanqueado por el capitán Curan y por otro caballero de más edad.

—¿Qué es esto? —preguntó el rey—. ¡Mi emisario en el cepo! ¿Quién te ha puesto ahí, hombre?

—Vuestra hija y vuestro yerno, señor —respondió Kent.

—No. Por la barba de Júpiter, digo que no —dijo Lear.

—Sí, por los pies escamosos de Cardomono* os digo que sí —insistió Kent.

—Por el prepucio ondeante de Freya, yo os digo: ¡Que os den a todos! —soltó Jones.

Y todos miraron al títere, que seguía ahí, sobre su estaca, muy seguro de sí mismo.

—Creía que se trataba de jurar por lo primero que se nos viniera a la cabeza —dijo el títere—. Seguid.

—Yo digo que no —insistió Lear—. Tratar de este modo al emisario del rey es peor que asesinarlo. ¿Dónde está mi hija?

El viejo rey franqueó la puerta como una exhalación, seguido de Curan y de un séquito de doce caballeros, que lo habían acompañado hasta el castillo.

Babas se sentó en el suelo, con las piernas separadas. Acercó mucho el rostro al de Kent y le dijo.

—¿Y bien? ¿Cómo os ha ido?

—Estoy metido en el cepo —respondió Kent—. Encerrado desde ayer noche.

Babas asintió, mientras un hilo del líquido del que tomaba su apodo le resbalaba por la barbilla.

—O sea, que no muy bien.

—No, muchacho —corroboró Kent.

---

* Según la leyenda, san Cardomono era un monje italiano al que se le apareció el arcángel Raziel, que le pidió agua. Cuando iba en su busca, Cardamono entró sin saberlo en una cueva que le condujo al infierno, donde permaneció perdido durante cuarenta días y cuarenta noches, y aunque al principio se le quemaban los pies, pronto se le formó en ellos una costra verde y escamosa, como la de los lagartos, que lo protegía de los fuegos del infierno. Cuando regresó junto al arcángel con una jarra de agua helada (que nadie había visto hasta entonces), se le concedió el don de poseer aquellos pies escamosos a perpetuidad, y suele decirse que una mujer con pies ásperos, capaces de rasgar las sábanas de la cama, los tiene «bendecidos por san Cardomono». Cardomono es el patrón de la piel combinada (grasa-seca), de las bebidas refrescantes y de la necrofilia.

—Por suerte ahora está aquí Bolsillo, que nos salvará, ¿verdad?

—Sí, claro, soy un rescate con patas. ¿No habrás visto ningunas llaves por ahí cuando has ido a por el agua?

—No. Ningunas llaves —dijo Babas—. Hay una lavandera que tiene unos melones enormes y que a veces se acerca al pozo, pero se niega a echarse unas risas contigo. Ya se lo he preguntado. Cinco veces.

—Babas, no debes ir preguntando esas cosas sin preludios de ninguna clase —le dije yo.

—Se lo he pedido por favor.

—Bien hecho, entonces, me alegro de que hayas mantenido tus buenos modales en medio de tanta villanía.

—Gracias, amable señor —dijo Babas con la voz de Edmundo, el bastardo, del que imitaba a la perfección aquel tono que rezumaba mal por todas partes.

—Qué inquietante —dijo Kent—. Bolsillo, ¿podrías hacer algo por liberarme? Desde hace una hora he perdido la sensibilidad en las manos, y si tienen que cortármelas por culpa de la gangrena, no me servirán de mucho cuando tenga que sostener la espada.

—Está bien, veré qué puedo hacer —le respondí—. Esperemos primero a que Regan le suelte el veneno a su padre, y después iré por la llave. Le gusto bastante, ¿sabéis?

—Os habéis meado encima, ¿verdad? —dijo Babas, de nuevo con su voz, aunque con un ligero acento galés, sin duda, para consolar a Kent disfrazado.

—Hace horas, y dos veces más desde entonces —confesó el caballero.

—A mí me pasa a veces, por las noches, cuando hace frío o las letrinas quedan demasiado lejos.

—Yo es que soy viejo, y tengo la vejiga del tamaño de una nuez.

—Pues yo he puesto en marcha una guerra —solté yo, ya que, al parecer, se trataba de compartir intimidades.

Kent se revolvió en el cepo para mirarme.

—¿Qué es esto? ¿Pasamos de las llaves a las meadas, y de las meadas al «he puesto en marcha una guerra», sin ni siquiera un triste «con su permiso»? Me desconciertas, Bolsillo.

—Pues no os creáis que no me preocupa. Vosotros dos sois mi ejército.

—¡Genial!

El conde de Gloucester acudió personalmente para soltar a Kent.

—Lo siento, buen hombre. Ya sabes que yo no lo habría consentido, pero cuando a Cornualles se le mete algo en la cabeza...

—Os oí intentarlo —dijo Kent. Los dos habían sido amigos en su vida anterior, pero ahora Kent, delgado, moreno, parecía más joven y mucho más peligroso, mientras que a Gloucester las semanas le habían pesado como años. Su aspecto era de extrema fragilidad, y hacía esfuerzos por abrir el cepo con la llave. Al percatarme de sus dificultades, se la quité con suavidad y la metí en el cerrojo.

—Y a ti, bufón, no te consentiré que te burles de Edmundo por ser bastardo.

—¡Ah! ¿Ya ha dejado de serlo? Os habéis casado con su madre. Enhorabuena, buen conde.

—No, su madre lleva muchos años muerta. Su legitimidad viene de la deslealtad de mi otro hijo, Edgar, que me ha traicionado.

—¿Y cómo es eso? —le pregunté, a pesar de saber bien cómo era eso.

—Planeaba arrebatarme las tierras y acelerar mi muerte.

Aquello no era lo que yo había escrito en la carta. Las tierras, claro está, serían prenda, pero en ella no había mención alguna al asesinato del anciano. Aquello era cosa de Edmundo.

—¿Qué habéis hecho para encolerizar a nuestro padre? —preguntó Babas, imitando a la perfección la voz y el tono del bastardo.

Todos nos volvimos a mirar al gran idiota, y constatamos que, en efecto, aquella voz que le iba pequeña brotaba de su boca cavernosa.

—Yo no he hecho nada —dijo entonces Babas, con otra voz.

—¿Edgar? —dijo Gloucester.

En efecto, se trataba de la voz de Edgar. Mis nervios iban en aumento, pensando en lo que venía a continuación.

—Armaos y ocultaos —dijo la voz del bastardo—. A padre se le ha metido en la cabeza que has cometido alguna ofensa, y ha ordenado a los guardias que te apresen.

—¿Qué? —dijo Gloucester—. ¿Qué magia barata es ésta?

Y entonces, de nuevo la voz de Edmundo:

—He consultado las constelaciones, y predicen que nuestro padre va a enloquecer y a darte caza...

Llegados a ese punto, alargué la mano y le tapé la boca a Babas.

—No es nada, señor —dije yo—. Este bufón no está bien de la sesera. Creo que ha pillado unas fiebres. Imita voces, pero sin sentido. Sus pensamientos son un lío.

—Pero esas voces eran las de mis hijos.

—Sí, pero sólo en sonido. Sólo en sonido. Este bufón es como un pájaro que habla. Si disponéis de algún aposento donde pueda alojarlo...

—Y al bufón favorito del rey, y a un sirviente del que se abusa —añadió Kent, frotándose las marcas que el cepo le había dejado en las muñecas.

Gloucester permaneció unos instantes pensativo y después dijo:

—Tú, buen hombre, has sido castigado injustamente. Oswaldo, el mayordomo de Goneril, carece por completo de honor. Y, por más que a mí me resulte incomprensible, el rey adora a su Bufón Negro. Existe un aposento en desuso en la torre de septentrión. Tiene goteras, pero al menos os resguardará del viento, y allí estaréis cerca de vuestro amo, que ha tomado habitaciones en la misma ala.

—Gracias, señor —dije yo—. Este bobo necesita atenciones. Lo envolveremos en mantas y luego me acercaré al boticario a por sanguijuelas.

Metimos a Babas en la torre a toda prisa, y Kent cerró la pesada puerta y pasó el cerrojo. En el interior había una vidriera con las contraventanas destartaladas, y dos troneras, cada una de ellas encajada en una pequeña alcoba, cubierta por cortinajes descorridos y atados para permitir la entrada de la escasa luz. Aun en aquel interior, el aire era tan frío que exhalábamos vaho al respirar.

—Corred esos cortinajes —dijo Kent.

—Id primero a por unas velas —respondí yo—. Si no, esto será más oscuro que el ojete de Nix.*

Kent abandonó la torre y regresó al cabo de unos minutos con un pesado candelabro de hierro sobre el que alumbraban tres velas encendidas.

—Una doncella va a traernos un brasero de carbón, además de pan y cerveza —dijo el caballero—. El viejo Gloucester es un buen tipo.

—Y ha vivido lo bastante como para no contarle al rey lo que piensa de sus hijas —dije yo.

—Yo también he aprendido algo —observó Kent.

—Así es. —Me volví hacia Babas, que jugaba con la cera que goteaba de las velas—. Babas, ¿qué era eso que decías? Eso de que Edmundo y Edgar tramaban algo.

—No lo sé, Bolsillo. Yo sólo lo he dicho, pero no sé qué he dicho. Pero Edmundo me pega cuando imito su voz. Soy un insulto para la naturaleza, y debo ser castigado, dice.

Kent meneó la cabeza como un gran perro que se sacudiera el agua de las orejas.

—¿Qué clase de perversión retorcida has puesto en marcha, Bolsillo?

* Diosa griega de la noche.

—¿Yo? Esta villanía no tiene que ver conmigo, lleva el sello de ese retrasado de Edmundo. Pero de todos modos beneficiará nuestro plan. Las conversaciones entre Edgar y Edmundo perduran en los estantes que se alzan en la mente de Babas, como los volúmenes olvidados de una biblioteca. Y ahora, vamos al grano. Babas, dinos las palabras de Edgar cuando Edmundo le aconseja que se oculte.

Y, de ese modo, fuimos extrayendo hechos de la memoria de Babas, recurriendo a preguntas que eran como ganzúas y, cuando ya nos habíamos calentado alrededor del brasero y habíamos dado cuenta del pan, vimos las piezas de la traición de Edmundo representadas en las voces de sus actores originales.

—¿De modo que Edmundo se hirió a sí mismo y acusó a Edgar de haberle causado la herida? —preguntó Kent—. ¿Y por qué no se limitó a asesinar a su hermano?

—Primero necesita asegurarse la herencia, y un cuchillo en la espalda habría resultado ligeramente sospechoso —respondí yo—. Además, Edgar es un luchador extraordinario; no creo que Edmundo se atreviera a enfrentarse a él.

—Además de traidor, cobarde —comentó Kent.

—Ésas son sus bazas —dije yo—. O así las usaremos nosotros. —Le di una palmadita en el hombro a Babas—. Buen muchacho, excelente bufón. Ahora quiero que intentes repetir, con la voz del bastardo, lo que yo voy a decirte.

—De acuerdo, Bolsillo, lo intentaré.

—Mi dulce Regan —dije—, sois más blanca que la luz de la luna, más radiante que el sol, más gloriosa que las estrellas. He de haceros mía, o moriré.

En un abrir y cerrar de ojos, Babas repitió mis palabras con la voz de Edmundo de Gloucester, entonando perfectamente, y adoptando una desesperación propicia para despertar los afectos de Regan, o eso me parecía a mí.

—¿Qué tal? —preguntó el bobo.

—Excelente —le respondí yo.

—Sobrenatural —opinó Kent—. ¿Cómo es que Edmundo

mantiene con vida a este bufón? Debe de saber que es testigo de su traición.

—Ésa es una buenísima pregunta. ¿Por qué no vamos a formulársela a él?

Mientras nos dirigíamos a los aposentos de Edmundo caí en la cuenta de que, desde la última vez que había visto al bastardo, la protección que me proporcionaba el rey Lear había menguado ligeramente, mientras que la influencia de Edmundo y, por tanto, la inmunidad de que gozaba, había aumentado al convertirse en heredero de Gloucester. Dicho en pocas palabras, que lo que impedía que el bastardo me asesinara había desaparecido. En mi defensa, ya sólo contaba con la espada de Kent y con el temor que Edmundo pudiera seguir sintiendo ante la venganza de un fantasma. Con todo, el saquito de hongos que me habían entregado las brujas constituía un arma poderosa.

Un lacayo me condujo a la antecámara del gran salón del palacio de Gloucester.

—El señor sólo te recibirá a ti, bufón —me dijo.

Kent hizo ademán de golpear al muchacho, pero yo alcé la mano para detenerlo.

—Me ocuparé de que la puerta quede entornada, mi buen Cayo. Si te llamo, por favor, deshazte del bastardo con vigor letal. —Sonreí al lacayo, que tenía el rostro cubierto de granos—. Muy poco probable —le dije—. Edmundo me tiene en gran estima, y yo a él. Vamos a dedicarnos tantos cumplidos el uno al otro que nos quedará poco tiempo para hablar de nuestros asuntos.

Y, dicho esto, pasé junto al joven y entré en la cámara en la que Edmundo, solo, se hallaba sentado a una mesa.

—Bribón rastrero, gusano que se alimenta de cadáveres putrefactos, dejad de daros un festín con los cuerpos de vuestros superiores y recibid al Bufón Negro antes de que los espíritus vengadores acudan a arrancaros el alma retorcida para llevársela a las profundidades más tenebrosas por vuestra traición.

—Muy bien dicho, bufón —dijo Edmundo.

—¿Eso creéis?

—Oh, sí, me has herido muy hondo. No creo que me recupere.

—Pues ha sido todo improvisado —me envanecí yo—. Con algo más de tiempo para pulirlo un poco..., esto..., podría salir y volver con un comentario aún más afilado.

—Olvídalo —zanjó el bastardo—. Dedica un momento a recobrar el aliento y a recrearte en tu dominio de la retórica.

Señaló una silla de alto respaldo, frente a la suya.

—Gracias, lo haré.

—Aunque veo que sigues siendo diminuto —comentó el bastardo.

—Pues sí, ya se sabe que la naturaleza es una capulla recalcitrante...

—Y aún débil, supongo.

—No de carácter.

—No, claro, me refería sólo a la escasa fuerza de tus endebles extremidades.

—Ah, en ese caso, soy algo así como un gatito blandengue.

—Espléndido. Has venido a que te asesinen, supongo.

—No inmediatamente. Esto..., Edmundo, espero que no os importe que os lo diga, pero hoy estáis siendo de un agradable que da asco.

—Gracias, he adoptado la amabilidad como estrategia. Resulta que pueden perpetrarse toda clase de atroces villanías bajo el disfraz de la cortesía y el buen humor. —Edmundo se inclinó sobre la mesa, como si quisiera compartir conmigo la más íntima de las confidencias—. Al parecer, los hombres son capaces de renunciar a sus más sensatos intereses si te muestras afable hasta el punto de compartir con ellos una jarra de cerveza.

—¿Entonces? ¿Estáis siendo amable?

—Sí.

—Pero eso es indecoroso.

—Por supuesto.

—¿Y bien? ¿Habéis recibido el despacho de Goneril?

—Oswaldo me lo entregó hace dos días.

—¿Y? —le pregunté.

—Parece claro que a la dama le gusto.

—¿Y cómo os sentís al respecto?

—Bien, ¿quién se atrevería a culparla? Y menos ahora, que además de mostrarme agradable, soy apuesto.

—Debí cortaros el pescuezo cuando tuve la ocasión —le dije.

—Ah, sí, claro, ¿cómo era aquello? Agua pasada no mueve molino, o algo así. Por cierto, un plan excelente el de la carta para desacreditar a mi hermano Edgar. Me ha ido genial. Claro que yo lo perfeccioné un poco. Improvisé, por así decirlo.

—Ya lo sé —repliqué—. Inducción al parricidio, y alguna que otra herida autoinfligida —añadí, señalando con la cabeza su brazo vendado.

—Ah, sí, el bufón bobo te cuenta las cosas, ¿verdad?

—Qué curioso. ¿Cómo es que ese mastuerzo gigante sigue vivito y coleando, conociendo, como conoce, cuáles son vuestros planes? Es por vuestro temor a los fantasmas, ¿verdad?

Por primera vez, a Edmundo le falló su sonrisa amable y falsa.

—Bueno, eso está ahí, pero la verdad es que me gusta bastante darle sus palizas. Y cuando no se las doy, tenerlo cerca me hace sentir más listo.

—Necio bastardo, hasta un yunque es más listo si se compara con Babas. Qué vulgar por vuestra parte.

Ésa fue la gota que colmó el vaso. Toda pretensión de amabilidad se derrumbó en cuanto surgió el tema de la clase, evidentemente. Edmundo ocultó la mano bajo la mesa y cuando volvió a mostrármela, empuñaba una larga daga. Pero, ah, yo ya blandía a Jones, y con el títere le di en el brazo vendado. El arma del bastardo salió disparada de tal modo que pude darle un puntapié cuando cayó al suelo y, levantándola por los aires, cazarla al vuelo con la mano que uso para cargar las armas. (Para ser sincero, ésta puede ser la derecha o la izquierda; ya sea por mi destreza con los malabarismos, ya sea por las prácticas de carterista que realicé con Belette, lo cierto es que soy ágil con ambas manos.)

Le di la vuelta al puñal y, sosteniéndolo por la punta del filo, me dispuse a lanzárselo.

—¡Sentaos! Os encontráis, exactamente, a medio paso del infierno, Edmundo. Moved un pelo siquiera. Movedlo, por favor.

Él me había visto actuar con mis cuchillos en la corte, y sabía de mi destreza en su manejo.

El bastardo se sentó, acariciándose el brazo herido. La sangre empapaba ya los vendajes.

Trató de escupirme, pero erró el tiro.

—Haré que te...

—Eh, eh, eh —lo corté yo, blandiendo la daga—. Hemos quedado en que erais amable.

Edmundo gruñó, pero se detuvo al ver que Kent entraba en la sala, tras abrir la puerta con gran violencia. Empuñaba la espada, y dos lacayos jóvenes se llevaban la mano al cinto y lo seguían. Kent se volvió y golpeó la frente del primero de ellos con la empuñadura del arma, dejándolo casi inconsciente en el suelo. El caballero giró el torso y pasó el filo de la espada bajo los pies del otro, que aterrizó boca arriba, ahogando un grito. Kent, entonces, retrocedió dispuesto a atravesarle el corazón.

—¡Esperad! —exclamé yo—. ¡No lo matéis!

Kent se detuvo y alzó la vista, observando la escena por primera vez.

—He oído ruido de sables. Creía que el villano quería asesinarte.

—No. Me estaba regalando su preciosa daga con empuñadura de dragón, como símbolo de paz entre nosotros.

—Eso no es cierto —desmintió el bastardo.

—¿Entonces? —preguntó Kent, fijándose mucho en el arma que sostenía yo—. ¿Vas a matar al bastardo o no?

—Sólo estaba comprobando el peso del arma, buen caballero.

—Ah, lo siento.

—No os preocupéis. Gracias. Ya os llamaré si os necesito. Llevaos con vos a ese que está inconsciente, hacedme el favor. —Observé al otro, que seguía en el suelo, tembloroso—. Edmundo, ordenad a vuestros guardianes que sean amables con mi rufián. Os informo de que es un favorito del rey.

—Dejadlo tranquilo —farfulló Edmundo.

Kent y el escudero aún consciente se llevaron al otro a rastras fuera del aposento, y cerraron la puerta.

—Tenéis razón, Edmundo, esto de ser amable es un coñazo monumental. —Le di la vuelta a la daga, y la agarré por el filo, arqueando una ceja, sin dejar de mirarlo—. ¿Qué decíais sobre lo bien que había funcionado mi plan?

—A Edgar lo consideran traidor, e incluso los caballeros de mi padre le dan caza. Yo seré el señor de Gloucester.

—En serio, Edmundo, ¿os basta con eso?

—Exacto —dijo el bastardo.

—Eh... ¿exacto qué?

¿Tendría ya los ojos puestos en las tierras de Albany, antes incluso de hablar con Goneril? Yo dudaba más aún de lo que debía hacer. Mi plan para emparejar al bastardo con Goneril y perjudicar así el reino era lo único que me impedía arrojarle la daga al cuello, aunque cuando pensaba en las marcas de látigo que surcaban la espalda de Babas el pulso me temblaba, y sentía deseos imperiosos de clavársela. Pero ¿en qué habría puesto ahora su empeño?

—El botín de una guerra puede resultar tan apetecible como un reino —dijo Edmundo.

—¿Guerra? —¿Qué sabía él de guerra? ¿De mi guerra?

—Así es, bufón. Guerra.

—¡Cojones en calzones! —exclamé. Solté la daga y salí a la carrera del aposento, haciendo sonar mis cascabeles.

Cuando me acercaba a nuestro torreón, oí un ruido como de alce torturado en plena tormenta. Pensé que tal vez Edmundo lo hubiera pensado mejor y hubiera decidido asesinar a Babas, por lo que al llegar junto a la puerta me agaché, asiendo uno de mis puñales.

Vi a Babas tendido boca arriba, sobre una manta, y a una mujer de cabellos dorados, con un vestido blanco levantado por sobre las caderas, que lo cabalgaba como si compitiera en una carrera de obstáculos para imbéciles. Ya la había visto antes, aunque nunca tan bien. Los dos gemían, en pleno éxtasis.

—Babas, ¿qué estás haciendo?

—Guapa —respondió él, feliz, con una sonrisa de oreja a oreja.

—Sí, es toda una visión, muchacho, pero déjame decirte que te estás trajinando a un fantasma.

—No. —El gigante se detuvo en plena embestida, la levantó por la cintura y la miró con detenimiento, como quien observa una pulga que acaba de encontrarse en la cama.

—¿Eres un fantasma?

Ella asintió.

Al instante, Babas la echó a un lado y, emitiendo un grito largo y desgarrador, corrió hacia la vidriera y se arrojó por ella, destrozando las contraventanas en su huida. El grito se perdió en la distancia, y terminó en chapoteo.

El fantasma se bajó el vestido, se apartó los cabellos del rostro y sonrió.

—Hay agua en el foso —dijo—. No le pasará nada. Pero, de todos modos, creo que será mejor que me vaya con la cabeza gacha.

—Pues sí, pero me alegro de que hayas descansado un rato de tanto arrastrar cadenas y obrar siniestros portentos, y te hayas dedicado a cepillarte a un muchacho con el cerebro de mosquito.

—¿Y a ti? ¿No te apetecería un revolcón espiritual? —Hizo ademán de subirse las faldas por encima de las caderas una vez más.

—Vete a la mierda, enana, tengo que ir a sacar a ese asno del foso. No sabe nadar.

—¿Y lo de huir tampoco se le da muy bien, supongo?

No tenía tiempo para aquellas tonterías. Envainé la daga, di media vuelta y me dirigí a la puerta.

—No es tu guerra, bufón —dijo el fantasma.

Me detuve. Babas solía ser lento para casi todo, tal vez también lo fuera para ahogarse.

—¿El bastardo tiene su propia guerra?

—Así es.

El fantasma asintió, difuminándose cada vez más, mientras se alejaba.

En el azar, el bufón
su mejor plan tiene,
pero para el bastardo
la esperanza de Francia viene.

—Tú, neblina locuaz, tú, sombra parlanchina, tú, vapor charlatán, por amor a la verdad, habla claro, sin rimas.

Pero la aparición se desvaneció por completo.

—¿Quién eres? —pregunté al torreón vacío.

14

En tiernos cuernos

—Me he cepillado a un fantasma —se lamentó Babas, desnudo y desesperado, metido en la gran caldera de la lavandería, a la sombra del castillo de Gloucester.

—Siempre tiene que haber un maldito fantasma —soltó la lavandera, que frotaba las ropas del bobo, sucísimas tras su paso por el foso. Habían sido necesarios cuatro hombres del séquito de Lear, además de yo mismo, para sacar al inmenso imbécil de aquel caldo apestoso.

—Eso no es excusa, en realidad —repliqué yo—. Hay lago en tres lados del castillo. Si el foso se comunicara con él, el hedor y la mugre se irían con la corriente. Apuesto a que un día descubrirán que las aguas estancadas son causa de enfermedades. Seguro que albergan duendecillos acuáticos hostiles.

—¡Caramba! Para ser tan pequeñito, hablas muy bien —dijo la lavandera.

—Es que tengo un don —le aclaré yo, gesticulando aparatosamente, ayudado por Jones. Yo también estaba desnudo, salvo por el gorro de bufón y el títere, pues mi atuendo también se había cubierto de una capa de roña de foso durante la operación de rescate.

—¡Haced sonar la alarma! —Kent bajó a la carrera los peldaños que conducían a la lavandería, empuñando su espada, y seguido de cerca por los dos jóvenes escuderos a los que había abatido hacía menos de una hora—. ¡Cerrad la puerta! ¡Desenvaina el arma, bufón!

—Hola —le dije yo.

—Estás desnudo —observó Kent, sintiendo, una vez más, la necesidad de expresar lo obvio.

—Así es.

—Muchachos, id a por las ropas del bufón y ponédselas. Hay lobos al acecho en el corral, y debemos defendernos.

—¡Deteneos! —dije yo. Los escuderos dejaron de rebuscar como locos por toda la lavandería y permanecieron atentos—. Eso es, perfecto. Y ahora, Cayo, ¿qué es lo que estás haciendo?

—Me he cepillado a un fantasma —dijo Babas a los jóvenes escuderos, que hicieron como si no lo hubieran oído.

Kent se retiró un poco, algo impresionado por el imponente alabastro de mi desnudez.

—Han encontrado a Edmundo con una daga clavada en la oreja, pegado a una silla de respaldo alto.

—Ese muchacho no sabe comer.

—Has sido tú quien lo ha puesto ahí, Bolsillo. Y lo sabes.

—*Moi?* Mírame. Soy pequeño, débil y ordinario. Jamás habría podido...

—Ha pedido tu cabeza. En este preciso instante están rastreando todo el castillo en tu busca —dijo Kent—. Te juro que he visto cómo echaba humo por las narices.

—No pretenderá estropear la fiesta del Yule, supongo.

—¡Yule! ¡Yule! ¡Yule! —entonó Babas—. Bolsillo, ¿podemos ir a ver a Phyllis? ¿Podemos?

—Sí, muchacho, si es que existe alguna casa de empeños en Gloucester. Te llevaré tan pronto como se te seque la ropa.

Kent arqueó una ceja hirsuta.

—¿Qué es lo que quiere?

—Todos los años, por el Yule, llevo a Babas a la casa de empeños de Phyllis Stein, en Londres, y le dejo cantar cumpleaños feliz a Jesús, y luego sopla las velas en la *menorah*.

—Pero el Yule es una fiesta pagana —dijo uno de los escuderos.

—Cállate, imbécil. ¿Quieres quitarle una diversión al pobre tonto? Pero, bueno, y vosotros ¿qué estáis haciendo aquí? ¿No sois hombres de Edmundo?

—Se han cambiado de bando, y ahora están conmigo —dijo Kent—. Después de la paliza que les he dado.

—Cierto —corroboró uno de los escuderos—. Tenemos más que aprender de este buen caballero.

—Así es —dijo el escudero dos—. Y, en todo caso, éramos los hombres de Edgar. El señor Edmundo es un bribón, si me permite decirlo, señor.

—Y, querido Cayo —proseguí yo—, ¿saben que eres un plebeyo sin un penique y que, en realidad, no puedes mantener una tropa de combate como si fueras, pongamos por caso, el conde de Kent?

—Muy bien dicho, Bolsillo —dijo Kent—. Buenos señores, debo liberaros de vuestro servicio.

—Entonces ¿no vais a pagarnos?

—Lo siento mucho, pero no.

—En ese caso tendremos que irnos.

—Adiós pues, muchachos. Mantened la guardia bien alta —les aconsejó Kent—. El combate se libra con todo el cuerpo, no sólo con la espada.

Los dos escuderos abandonaron la lavandería tras dedicarle una reverencia.

—¿Le dirán a Edmundo dónde nos ocultamos? —pregunté yo.

—Creo que no, pero por si acaso, ponte la ropa.

—Lavandera, ¿en qué estado se encuentra mi traje de rombos?

—Humeante, metido en agua hirviendo, caballero. Aunque lo bastante seco para llevarlo en un lugar cerrado, supongo. ¿He oído bien? ¿Le has clavado una daga en la oreja a Edmundo?

—¿Yo? ¿Un simple bufón? No, yo soy inofensivo. Un puñetazo de ingenio, un golpe al orgullo, ésas son las únicas heridas que inflige un bufón.

—Qué lástima —opinó la lavandera—. Se merece eso y mucho más por el trato que le da a tu amigo... —apartó la vista—, y a otros.

—¿Por qué no has matado a ese sinvergüenza de una vez, Bolsillo? —preguntó Kent, dándole una patada a la sutileza, echándola por los suelos y enrollándola en una alfombra.

—Tú tranquilo, grita más, hombre, que te oiga todo el mundo. Eres majadero...

—Sí, claro, como si tú no lo hubieras hecho nunca: «Buenos días, claro que muy buenos no son, hace una mañana horrible. ¡He iniciado una maldita guerra!»

—Edmundo ha iniciado la suya propia.

—¿Lo ves? Has vuelto a hacerlo.

—Venía a comunicártelo cuando he encontrado a la muchacha fantasma en plena faena con Babas. Y entonces el muy bobo ha saltado por la ventana y hemos tenido que organizar su rescate. El fantasma ha dado a entender que quizá Francia acuda al rescate del bastardo. Tal vez se haya aliado con el maldito rey Jeff para iniciar una invasión.

—Los fantasmas no son de fiar, eso ya se sabe —sentenció Kent—. ¿Has pensado alguna vez que a lo mejor estás loco y sufres alucinaciones? Babas, ¿has visto tú al fantasma?

—Sí, he pasado un buen rato con él..., con ella..., antes de asustarme —respondió, compungido, contemplándose el aparato a través del agua humeante—. Creo que el pito se me ha quedado sordo.

—Lavandera, ¿puedes ayudar al muchacho, a ver si le resucita el pito?

—De ninguna manera —replicó ella.

Me sujeté la punta del gorro para mantener en silencio los cascabeles, y le hice una reverencia para demostrarle mi sinceridad.

—En serio, cariño, pregúntate: «¿Qué haría Jesús en tu caso?»

—Si tuviera esas ubres —añadió Babas.

—No ayudar.

—Lo siento.

—¿Guerra? ¿Asesinato? ¿Traición? —recordó Kent—. ¿Qué tal si hablamos de nuestro plan?

—Sí, tienes razón —admití yo—. Si Edmundo inicia su propia guerra nos desbaratará los planes de iniciar nosotros una lucha civil entre Albany y Cornualles.

—Sí, muy bien, pero no respondes a mi pregunta. ¿Por qué no has matado al bastardo?

—Se ha movido.

—¿Entonces? ¿Pretendías acabar con su vida?

—Bueno, no me lo había planteado del todo, pero cuando le lancé la daga al ojo pensé que tal vez la cosa terminara mal. Y, lo confieso, aunque no permanecí lo bastante como para recrearme en el momento, la experiencia me resultó de lo más satisfactoria. Lear dice que, con la edad, el asesinato sustituye a la jodienda. Tú que has matado a gran cantidad de personas, Kent, ¿estás de acuerdo con él?

—No. Me parece una idea repugnante.

—Y, sin embargo, Lear conserva tu lealtad.

—Empiezo a cuestionármela —respondió el conde, que se había sentado sobre un gran barreño de madera puesto del revés—. ¿A quién sirvo? ¿Por qué estoy aquí?

—Estás aquí porque, en la creciente ambigüedad ética de la situación, te mantienes firme en tu rectitud. Es a ti, desterrado amigo Cayo, a quien todos nosotros recurrimos; una luz en las tinieblas de la familia y la política. Vos, Kent, sois la columna moral sobre la que el resto de nosotros nos apoyamos. Sin vos, no somos más que amasijos temblorosos de deseo marchitándonos en nuestra propia bilis engañosa.

—¿De veras? —preguntó el caballero.

—Así es —corroboré yo.

—En ese caso, no estoy seguro de seguir queriendo frecuentar tu compañía.

—No creo que muchos otros quieran acogerte. Debo ver a Regan antes de que se entere de que le he agujereado la oreja al bastardo y nuestra causa se vea envenenada. ¿Le llevaréis un mensaje, Kent..., perdón..., Cayo, le llevarás el mensaje?

—¿Te pondrás tú los pantalones, o al menos el braguero?

—Ah, sí, supongo. Eso había formado siempre parte del plan.

—En ese caso, le llevaré tu mensaje a la duquesa.

—Dile, no..., pregúntale si todavía sostiene la vela que le prometió a Bolsillo. Y luego pregúntale si puedo reunirme con ella en privado.

—Parto ahora mismo, entonces. Y tú intenta que no te maten en mi ausencia, bufón.

—¡Gatita! —exclamé.

—¡Gusano inmundo y diminuto! —me espetó Regan, que iba de rojo glorioso—. ¿Qué quieres?

Kent me había conducido a una cámara alejada, sumergida en las tripas del castillo. Me costaba creer que Gloucester alojara a sus huéspedes reales en una mazmorra abandonada. Regan debía de haber llegado hasta allí por sus propios medios. Sentía predilección por aquella clase de lugares.

—¿Habéis recibido entonces la carta de Goneril? —le pregunté.

—Sí. ¿Qué tiene que ver eso contigo, bufón?

—La señora me confió su contenido —le respondí, arqueando las cejas y esbozando una sonrisa encantadora—. ¿Qué pensáis?

—¿Por qué habría de querer despedir a los caballeros de padre, y mucho menos tomarlos a mi servicio? En Cornualles contamos ya con un pequeño ejército.

—Pero en este momento no os encontráis en Cornualles, ¿verdad, cielo?

—¿Qué insinúas, bufón?

—Insinúo que vuestra hermana os pidió que acudierais a Gloucester para interceptar a Lear y a su séquito, y así impedirle llegar a Cornualles.

—Y mi señor y yo nos dimos prisa en llegar.

—Y con un ejército muy escaso, ¿no es cierto?

—Sí. El mensaje decía que era urgente. Debíamos movernos deprisa.

—Entonces, cuando Goneril y Albany lleguen, vos os encontraréis lejos de vuestro castillo, y casi sin defensas.

—Ella no se atrevería.

—Permitidme que os lo pregunte, señora, ¿hacia qué lado creéis que se inclinan las lealtades del conde de Gloucester?

—Es aliado nuestro. Nos ha abierto las puertas de su castillo.

—Gloucester, a quien su hijo mayor ha estado a punto de arrebatarle el título, ¿creéis que está de vuestra parte?

—Bueno, con padre..., pero es lo mismo.

—A menos que Lear se alíe con Goneril en contra de vos.

—Pero si ella lo ha despojado de sus caballeros. A su llegada, padre se ha pasado una hora entera maldiciendo por ello, insultando a Goneril de todas las maneras posibles, ensalzándome a mí por mi lealtad y mi dulzura, pasando por alto incluso que le hubiera puesto el cepo a su emisario.

Yo me mantuve en silencio. Me quité la gorra de bufón, me rasqué la cabeza y me senté sobre un polvoriento instrumento de tortura para observar a la dama a la luz de una antorcha, para mirarla a los ojos, mientras el óxido saltaba de los engranajes retorcidos de su mente. Era, sencillamente, una mujer adorable. Recordé lo que me había dicho la anacoreta en una ocasión: que los hombres sabios eran los que, en las cosas, sólo esperaban la perfección que les permitía su propia naturaleza. Y me parecía que, en efecto, podía hallarme ante la máquina perfecta. Regan abrió mucho los ojos cuando la idea se abrió paso en su mente.

—¡La muy puta!

—Exacto —dije yo.

—¿Se quedarán con todo, ella y padre?

—Así es —corroboré yo. Notaba que no estaba furiosa por la traición en sí misma, sino por no haberla previsto—. Vais a necesitar un aliado, señora, un aliado con más influencia de la que puede prestaros este humilde bufón. Decidme, ¿qué pensáis de Edmundo, el bastardo?

—Que está bastante bueno, supongo. —Se mordió una uña, concentrándose—. Me lo cepillaría si mi señor no hubiera de matarlo después..., o, pensándolo mejor, tal vez precisamente porque eso es lo que haría.

—¡Perfecto! —exclamé.

Oh, Regan, santa patrona de Príapo,* la más escurridiza de las tres hermanas: preciosamente húmeda en su disposición, deliciosamente seca en su discurso. Mi virago venenosa, mi sensual encantadora de serpientes... Vos sois la verdadera perfección.

¿La amaba acaso? Por supuesto. Pues aunque me hayan acusado de ser una egregia bestia con rabo y cuernos, los cuernos que pongo son tiernos, como los de los caracoles, y jamás he izado los cuernos del deseo sin haber recibido también el pinchazo de las flechas de Cupido. Las he amado a todas, con todo mi corazón, y hasta he aprendido muchos de sus nombres.

Regan. Perfecta. Regan.

Oh, sí, la amaba.

Era bella, sin duda..., no había en todo el reino otra más hermosa que ella, un rostro que inspiraba poesía, un cuerpo que movía al deseo, al anhelo, al latrocinio, a la traición, tal vez incluso a la guerra. (No pierdo la esperanza.) Los hombres se habían asesinado unos a otros por obtener sus favores; lo de su esposo, Cornualles, era un pasatiempo. Y a su favor había que decir que, aunque era capaz de sonreír cuando un hombre se desangraba hasta la muerte mientras pronunciaba su nombre, no era rácana prodigando sus encantos. No hacía más que aña-

---

* Dios griego de tal lujuria que fue condenado a sufrir una erección permanente, tan grande que no podía moverse. El término médico «priapismo» deriva de su nombre.

dir tensión a su alrededor el hecho de que fuera a cepillarse a alguien a conciencia, no importaba quién fuera, en un futuro próximo, y mucho más emocionante resultaba que la vida de ese alguien pendiera de un hilo mientras estaban en la labor. En realidad, la promesa de una muerte violenta era tal vez para la princesa Regan como el mismísimo néctar de Afrodita, ahora que lo pienso.

¿Por qué, si no, me habría amenazado con la muerte durante todos aquellos años, cuando yo la había servido con tal diligencia, una vez que Goneril abandonó la Torre Blanca para casarse con Albany? Al parecer, todo había empezado por los celos.

—Bolsillo —me había dicho Regan un día. En aquella época tendría unos dieciocho o diecinueve años, pero a diferencia de Goneril, llevaba bastantes explorando sus poderes femeninos ayudada por varios muchachos del castillo—. Me resulta ofensivo que hayas brindado consejo a mi hermana, y que, sin embargo, cuando yo te llamo a mis aposentos, lo único que obtenga sean volteretas y canciones.

—Cierto, pero una canción y una voltereta parecen ser todo lo que se requiere para levantar el ánimo a una dama, si me permitís que os lo diga.

—No te lo permito. ¿Acaso no soy bonita?

—Lo sois en grado sumo, señora. ¿Deseáis que componga un verso dedicado a vuestra belleza? «Una zorrilla hermosa de Nantucket...»

—¿Acaso no soy tan bonita como Goneril?

—A vuestro lado, ella resulta menos que invisible, apenas un temblor envidioso y vacío. Eso es lo que es.

—Pero tú, Bolsillo, ¿me encuentras atractiva en el sentido carnal del término, como encontrabas atractiva a mi hermana? ¿Me deseas?

—Por supuesto que sí, señora, desde la primera hora de la mañana, cuando despierto, en mí sólo hay un pensamiento, una visión: vos, deliciosa y bajo este humilde e indigno bufón, retorciéndoos desnuda y emitiendo gruñidos de mona.

—¿De veras? ¿Es en eso en lo único que piensas?

—Sí, y algunas veces en el desayuno, aunque sólo unos segundos, porque enseguida ya estoy otra vez con Regan retorciéndose, y con los gruñidos de mona. Por cierto, ¿no os gustaría tener un mono? Podríamos tener uno en el castillo, ¿no os parece?

—¿De modo que eso es lo único en lo que piensas? —volvió a preguntarme y, al hacerlo, se quitó el vestido, rojo, como siempre, y ahí se quedó, con sus cabellos negros como ala de cuervo, sus ojos violeta, blanca como la leche, bien torneada, como esculpida por los dioses a partir de un único bloque de deseo. Dio un paso al frente, abandonando el charco de terciopelo escarlata como la sangre, y me dijo:

—Suelta ya ese títere, bufón, y acércate.

Y yo, siempre sumiso, obedecí.

¡Ah! Aquello nos llevó a muchos meses de gruñidos furtivos de mono; gruñidos y jadeos, grititos y gemidos, risitas y nalgadas, y no pocos ladridos. (Lo que no hubo fue lanzamiento de caca, al que los simios son tan proclives. Sólo ruidos simiescos decentes, normales, de los que se emiten al fornicar.) También puse todo mi corazón en el empeño, pero el amor sucumbió pronto, aplastado por su pie cruel y delicado. Supongo que no aprenderé nunca. Parece que a los bufones no se nos toma tanto como remedio para curar la melancolía como más bien para combatir el hastío, que es incurable y recurrente entre los privilegiados.

—Últimamente pasas mucho tiempo con Cordelia —me dijo Regan, retozando gloriosa en un tenue resplandor, después del fornicio. (Vuestro narrador, por su parte, en el suelo, junto a la cama, rodeado de un charco de sudor, expulsado sumariamente tras prestar su noble servicio.)—. Estoy celosa.

—Es una niña pequeña —dije yo.

—Pero cuando ella está contigo, yo no puedo tenerte. Y es menor que yo. Es algo inaceptable.

—Pero, señora, mi deber es hacer sonreír a la princesa,

vuestro padre lo ha ordenado así. Además, cuando yo me ocupo de ese modo, vos podéis poseer a ese fornido muchacho del establo que tanto os gusta, o al joven hidalgo de la barba afilada, o a ese duque español, o lo que sea ese señor que lleva un mes en el castillo. ¿Sabe ese tipo decir algo en nuestro idioma? A veces creo que está perdido.

—No es lo mismo.

Sentí que el corazón me latía con más fuerza al oír sus palabras. ¿Podía tratarse de afecto verdadero?

—Bueno, sí, lo que vos y yo compartimos es...

—Todos esos hombres embisten como machos cabríos. No hay el menor arte en ellos, y estoy cansada de tener que darles órdenes, sobre todo al español. Creo que no habla ni una palabra de inglés.

—Lo siento, señora —dije—, pero, como os he comentado, debo ausentarme. —Me puse en pie y recogí el jubón, tirado bajo el armario, los calzones, que aguardaban junto a la chimenea, y el braguero, que colgaba de un candelabro—. Le he prometido a Cordelia que la instruiré sobre grifos y elfos mientras toma el té con sus muñecas.

—No lo harás —dijo Regan.

—Debo hacerlo —insistí.

—Quiero que te quedes.

—Ah, partir me causa una pena muy dulce —declamé, y le besé el hoyuelo que se le formaba donde la espalda pierde su nombre.

—¡Guardia! —gritó Regan.

—¿Cómo decís? —me sorprendí yo.

—¡Guardia! —La puerta de su torreón se abrió, y entró un escudero con gesto alarmado.

—Apresa a este sinvergüenza. Ha abusado de tu princesa.

A pesar del poco tiempo transcurrido, Regan había logrado que unas lágrimas asomaran a sus ojos. Aquella muchacha era todo un fenómeno.

—¡Cojones en calzones! —dije yo, mientras dos fornidos alabarderos me tomaban por los brazos y me llevaban a rastras hasta el gran salón, precedidos por una Regan sollozante, cuyo vestido, que llevaba abierto, ondeaba tras ella.

Todo aquello me resultaba familiar, y sin embargo no experimentaba la tranquilidad que nace de ensayar y repetir algo. Tal vez fuera porque Lear, cuando entramos en el gran salón, estaba celebrando audiencia pública. Una cola de campesinos, mercaderes e hidalgos aguardaba a que el monarca atendiera sus peticiones y emitiera veredictos. Aún en su fase cristiana, Lear llevaba cierto tiempo leyendo sobre la ecuanimidad de Salomón, y para distraerse le había dado por instaurar el imperio de la ley.

—Padre, insisto en que ahorquéis a este bufón de inmediato.

A Lear no sólo le impresionó la vehemencia de su hija en la formulación de su exigencia, sino también el hecho de que hubiera aparecido frontalmente desnuda ante todos los peticionarios, y no tuviera la menor intención de abrocharse el vestido rojo. (Más tarde circularían historias sobre ese día, en las que se relataba que más de un demandante, tras ver a la princesa de piel nívea en todo su esplendor, consideró insignificante su agravio, absurda su vida, y regresó a su casa a pegar a su esposa, o se ahogó en una alberca.)

—Padre, vuestro bufón me ha violado.

—Eso es una patraña más asquerosa que la leche de murciélago —me defendí yo—. Con perdón.

—Hablas con dureza, hija mía, y pareces desquiciada. Serénate y expón tu agravio. ¿De qué modo te ha ofendido el bufón?

—Me ha montado salvajemente, en contra de mi voluntad, y ha terminado demasiado pronto.

—¿Por la fuerza? ¿Bolsillo? Pero si pesa menos que una pluma. Sería incapaz de montar a una gata.

—Eh..., eso no es cierto, señor —intervine yo—. Si la gata estuviera distraída pescando una trucha, entonces yo... En fin, no importa.

—Ha violado mi virtud y arruinado mi virginidad —prosiguió Regan—. Insisto en que lo ahorquéis. Ahorcadlo dos veces, la segunda antes de que haya terminado de asfixiarse del todo de la primera. Así se hará verdadera justicia.

—¿Qué es lo que ha llevado ese afán de venganza a vuestras venas, princesa? —inquirí—. Yo sólo iba a tomar el té con Cordelia.

Como la pequeña no estaba presente, esperaba que, invocando su nombre, tal vez ganara al rey para mi causa. Pero mi estrategia sólo sirvió par incendiar aún más a Regan.

—¡Me ha obligado a tumbarme, y me ha usado como si fuera una vulgar ramera! —se indignó Regan, acompañando sus palabras con gestos ilustrativos de una expresividad tal que algunos peticionarios, sin poder soportarlo, empezaron a darse puñetazos en la cara, o a sujetarse la entrepierna mientras caían postrados de rodillas.

—¡No! —me defendí yo—. He poseído a muchas furcias valiéndome de subterfugios, a algunas mediante la astucia, a varias gracias a mis encantos, a un puñado por error, a una o dos meretrices a cambio de unas monedas, y cuando todo ello me ha fallado, he recurrido a la súplica, pero por la fuerza jamás, a ninguna, ¡por la sangre de Cristo!

—Ya basta —zanjó Lear—. No quiero oír nada más. Regan, abróchate el vestido. Tal como he decretado, somos un reino que se rige por la ley. Se celebrará un juicio, y si el malhechor es declarado culpable, ya me encargaré yo mismo de ahorcarlo dos veces. Preparad el juicio.

—¿Ahora? —preguntó el escriba.

—Sí, ahora —respondió Lear—. ¿Qué necesitamos? A un par de tipos que hagan, respectivamente, de fiscal y defensor..., y coged a unos cuantos campesinos para que actúen de testigos, y con eso y un procedimiento legal, un hábeas corpus, un día soleado y lo que se tercie, antes de la hora del té ya tendremos a nuestro bufón colgando, con la lengua negra. ¿Con eso te conformas, hija?

Regan se abrochó el vestido y se volvió, tímida.

—Supongo que sí.

—¿Y tú, bufón? —me preguntó Lear, guiñándome el ojo descaradamente.

—Sí, majestad. Y un jurado, tal vez escogido de entre el mismo grupo de los testigos.

Debía velar por mis intereses. A juzgar por su reacción, estaba seguro de que me exculparían, movidos por el principio del «y quién no habría hecho lo mismo». Lo considerarían «fornicidio justificable». Pero no.

—No —dijo el rey—. Que el alguacil lea los cargos.

Pero el alguacil, obviamente, no había escrito nada, de modo que extendió un rollo en el que llevaba anotado algo que no tenía nada que ver con mi caso, y se dedicó a improvisar:

—La Corona afirma que en el día de hoy, catorce de octubre del año del Señor mil doscientos y ochenta y ocho, el bufón conocido como Bolsillo, con premeditación y alevosía, se ha cepillado a la princesa virgen Regan.

Desde la galería llegaron vítores y silbidos, y no pocas rechiflas.

—No hubo alevosía —me defendí yo.

—Sin alevosía entonces —corrigió el alguacil. Llegados a ese punto, el magistrado, que por lo general hacía las veces de mayordomo del castillo, le susurró algo al alguacil, que normalmente era el chambelán—. El magistrado desea saber cómo fue.

—Fue dulce y a la vez sucio, señoría.

—Que conste en acta que el acusado declara que fue dulce y sucio, por lo que admite su culpabilidad.

Más risas.

—Un momento, no estaba preparado —dije yo.

—Oledlo —pidió Regan—. Apesta a sexo, a esa mezcla de pescado, setas y sudor. ¿A que sí?

Uno de los campesinos que ejercía de testigo se acercó y me olisqueó las partes sin el menor pudor, antes de mirar al rey y asentir.

—Así es, señoría —admití yo—. Seguro que huelo. Confieso que hoy, en la cocina, me encontraba sin las calzas puestas, esperando a que se secara la colada, y que Burbuja había dejado una olla en el suelo para que se enfriara, y que yo tropecé y caí en ella hasta el fondo, y me sumergí en un guiso pegajoso..., pero en ese momento yo me dirigía a la capilla.

—¿Has metido tu polla en mi olla? —preguntó Lear y, dirigiéndose al alguacil, añadió—: ¿El bufón ha metido su polla en mi olla?

—No, en vuestra amada hija —corrigió Regan.

—¡Silencio, niña! —ladró el rey—. Capitán Curan, destina un guardia a la vigilancia del pan y el queso, antes de que el bufón dé con ellos.

Y así prosiguió el juicio. Las cosas pintaban muy negras para mí, pues las pruebas parecían incriminarme, y los campesinos aprovechaban la ocasión para describir los actos más lascivos que imaginaban que un bufón malvado era capaz de infligir a un princesa de aspecto inocente. El testimonio del mozo de cuadra resultó especialmente condenatorio al principio, pero fue el que, finalmente, condujo a mi absolución.

—Leedlo de nuevo, para que el rey conozca la verdadera naturaleza perversa del crimen —solicitó mi fiscal, que, según creo, ejercía de matarife del castillo.

El escriba reprodujo las palabras del mozo de cuadra:

—Sí, sí, sí, móntame, semental de rabo grueso como el tronco de un árbol.

—Eso no fue lo que dijo la princesa —le corregí yo.

—Sí. Eso es lo que dice siempre —repitió el escriba.

—Así es —dijo el mayordomo.

—En efecto —dijo el sacerdote.

—*Sí* —dijo el español, en español.

—Pues a mí nunca me lo dice —dije yo.

—Ah —intervino el mozo—. Entonces te diría: «Cabalga, poni de rabito fino como una rama», ¿no?

—Tal vez.

—A mí eso no me lo dice nunca —comentó el alabardero de la barba puntiaguda.

Se hizo un momento de silencio, mientras todos los que habían hablado se miraban los unos a los otros. Y entonces, simultáneamente, todos bajaron la vista y se dedicaron a observar el suelo con gran interés.

—Bien —dijo Regan, mordiéndose una uña mientras hablaba—, cabe la posibilidad de que todo fuera un sueño.

—Así pues, ¿el bufón no te ha quitado la virtud? —le preguntó Lear.

—Lo siento —insistió Regan, dócil—. Sólo ha sido un sueño. Ya no tomaré más vino con las comidas.

—¡Soltad al bufón! —ordenó Lear.

La multitud abucheó.

Y yo abandoné el gran salón junto a Regan.

—Podrían haberme ahorcado —susurré.

—Y yo habría derramado alguna lágrima —dijo ella, esbozando una sonrisa—. En serio.

—Ay de vos, princesa, si dejáis al descubierto ese asterisco, ese capullo de rosa que tenéis por culo en nuestro próximo encuentro. Cuando la sorpresa de un bufón llega sin lubricar, el placer de Bolsillo puede ser el castigo de la princesa.

—¡Oh, mira cómo tiemblo! ¿Quieres que encienda una vela en él, para que encuentres el camino?

—¡Arpía!

—¡Sinvergüenza!

—Bolsillo, ¿dónde estabas? —dijo Cordelia, que venía hacia nosotros por el pasillo—. Se te ha enfriado el té.

—Defendiendo el honor de vuestra hermana, tesoro —le respondí.

—Y una mierda —soltó Regan.

—Bolsillo se viste de bufón, pero siempre es nuestro héroe, ¿verdad, Regan? —dijo Cordelia.

—Creo que voy a vomitar —declaró la otra princesa.

—Así pues, tesoro —proseguí yo, levantándome del potro de tortura y acercando la mano al jubón—, me alegro de que sintáis eso por Edmundo, pues me ha enviado esta carta.

Se la alargué. El lacre era algo cutre, pero ella no estaba para fijarse en los materiales de papelería.

—Está loco por vos, Regan. Lo está hasta el punto de haberse cortado una oreja para entregárosla con esta misiva, para demostraros lo profundo de sus afectos.

—¿En serio? ¿Su oreja?

—No digáis nada durante la celebración del Yule esta noche, señora, pero le veréis el vendaje. Consideradlo un tributo de su amor.

—¿Lo viste tú mientras se la cortaba?

—Sí, y lo detuve antes de que culminara el trabajo.

—¿Y crees que le dolió?

—Ya lo creo, señora. Ya ha sufrido más que otros que os conocen desde hace meses.

—Qué tierno... ¿Y sabes tú qué dice la carta?

—Me hizo jurar que no la leería, so pena de muerte. Pero acercaos...

Regan se inclinó sobre mí y yo presioné la seta bajo sus narices, liberando su polvillo.

—Creo que habla de un encuentro a medianoche con Edmundo de Gloucester.

15

A ojos de un amante

Un viento cálido soplaba del oeste, fastidiando por completo la celebración del Yule. A los druidas les gusta la nieve alrededor de Stonehenge durante la fiesta, y la quema del bosque resulta mucho más satisfactoria si el aire es gélido. Pero ese año se diría que, en todo caso, iba a llover. Las nubes que se acercaban por el horizonte parecían nacidas de una tormenta de verano.

—Se asemejan a nubes de tormenta estival —observó Kent. Nos hallábamos en la barbacana, ocultos sobre la puerta, contemplando la ciudad amurallada de Gloucester, y las colinas que se extendían más allá. Yo seguía escondido desde mi encuentro con Edmundo. Sin duda, el bastardo debía de estar algo enojado conmigo. Vimos a Goneril y a su séquito acceder al castillo por las puertas exteriores. Montaba a caballo, flanqueada por doce soldados y asistentes pero, extrañamente, el duque de Albany no venía con ella.

Un centinela, desde lo alto de la muralla, anunció la llegada de la duquesa de Albany. Gloucester y Edmundo salieron al patio, seguidos de Cornualles y Regan, que trataba de no mirar la oreja vendada del bastardo.

—Esto se pone interesante —comenté yo—. Se arremolinan como buitres alrededor de un cadáver.

—El cadáver es Bretaña —sentenció Kent—. Y nosotros la usamos como cebo para que la desgarren.

—Tonterías, Kent. El cadáver es Lear. Pero los carroñeros ambiciosos no aguardan a su muerte para dar comienzo a su festín.

—Tienes un lado muy perverso, Bolsillo.

—Es la verdad la que lo tiene, Kent.

—Ahí está el rey —dijo el conde—. Nadie cuida de él. Debería acudir a su lado.

Lear se asomó al patio tambaleante, cubierto con el manto de pieles.

—Es como observar un tablero de ajedrez lúbrico, ¿verdad? El rey avanza a pasitos, sin dirección aparente, como un borracho que tratara de evitar la flecha de un arquero. Los demás urden sus estrategias y esperan la caída del anciano. Carece de poder, más todo el poder gira en torno a su órbita, alrededor de sus locos caprichos. ¿Sabíais que en el ajedrez ninguna pieza representa al bufón, Kent?

—Parece que el bufón es el que juega, es la mente que dirige los movimientos.

—Menuda gilipollez. —Me volví hacia el viejo caballero—. Pero muy bien dicho. Id con Lear, pues. Edmundo no osará molestaros, y Cornualles fingirá sentirse compungido por haberos metido en el cepo. Las princesas sólo tendrán ojos para Edmundo, y Gloucester..., bien, Gloucester se muestra hospitalario con los mismísimos chacales, de modo que estará muy ocupado.

—¿Y tú qué harás?

—Parece que me he convertido en un indeseable, por más raro que suene. Debo hacerme con un espía, alguien más taimado, perverso y discreto que yo mismo.

—Pues buena suerte —dijo Kent.

—Te detesto, te desprecio, maldigo tu existencia y los demonios malignos que te engendraron. En tu presencia enfermo de ira y el odio me hace segregar bilis.

—¡Oswaldo! —exclamé yo—. Tienes un aspecto excelente. —Babas y yo acabábamos de interceptarlo en un pasillo.

Existe una ley no escrita según la cual, cuando uno negocia con un enemigo, finge desconocer los planes de éste, aun a riesgo de la propia muerte. Es una cuestión de honor, más o menos, pero a mí siempre me ha parecido una pantomima absurda, y no tenía la menor intención de respetarla con Oswaldo. Y, sin embargo, necesitaba de sus dones de araña, de modo que al menos cierta sutileza sí debía mostrar.

—Daría un brazo para verte ahorcado, bufón —dijo Oswaldo.

—Un inicio excelente, sí señor —observé yo—. ¿No te parece, Babas?

—Sí, Bolsillo —corroboró él, interpuesto entre Oswaldo y yo, sujetando una maciza pata de mesa que trataba de ocultar, sin éxito, tras la espalda. Oswaldo podía intentar desenfundar su espada, pero Babas habría hecho papilla su cerebro antes de que el filo abandonara la vaina. Eso estaba claro, aunque nadie dijo nada—. Un inicio genial.

—Muy bien, Oswaldo, partamos de ahí. Digamos que obtienes lo que quieres y a ti te cortan un brazo y a mí me ahorcan. ¿En qué mejoraría tu vida? ¿Tus aposentos serían más cómodos? ¿El vino sabría mejor?

—Poco probable, pero exploremos las posibilidades.

—Muy bien. Empieza tú. Córtate un brazo, y Babas me ahorcará a mí. Tienes mi palabra de honor.

—No me hagas perder más tiempo. Mi señora llega, y debo ir a su encuentro.

—Ah, ahí está el problema, Oswaldo. En lo que quieres. En lo que quieres de veras.

—Eso tú no puedes saberlo.

—¿La aprobación de tu señora?

—Ya la tengo.

—Ah, es cierto. El amor de tu señora.

Oswaldo quedó paralizado, como si le hubieran quitado todo el aire al pasillo en el que nos hallábamos. Para demostrar que no era así, seguí pinchándolo.

—Lo que quieres es el amor de tu señora, su respeto, su poder, su sumisión, su culo en pompa delante de ti, sus súplicas para que la satisfagas y te apiades de ella... ¿voy bien?

—Yo no soy tan rastrero como tú, bufón.

—Y, sin embargo, si me odias es precisamente porque yo he ocupado ese lugar.

—No. Ella no te ha amado, ni respetado, ni te ha cedido su poder. En el mejor de los casos, has sido un pasatiempo para ella.

—Pero sé cómo llegar hasta ahí, mi amigo de corazón ardiente. Sé cómo un sirviente podría obtener sus favores.

—Ella no consentiría jamás. Soy de sangre plebeya.

—No estoy diciendo que pueda hacerte duque, sólo que podría convertirte en su señor en cuerpo, corazón y mente. Ya conoces su debilidad por los sinvergüenzas, Oswaldo. ¿Acaso no se la ofreciste a Edmundo?

—No. Yo sólo le entregué un mensaje. Además, él es heredero de un condado.

—Sí, pero sólo desde esta misma semana. Y no finjas que no sabes qué ponía en ese mensaje. Oswaldo, tres brujas del bosque de Birnam me concedieron unos poderes que me permitirían realizar un hechizo para que tu señora te adore y te desee.

Oswaldo se echó a reír, algo que no hacía con frecuencia. Su rostro no estaba acostumbrado, y al hacerlo mostró unos dientes negros.

—¿Qué clase de necio crees que soy? Apártate de mi vista.

—Y todo lo que tienes que hacer es lo que tu señora te ordenaría de todos modos, satisfacer sus deseos —dije. No podía explayarme en la explicación, debía ir al grano—. Ella ya está embrujada, eso lo sabes, estabas ahí. —Oswaldo se había apartado algo de Babas, en busca de otra ruta que le permitiera llegar al patio y reunirse con Goneril. Pero en ese instante se detuvo—. Sí, estabas ahí, Oswaldo. En Albany. Goneril me estaba agarrando el mástil, y entonces entraste tú. Acababas de entrar por la puerta. Yo te oí. Y yo tenía este saquito en la mano. —Alcé la bolsa de seda que me habían entregado las brujas—. ¿Te acuerdas?

—Estaba ahí.

—Y yo le entregué a tu señora una carta, y le dije que era de Edmundo de Gloucester. ¿Te acuerdas?

—Sí. Y ella te dio una patada en el culo.

—Tienes razón. Y a ti te envió aquí, para que le entregaras un mensaje a Edmundo. ¿Alguna vez, hasta ese momento, le había prestado la menor atención al bastardo? Tú te pasas casi todo el día con ella. ¿Alguna vez se había fijado en él?

—No, ni una sola. En Edgar sí se había fijado un poco, pero en el bastardo no.

—Exacto. La hechicé para que amara a Edmundo, y contigo podría hacer lo mismo. Si no, morirás como un sapo frustrado, Oswaldo. Puedo obrar un hechizo más.

Oswaldo se alejaba de mí con pasos cautelosos, como si caminara por un alambre y no sobre el suelo de piedra de un castillo.

—¿Y por qué no lo usas para ti mismo?

—Bien, en primer lugar, porque tú lo sabrías, y supongo que no demorarías en informar al señor de Albany, que no tardaría en ahorcarme. Y, en segundo lugar, porque en mi poder había tres setas mágicas, y una ya la he consumido yo.

—¿No se la administraste a la duquesa de Cornualles? —Se notaba que a Oswaldo le escandalizaba aquella idea, pero había entusiasmo en su mirada.

Le dediqué una sonrisa breve, e hice sonar los cascabeles de mi gorro, y los de Jones.

—Esta misma noche he de reunirme con ella, después de las celebraciones del Yule. Será a las doce, en la torre abandonada de septentrión.

—¡Eres un monstruo diminuto y retorcido!

—No te enrolles, Oswaldo. ¿Quieres poseer a la princesa, sí o no?

—¿Qué tengo que hacer?

—Casi nada —respondí yo—. Pero te hará falta cierta

presencia de ánimo para llevar a cabo el plan. En primer lugar, debes aconsejar a tu dama que mantenga la paz con su hermana, y convencerla para que desposea a Lear del resto de sus tropas. Luego, debes convencerla para que se reúna con Edmundo al segundo toque de la campana.

—Joder, ¿a las dos de la madrugada?

—Ya verás que la idea la entusiasma. Recuerda que está hechizada. Es fundamental que se alíe con la casa de Gloucester, aunque sea en secreto. Sé que eso va a resultarte difícil, pero debes soportarlo. Si vas a poseer a la dama y hacerte con su poder, alguien tendrá que despachar al duque de Albany... Alguien cuya pérdida no signifique nada cuando muera ahorcado. Y el bastardo Edmundo es el actor perfecto para representar el papel, ¿no crees?

Oswaldo asintió, sus ojos cada vez más abiertos. Se había pasado la vida llevando y trayendo recados y mensajes para Goneril, pero al fin veía recompensas a la vista por ser el peón de las intrigas. Afortunadamente, la oportunidad que se le presentaba le nublaba la razón.

—¿Cuándo será mía la señora?

—Cuando todo esté atado y bien atado, lameculos, cuando todo esté atado y bien atado. ¿Qué sabes de un ejército que se acerca desde Francia?

—Yo no sé nada.

—Pues entonces espía y entérate. Edmundo sí sabe algo, aunque tal vez haya sido él quien haya propagado el rumor. Averigua lo que puedas, pero no hables con Edmundo de su encuentro con tu señora, pues cree que es un secreto.

Oswaldo se enderezó (llevaba un rato agachado para ponerse a mi altura).

—¿Y qué ganas tú con todo esto, bufón?

Hasta ese momento, albergué la esperanza de que no me lo preguntara.

—Como tú, incluso en el amor, hay personas que se interponen en el camino de mi felicidad. Necesito que tú y quienes se vean afectados por tus obras contribuyan a allanarlo.

—¿Matarías al duque de Cornualles?

—A él, entre otros. Pero no importa quién me ame, yo me debo a Lear. Soy su esclavo.

—De modo que matarías también al rey. No te preocupes, bufón. Haré lo que me pides. Trato hecho.

—¡Cojones en calzones! —dije yo.

—Buen espectáculo, Bolsillo —dijo Kent—. Sales a buscar un mensajero y terminas organizando el asesinato del rey. Estás hecho un diplomático nato.

—El sarcasmo no sienta bien a los ancianos, Kent. No he podido disuadirlo, mi sinceridad se habría visto cuestionada.

—Pero si no estabas siendo sincero.

—Mi convicción, entonces. Quedaos junto al rey durante la celebración del Yule, y no le permitáis comer nada que no hayáis comido antes vos. Conociendo a Oswaldo como creo conocerlo, tratará de asesinar al rey recurriendo a los métodos más cobardes.

—O no empleará ninguno.

—¿Cómo decís?

—¿Qué te hace pensar que Oswaldo te decía la verdad más de lo que se la decías tú a él?

—Doy por sentado que él miente, pero sólo hasta cierto punto.

—Sí, pero ¿hasta qué punto?

Me puse a caminar en círculos alrededor de nuestro pequeño aposento.

—¿Pero qué patraña es todo esto? Prefiero hacer malabarismos con bolas de fuego y los ojos vendados. No estoy hecho para estos tejemanejes oscuros. Se me dan mejor la risa, los niños, los cumpleaños, los cachorritos y el fornicio consentido. Aquellas malditas brujas no escogieron bien.

—Y sin embargo, has iniciado una guerra civil y enviado a un asesino a por el rey —observó Kent—. No es poca ambición para un payaso de fiestas de cumpleaños, ¿no te parece?

—Os habéis vuelto amargo en vuestra senectud, ¿lo sabíais?

—Bien, tal vez mi misión como catador de alimentos ponga fin a mi amargura.

—Mantened con vida al anciano monarca. Como la fiesta del Yule todavía dura, supongo que la querida Regan todavía no habrá informado a Lear de que se lleva a sus caballeros.

—La señora ha tratado de que Goneril y su padre hagan las paces. Pero sólo ha logrado apaciguar algo al rey, que ha aceptado asistir a las celebraciones.

—Bien. Sin duda Regan no actuará hasta mañana. —Sonreí—. Si se encuentra lo bastante bien.

—Qué maldad —dijo Kent.

—Qué justicia —corregí yo.

Regan subió sola por la escalera de caracol. La única vela que llevaba, metida en una lámpara, alargaba mucho su sombra en la pared de piedra, y la convertía en el espectro de una muerte fornicable. Yo me planté frente a la puerta de la torre, con un candelabro en una mano, y la otra apoyada en el cerrojo.

—Feliz Navidad, gatita —le dije.

—La fiesta ha sido una mierda, ¿verdad? Va el maldito Gloucester, capullo pagano, y la llama san Esteban en vez de Navidad. En la fiesta del gilipollas de Esteban no se intercambian regalos. Y sin regalos, preferiría haber celebrado el solsticio de invierno con la fiesta del Yule. Al menos en ella se sacrifica un cerdo y se enciende una hoguera enorme.

—En realidad, Gloucester trataba de mostrarse respetuoso con vuestras creencias, cielo. Para él y para Edmundo, esta fiesta es una Saturnalia,* una verdadera orgía. De modo que tal vez todavía os quede algún regalito por desenvolver.

* Festividad del solsticio de invierno en el panteón romano, en la que se veneraba a Saturno, «plantador de las simientes». Durante las celebraciones, se bebía y se fornicaba mucho. En la actualidad se ha visto reemplazada por el rito de las «cenas navideñas de empresa.»

Sólo entonces Regan esbozó una sonrisa.

—Tal vez. Edmundo se ha mostrado tan tímido durante el banquete... Apenas me ha mirado. Supongo que teme a Cornualles. Pero tienes razón, lleva la oreja vendada.

—Así es, señora, y os diré que se avergüenza un poco de ello. Es normal que no quiera que lo vean.

—Pero yo lo vi en la cena.

—Sí, pero ha dado a entender que tal vez se haya infligido otros castigos en vuestro honor, y se muestra tímido al respecto.

De pronto, el rostro de Regan fue el de una niña feliz en Navidad, mientras su mente se poblaba de imágenes de un tío lesionándose.

—Oh, Bolsillo, déjame entrar.

Y eso hice. Abrí la puerta y, al franquearla ella, le quité la vela.

—Es que siempre es tan tímido...

Oí que, tras los cortinajes, la voz de Edmundo decía:

—Mi dulce señora, Regan, sois más blanca que la luz de la luna, más radiante que el sol, más gloriosa que las estrellas. He de haceros mía, o moriré.

Lentamente, cerré la puerta.

—No, mi diosa, desnudaos aquí. Dejadme que os vea.

Yo llevaba toda la tarde adiestrando a Babas en lo que debía decir, y en el modo exacto de hacerlo. A continuación le hablaría de sus encantos, y luego le pediría que apagara la única vela que ardía sobre la mesa y que se uniera a él tras los cortinajes, momento a partir del cual se la calzaría hasta dejarla inconsciente.

La cosa sonaba como supongo que sonarán un alce y un gato montés si aquél intenta ensartar a éste con un hierro al rojo vivo. Cuando vi que la segunda luz iluminaba la escalera, allí ya se habían oído bastantes gemidos, jadeos, gritos y chillidos. Por la sombra supe que quien portaba la vela avanzaba con una espada desenvainada. Parecía que Oswaldo, tal como yo ya había previsto, había sido fiel a su naturaleza traidora.

—Baja esa espada, que le vas a quitar el ojo a alguien.

El duque de Cornualles apareció en lo alto de la escalera con el arma baja y gesto de desconcierto.

—¿Y si un niño bajara en este instante por la escalera? —le pregunté—. Os sería difícil explicarle a Gloucester por qué su nietecito lleva una lengua de acero de Sheffield clavada en el buche.

—Gloucester no tiene nietos —replicó Cornualles, creo que sorprendido de que yo me enzarzara en aquella conversación con él.

—Ello no implica que debamos desatender la seguridad básica en lo concerniente a las armas.

—Pero es que yo he venido a matarte.

—*Moi?* —dije yo, con un acento francés impecable, joder—. ¿Y por qué, si puede saberse?

—Porque os estáis cepillando a mi señora.

Un gran rugido salió del torreón, seguido de un cachondo gritito femenino.

—¿Qué os parece? ¿Ha sido de dolor o de placer? —le pregunté a Cornualles.

—¿Quién está ahí? —quiso saber él, que volvió a poner la espada en alto.

—Pues la verdad es que es vuestra señora, y casi con toda seguridad se la está cepillando el bastardo Edmundo de Gloucester, pero la prudencia os dicta que detengáis el movimiento de la espada. —Acerqué a Jones a su muñeca y le bajé la mano que la empuñaba—. A menos que no os interese ser rey de Bretaña.

—¿Qué es lo que tramas, bufón? —El duque estaba impaciente por matar a alguien, pero su ambición podía más que su sed de sangre.

—¡Móntame, gran rinoceronte de verga inmensa como un tronco! —gritó Regan desde el aposento contiguo.

—¿Aún dice esas cosas? —pregunté.

—Bueno, por lo general es «semental de verga inmensa como un árbol» —puntualizó Cornualles.

—Le saca bastante partido a las metáforas, eso sí. —Le apoyé una mano en el hombro, para tranquilizarlo—. Supongo que esto será una sorpresa bastante triste para vos. Al menos, cuando un hombre, tras buscar en su alma, se agacha para joder a una serpiente, espera, como mínimo, no encontrarse con varios pares de botas ya alineados en el exterior de la madriguera.

El duque se zafó de mí.

—¡Lo mataré!

—Cornualles, estáis a punto de ser atacado. En este mismo instante Albany se prepara para hacer suya toda Britania. Edmundo, y las tropas de Gloucester, van a haceros falta para vencerlo, y cuando lo hagáis, seréis rey. Si entráis en ese aposento ahora, mataréis a una bestia, pero perderéis un reino.

—Por la Sangre de Cristo, ¿es eso cierto?

—Ganad la guerra, buen señor. Y luego matad al bastardo como mejor se os antoje, con todo el tiempo del mundo para hacerlo como Dios manda. El honor de Regan es bastante..., cómo decirlo..., maleable, ¿no?

—¿Y estás seguro de esta guerra?

—Sí. Por eso debéis llevaros los caballeros y escuderos que le quedan a Lear, lo mismo que Goneril y Albany se llevaron los otros. Y no debéis dejar que Goneril sepa que vos lo sabéis. En este preciso instante vuestra señora se está asegurando la lealtad de Gloucester para vuestra causa.

—¿De veras? ¿Es por eso por lo que se está cepillando a Edmundo?

Hasta que lo dije no se me había ocurrido, pero lo cierto es que todo vino bastante rodado.

—Sí, señor, su entusiasmo se lo inspira la inquebrantable lealtad que os profesa.

—Por supuesto —dijo Cornualles, envainando la espada—. Debí de haberlo supuesto.

—Ello no quiere decir que no matéis a Edmundo cuando todo haya terminado —recalqué yo.

—Claro, claro.

Cuando Cornualles ya se había ausentado, y un tiempo después de que la primera campana sonara en la torre, llamé a la puerta y asomé la cabeza.

—Señor Edmundo —le dije—. Veo movimiento en la torre del duque. Tal vez debierais despediros.

Mantuve alzada junto a la puerta entreabierta la lámpara de Regan, para que ésta encontrara la salida, y momentos después abandonó el torreón a trompicones, con el vestido del revés, el pelo enmarañado, y un río de baba entre los pechos. Toda ella, en general, se veía bastante escurridiza. Aturdida, cojeaba mucho, como si no supiera cuál de los dos lados favorecer, y arrastraba un zapato, que llevaba sujeto al tobillo por la correa.

—Señora, ¿os busco el otro zapato?

—A la mierda el zapato —me respondió, ahuyentándome con la mano, con voz ebria (o al menos así me lo pareció), y casi cayó escaleras abajo. La ayudé a mantenerse en pie, a ponerse bien el vestido, la limpié un poco con la falda, la agarré del brazo y la conduje escaleras abajo.

—Está bastante mejor dotado en las distancias cortas de lo que parece desde lejos.

—¿De veras?

—No podré sentarme en dos semanas.

—Ah, el amor... ¿Podéis llegar sola a vuestros aposentos, gatita?

—Creo que sí. Eres listo, Bolsillo... Empieza a pensar en alguna excusa que ofrecerle a Edmundo, por si mañana no logro salir de la cama.

—Así lo haré, gatita. Que durmáis bien.

Regresé arriba, donde encontré a Babas de pie, sin pantalones, junto a la luz de la vela, con una erección aún lo bastante dura como para dejar sin sentido a una ternera.

—Lo siento, Bolsillo, he salido. Estaba oscuro.

—No te preocupes, muchacho. Lo has hecho muy bien.

—Está buena.

—Sí. Bastante.

—¿Qué es un rinoceronte?

—Es como un unicornio con armadura en las pelotas. Es una cosa buena. Mastica estas hojas de menta, y vamos a lavarte un poco. Practica las frases de Edmundo mientras yo voy a por una toalla.

Cuando el reloj dio la segunda campanada, el escenario ya estaba dispuesto. Otra lámpara iluminó la escalera, proyectando una sombra pechugona en la pared.

—¡Calabacita mía!

—¿Qué estás haciendo tú aquí, gusano?

—Vigilar. Entrad, pero dejad aquí la lámpara. A Edmundo le da vergüenza que veáis la herida que se ha infligido en vuestro honor.

Goneril sonrió al pensar en el dolor del bastardo, y entró.

Pasaron unos minutos antes de que Oswaldo subiera los peldaños de puntillas.

—Bufón, ¿todavía estás vivo?

—Sí. —Me llevé una mano al oído—. Pero escucha a los hijos de la noche. ¡Qué música tocan!

—Parece una jineta tratando de cargarse a una familia entera de puercoespines —comentó el bribón.

—Sí, me gusta. Yo estaba pensando más en una vaca azotada con un ganso en llamas, pero tal vez sea más lo que tú dices. ¿Quién sabe? Deberíamos irnos, Oswaldo, y conceder cierta intimidad a los amantes.

—¿No te has encontrado con la princesa Regan?

—Hemos cambiado la hora de la cita, que no será hasta que suene la cuarta campanada. ¿Por qué?

16

Estalla la tormenta

La tormenta estalló durante la noche. Yo estaba desayunando en la cocina cuando en el patio se inició una discusión. Oí que Lear atronaba, y salí a atenderlo, dejándole mis gachas a Babas. Kent, que acudía a mi encuentro, dio conmigo en el pasillo.

—De modo que el viejo ha sobrevivido a la noche —comenté.

—Yo he dormido junto a su puerta —dijo Kent—. ¿Dónde estabas tú?

—Nada, tratando de cepillarme sin piedad a dos princesas y dando inicio a una guerra civil, por si os interesa saberlo, y además me quedé sin cenar como Dios manda.

—El banquete estuvo de lo mejor —dijo Kent—. Para evitar que envenenaran al rey, comí hasta reventar. Por cierto, ¿quién es ese san Esteban?

Fue entonces cuando vi que Oswaldo se acercaba por el corredor.

—Buen Kent, aseguraos de que las hijas no maten al rey, y de que Cornualles no mate a Edmundo, y de que las hermanas no se maten entre sí y, si podéis evitarlo, no matéis a nadie. Es demasiado temprano para las matanzas.

Kent partió a toda prisa, mientras Oswaldo se acercaba.

—Vaya —comentó él—. Veo que has sobrevivido a la noche.

—Por supuesto. ¿Y por qué no habría de haber sobrevivido?

—Pues porque le conté a Cornualles lo de tu cita con Regan, y esperaba que te asesinara.

—Joder, Oswaldo, un poquito más de astucia, por favor. El estado de la villanía, en este castillo, está por los suelos. Edmundo se muestra amable, y tú, directo. ¿Qué va a ser lo siguiente? ¿Cornualles va a empezar a alimentar a los huérfanos, mientras le salen jilgueros del culo, coño? Venga, vamos, inténtalo de nuevo, veamos si puedes al menos fingir algo de maldad. Vamos, vamos.

—Vaya, veo que has sobrevivido a la noche —repitió Oswaldo.

—Por supuesto ¿y por qué no habría de haber sobrevivido?

—Ah, no, por nada. Estaba preocupado por ti.

Le asesté un mamporrazo en la oreja con Jones.

—Pero ¡qué capullo eres! Yo no me creería nunca que te preocupa mi bienestar. Estás hecho todo un zorro, sí. —Oswaldo hizo ademán de llevar la mano a la espada, y yo le di otro golpe con el palo del títere. El villano se echó hacia atrás y se frotó la muñeca dolorida—. A pesar de tu incompetencia, nuestro acuerdo sigue vigente. Necesito que hables con Edmundo. Entrégale esta misiva de parte de Regan. —Le di la carta que había escrito con las primeras luces del alba. La letra de la princesa era fácil de imitar: remataba las íes con corazones—. No rompas el lacre. En ella le confiesa el amor que siente por él pero le insta a no demostrarle el menor afecto. Debes advertirle también que no lo demuestre ante tu señora, Goneril, en presencia de Regan. Y como me consta que la intriga te confunde, paso a exponerte resumidamente cuáles son tus intereses al respecto: Edmundo se va a cargar a Albany, liberando así a tu dama para que se entregue a nuevos afectos. Sólo entonces nosotros revelaremos a Cornualles que Regan le ha puesto los cuernos con Edmundo, y el duque se cargará al bastardo, momento a partir del cual yo obraré el hechizo de amor sobre Goneril, que caerá rendida en tus ávidos brazos.

—Podrías estar mintiendo. He intentado que te mataran. ¿Por qué habrías de ayudarme?

—Muy buena pregunta. En primer lugar yo, a diferencia de ti, no soy un villano y, por tanto, de mí puede esperarse que actúe con un mínimo de integridad. En segundo lugar, deseo vengarme de Goneril por cómo me ha tratado a mí, y por cómo ha tratado a su hermana menor, Cordelia, y al rey Lear. No se me ocurre mejor castigo que emparejarla con el montículo de mierda en forma de hombre que tú eres.

—Ah, claro, sí, parece razonable —dijo Oswaldo.

—Pues entonces ¡en marcha! Insiste mucho en que Edmundo no le muestre ningún afecto en público.

—Tal vez lo mate yo mismo, por haber violado a mi dama.

—No lo harás. Eres un cobarde. ¿O es que ya lo has olvidado?

Oswaldo empezó a temblar, encolerizado, pero en esta ocasión no hizo ademán de llevarse la mano a la espada.

—Parte ya, colega, que a Bolsillo le quedan aún un montón de intrigas por urdir.

La mano cachonda del viento sobó el patio, haciendo que los faldones de las hermanas se levantaran, y que los cabellos les cubrieran los rostros. Kent se agazapó, y agarró con fuerza su sombrero de ala ancha para que no saliera volando. El anciano rey se abrigó con el manto de pieles, y entrecerró los ojos para protegerlos del viento, mientras, el duque de Cornualles y el conde de Gloucester se arrimaban a la puerta principal para resguardarse —el duque satisfecho, al parecer, de que fuera su esposa la que llevara la voz cantante—. A mí me alivió constatar que Edmundo no estaba presente, y me puse a bailar en medio del patio, agitando los cascabeles, entusiasmado.

—¡Hola, hola! —exclamé—. Todos jodisteis a base de bien para celebrar la Saturnalia, ¿no?

Las dos hermanas me miraron desconcertadas, como si

estuviera hablándoles en chino, o en el idioma de los perros, como si aquella misma noche ninguna de las dos hubiera fornicado varias veces con un tarado de miembro descomunal. Gloucester bajó la mirada, avergonzado, supongo por haber abandonado a sus dioses a favor de san Esteban y, al hacerlo, se hubiera quedado sin una celebración cojonuda. Cornualles no pudo reprimir una sonrisa de oreja a oreja.

—Ah —proseguí—. Entonces habrá sido una noche de alegría junto a un niñito Jesús recién nacido, una Navidad con su noche de paz, sus camellos y sus Reyes Magos, rodeados de oro, «incesto» y mirra y esas cosas...

—Las malditas arpías cristianas quieren quitarme a mis caballeros —dijo Lear—. Tú, Goneril, ya me has arrebatado la mitad de mi ejército. No perderé la otra mitad.

—Claro, claro, señor —intervine yo—. Ahora resulta que el cristianismo es culpa suya. Olvidaba que hoy os habíais levantado pagano.

Regan se adelantó entonces, y al hacerlo constaté que, en efecto, caminaba con las piernas algo separadas.

—¿Para qué precisáis mantener cincuenta hombres, padre? Disponemos de un montón de criados que pueden atenderos.

—Además —prosiguió Goneril—, seguirán bajo nuestras órdenes, de modo que no habrá discordias en el interior de los muros de nuestros hogares.

—En esto coincido con mi hermana —dijo Regan.

—Tú siempre coincides con tu hermana —contraatacó Lear—. Si tuvieras una sola idea propia, el cráneo débil que tienes se te partiría en dos, como abatido por un rayo, buitre rastrero.

—Así, ése es el tono —comenté yo—. Tratadlas como papeleras de compresas usadas y ya veréis cómo se ponen. Asombra que hayan salido tan amables, con una educación de semejante calidad.

—¡Tomadlos, pues, arpías que desgarráis la carne de vuestras presas! Hacedlo, para que yo saque a vuestra madre de su tumba y la acuse del más indigno de los adulterios, pues ninguna de las dos puede ser fruto de mis entrañas y tratarme así.

Yo asentí, y apoyé la cabeza en el hombro de Goneril.

—Parece claro que eso del adulterio os viene de la rama materna, calabacita mía. Pero la mala leche y esos asombrosos pechos son de vuestro padre.

Ella me apartó, a pesar de mis sabias palabras.

Lear ya había perdido todo el control, temblaba y gritaba a sus hijas, impotente, pero más débil y más apagado a medida que hablaba.

—¡Oídme, dioses! Si sois vosotros los que movéis los corazones de estas hijas contra su padre, tocadme de noble ira, y no permitáis que armas femeniles, gotas de agua, manchen mis mejillas de hombre.

—Eso no son lágrimas, majestad, es que está lloviendo.

Gloucester y Cornualles apartaron la mirada, avergonzados del anciano. Kent le puso las manos en los hombros y trató de llevarlo a recaudo de la lluvia. Lear se zafó de él y volvió a cargar contra sus hijas.

—Zorras malignas. Me vengaré tanto de las dos que el mundo..., o sea..., os haré unas cosas tan espantosas que todavía no sé cuáles son, pero serán espantosas..., será el terror en la tierra. Mas no voy a llorar. Este corazón se romperá en cien mil pedazos antes de que llore yo. ¡Ah, bufón, voy a enloquecer!

—Vaya, vaya, esto sí que es un buen comienzo.

Traté de pasarle un brazo por el hombro, pero él me apartó de un codazo.

—Revocad vuestras órdenes, arpías, o abandonaré esta casa —declaró, dando unos pasos en dirección a la gran puerta.

—Es por vuestro bien, padre —insistió Goneril—. Y ahora, poned fin a vuestra pataleta y entrad.

—¡Os lo he dado todo! —farfulló Lear, alargando una mano rígida hacia Regan.

—¡Y bastante que has tardado en dárnoslo, cabrón senil —soltó Regan.

—Eso se le ha ocurrido a ella solita —dije yo, siempre buscando el lado bueno.

—Me voy —amenazó Lear, dando un paso más en dirección a la puerta—. No pienso aceptarlo. Saldré ahora mismo por esa puerta.

—Qué lástima —opinó Goneril.

—Pues, sí, es una pena —coincidió Regan.

—Me marcho ahora mismo. Por esa puerta. Y no volveré jamás. Me voy solo.

—¡Pues gracias! —dijo Goneril.

—*Au revoir* —la secundó Regan, con un acento gabacho casi perfecto.

—Lo estoy diciendo en serio —insistió el anciano, que ya había llegado al umbral de la puerta.

—Cerrad al salir —dijo Regan.

—Pero, señora, ése no es lugar ni para hombre ni para bestia —intervino Gloucester.

—¡Cerradla, joder! —insistió Goneril, que salió corriendo y tiró del gran pasador de hierro con todas sus fuerzas. El pesado rastrillo metálico descendió al instante, y sus púas, que no se clavaron en el anciano de milagro, se hundieron más de dos palmos en los huecos que, a tal efecto, se abrían en el suelo de piedra.

—Me voy —repitió el rey entre la reja—. No creáis que no me voy.

Las hermanas abandonaron el patio y buscaron el refugio del castillo. Cornualles las siguió y llamó a Gloucester.

—Pero, con esta tormenta... —dijo Gloucester, observando a su viejo amigo a través de los barrotes—. Nadie debería estar ahí fuera con esta tormenta.

—Él mismo se lo ha buscado —dijo Cornualles—. Entrad, buen Gloucester.

Gloucester se alejó de la puerta y siguió a Cornualles hasta el castillo, dejándonos solos a Kent y a mí de pie, bajo la lluvia, cubiertos por nuestras capas de lana. El destino del rey parecía torturar a Kent.

—Está solo, Bolsillo. No es ni siquiera mediodía, pero está tan oscuro que parece medianoche. Lear está ahí fuera, solo.

—No me jodáis —dije yo. Alcé la vista hacia las cadenas sujetas en lo alto de la puerta, hacia las vigas que sobresalían de los muros, hacia las almenas más altas tras las que se protegían los arqueros. ¡Malditas la anacoreta y Belette por enseñarme acrobacias!—. Está bien, iré con él. Pero vos debéis ocultar a Babas de las garras de Edmundo. Hablad con la lavandera esa de las tetas como cántaros, y ella os ayudará. Por más que lo niegue, ese muchacho le gusta.

—Iré a por ayuda para abrir la reja.

—No os preocupéis. Vos ocupaos del mastuerzo, y cuidado con Edmundo y con Oswaldo. Yo volveré con el viejo en cuanto pueda.

Dicho esto, me metí a Jones en el jubón, di un salto y me colgué de la inmensa cadena. Me encaramé por ella, llegué hasta una de las vigas que sobresalían de la piedra y fui saltando de viga en viga hasta que encontré un hueco para meter la mano entre las piedras. Trepé entonces hasta lo alto de la muralla.

—Menuda mierda de fortaleza —le grité a Kent, agitando la mano. En un abrir y cerrar de ojos ya había superado la muralla y, descolgándome por las cadenas del puente levadizo no tardé en alcanzar el suelo, del otro lado.

El viejo monarca se encontraba ya a las puertas de la ciudad amurallada, invisible casi entre la lluvia, adentrándose en el páramo, envuelto en su capa de pieles, semejante a una rata vieja y empapada.

ACTO III

Los bromistas a veces resultan profetas.

SHAKESPEARE,
El rey Lear, acto V, escena III (Regan)

17

Lluvia de locos, granizo de chalados

—¡Sopla, viento, hincha tus carrillos hasta reventar! ¡Sopla! ¡Rabia! —atronaba Lear.

El anciano se había subido a lo alto de una colina, en las afueras de Gloucester, y gritaba al viento como un demente, a pesar de que los relámpagos rasgaban el cielo con sus garras de fuego, y los truenos retumbaban en mis costillas.

—Bajad de ahí, maldito loco decrépito —le dije yo, agazapado bajo un acebo cercano, empapado, muerto de frío, y con la paciencia casi agotada por completo—. Regresad a Gloucester y pedid cobijo a vuestras hijas.

—¡Dioses despiadados! ¡Disparad sobre mí rayos capaces de abatir robles enteros! Quemadme con vuestros fuegos sulfurosos y letales! ¡Chamuscad mi testa plateada y reducidme a un montón de cenizas! ¡Matadme! ¡Que vuestra ira adopte formas fieras y fulminadme! ¡Tomadme sin ahorraros violencia alguna!

»¡No os culpo, pues no sois mis hijas! ¡No os he dado nada, y nada espero de vosotros! ¡Sed directos en la ejecución horrible y placentera de vuestros actos contra un pobre, enfermo y despreciado anciano! ¡Resquebrajad los cielos! ¡Haced que caiga muerto!

El viejo rey se detuvo cuando un rayo partió por la mitad un árbol que se alzaba en medio del monte, y que empezó a arder mientras un rugido aterrador habría hecho que hasta las estatuas se cagaran encima. Yo salí de debajo del acebo, y me acerqué a Lear.

—Vamos, hombre. Guareceos bajo algún arbusto, aunque sólo sea para quitarle hierro a la lluvia.

—No necesito guarida. ¡Que la naturaleza descarnada se vengue de mí!

—Pues vale —dije yo—. En ese caso no necesitaréis esto.

—Le quité la capa al viejo, le puse la mía, de lana, y regresé a mi arbusto, algo más protegido por la piel del animal.

—¡Eh! —protestó Lear, perplejo.

—Vamos, seguid con lo vuestro. «Que se abra el cielo, que frían vuestra cabeza provecta, que os aplasten las pelotas, y etcétera, etcétera.» Si perdéis comba ya os apuntaré yo.

Y, en efecto, el rey prosiguió.

—¡Poderoso Thor, que vuestras centellas pongan fin a los latidos de este corazón exhausto! ¡Que las olas de Neptuno descoyunten estas extremidades de sus articulaciones! ¡Que Hécate, con sus garras, me arranque el hígado y me devore el alma! ¡Que Baal me desgarre las entrañas! ¡Que Júpiter esparza mis músculos destrozados sobre la tierra!

El anciano interrumpió un instante su perorata, y miró a su alrededor con ojos de loco. Los posó en mí.

—Aquí fuera hace un frío del carajo.

—Parece que os ha abatido un rayo de obviedad camino de Damasco, ¿verdad, tío mío? —Retiré un poco la gran capa de piel para que el viejo se metiera también debajo del arbusto. Él se arrastró por la colina, tratando de no resbalar con los riachuelos de agua y lodo que descendían por su ladera, y vino a mi lado.

Lear se estremeció al pasarme un brazo esquelético por el hombro.

—Bastante más cerca de lo que tenemos por costumbre, ¿verdad, muchacho?

—Así es, tío. ¿Os he dicho alguna vez que sois un hombre muy atractivo? —dijo Jones, asomando su cabeza de títere.

Y el anciano se echó a reír, y se rio tanto que temblaba, la risa se le convirtió en una tos bronca, y tosió y tosió hasta que yo temí que fuera a expectorar algún órgano vital. Hice un cuenco con la mano, recogí un poco de agua de lluvia y se la di a beber.

—No me hagas reír, muchacho. Estoy loco, y sufro, y me encolerizo, y no estoy de humor para bromas. Será mejor que te alejes de mí, no vaya a ser que un rayo te abata cuando los dioses atiendan mi desafío.

—Mi tío, perdonadme que os lo diga, pero sois un capullo arrogante. Los dioses no os van a fulminar con un rayo sólo porque vos se lo pidáis. ¿Por qué iban a favoreceros con un rayo? Más probable es que os envíen una fístula, infectada y fatal, o tal vez uno o dos retoños desagradecidos, siendo los dioses, como son, amantes de la ironía.

—¡Qué cara! —dijo Lear.

—Cara es lo que tienen ellos —repliqué yo—. Y habéis nombrado a unos cuantos. Ahora, si caéis fulminado, no sabremos a cuál de ellos culpar, a menos que el rayo deje una firma en vuestro viejo manto de piel. Deberíais haber retado a uno, y luego esperar una hora, tal vez, en vez de desafiarlos a todos a la vez.

El rey se secó la lluvia de los ojos.

—He puesto a mil monjes y monjas a rezar por el perdón de mis pecados, y a los paganos a sacrificar enteros rebaños de cabras para alcanzar la salvación, pero me temo que no haya sido suficiente. Ni una sola vez actué en beneficio de mi pueblo, ni una vez actué en beneficio de mis esposas o las madres de mis hijas; he servido como si fuera un dios, y creo que soy poco misericordioso. Sé amable, Bolsillo, no sea que algún día te enfrentes a las mismas tinieblas a las que me enfrento yo. O, en ausencia de amabilidad, emborráchate.

—Pero, tío mío —le dije—. A mí no me hace falta ser prudente pensando en el día en que la fragilidad se apodere de mí, porque frágil ya soy. Y si buscamos el lado bueno del asunto, tal vez Dios no exista y las malas obras que habéis hecho sean en sí mismas recompensa.

—Quizá ni siquiera merezca un final sangriento como corresponde —sollozó Lear—. Los dioses me han enviado a estas hijas para que me chupen la sangre. Me castigan por el trato que yo di a mi padre. ¿Sabes cómo me convertí en rey?

—Lograsteis arrancar una espada encajada en una piedra y con ella matasteis a un dragón, ¿no?

—No, eso nunca sucedió.

—Maldita educación la que recibí en el convento. Que me aspen si lo sé entonces, mi tío. ¿Cómo os convertisteis en rey?

—Maté a mi propio padre. No merezco una muerte noble.

Me quedé mudo. Llevaba más de un decenio al servicio del rey, y nunca había oído hablar de ello. Lo que siempre se contaba era que el viejo rey Bladud le había entregado el reino a Lear y se había marchado a Atenas, donde había aprendido lo necesario para convertirse en nigromante. Después regresó a Bretaña, donde murió de peste al servicio de la diosa Minerva, en el templo de Bath. Pero no tuve tiempo de pensar en una réplica ingeniosa, pues en ese instante un relámpago cruzó el cielo, iluminando la silueta inmensa de una criatura que descendía por la colina, en dirección a donde nos encontrábamos.

—¿Qué es eso? —pregunté.

—Un demonio —respondió el anciano—. Los dioses me envían un monstruo para vengarse de mí.

Aquel ser estaba cubierto de lodo, y caminaba como si hubiera sido creado con la tierra que pisaba. Me llevé la mano a uno de los puñales que ocultaba en la riñonada, y lo desenvainé. Con el aguacero que estaba cayendo, me iba a ser imposible arrojárselo. Ni siquiera estaba seguro de poder mantener firme el filo.

—Vuestra espada, señor —dije yo—. Desenvainadla y defendeos.

Me puse en pie y abandoné el refugio del arbusto. Le di la vuelta a Jones para que el palo que lo sostenía quedara listo para el ataque, y con la daga realicé una floritura en el aire.

—¡Acércate, demonio! Bolsillo te va a devolver al más allá.

Me agazapé, presto a saltar de lado cuando aquella cosa se abalanzara sobre mí. Aunque tenía forma de hombre, veía que de él colgaban unas lianas largas y pegajosas, y que de su ser brotaba mucho lodo. Cuando tropezara, saltaría sobre su espalda y vería si lograba hacerle caer colina abajo, para alejarlo del rey.

—No, deja que venga a por mí y me lleve —dijo Lear. De pronto, el rey se quitó la capa y cargó contra el monstruo, con los brazos extendidos, como si quisiera ofrecer su corazón a la bestia—. ¡Mátame, dios despiadado, arranca este negro corazón del pecho de Bretaña!

No logré detenerlo, y el viejo acabó en brazos de la bestia. Pero, para mi sorpresa, ahí no hubo ni desgarro de miembros ni aplastamiento de sesos. Aquella cosa agarró al rey y con delicadeza lo dejó en el suelo.

Yo dejé de apuntarlo con la daga y me incliné hacia delante.

—Suéltalo, bestia.

La cosa se arrodilló junto al rey, que había puesto los ojos en blanco y se retorcía, como en trance. La bestia me miró, y yo vi franjas rosadas por entre el barro, y el blanco de sus ojos.

—Ayúdame —me dijo—. Ayúdame a guarecerlo.

Di un paso al frente y le limpié el barro que le cubría el rostro a aquella cosa. Se trataba de un hombre tan cubierto de lodo que llegaba a ocultarle incluso los labios y los dientes, pero de un hombre al fin y al cabo. No distinguía si lo que le cubría los brazos eran harapos o ramas de árbol.

—Ayuda al pobre Tom a sacarlo de este frío —insistió.

Envainé el puñal, recuperé la capa del anciano y ayudé a aquel tipo embarrado y desnudo a llevar a Lear al bosque.

Era una cabaña diminuta, sin apenas espacio para mantenerse de pie, pero el fuego calentaba y la anciana removía el contenido de una cazuela que olía a guiso de carne con cebolla, y que era como el aliento de las musas en aquella noche húmeda. Lear se agitó un poco. Hacía varias horas que lo habíamos llevado hasta allí para guarecerlo de la lluvia. El rey se reclinó sobre un jergón cubierto con paja y pieles. Su capa seguía secándose junto al hogar.

—¿Estoy muerto? —preguntó.

—No, mi tío, pero habéis estado a punto de lamer el hedor salado de la muerte —respondí yo.

—Atrás, demonio inmundo —dijo el hombre desnudo, dando manotazos al aire, frente a su rostro. Yo le había ayudado a limpiarse gran parte del barro que lo cubría, de modo que en ese instante ya sólo se veía sucio y demente; pero al menos había recuperado su forma.

—Oh, el pobre Tom tiene frío. Mucho frío.

—Sí, eso se nota —observé yo—. A menos que seas un tipo enorme que nació con un pito del tamaño de una uva pasa.

—El demonio obliga a Tom a comerse la rana que nada, el renacuajo, los lagartos, y a beber el agua estancada. Me preparo ensaladas con boñigas de vaca, y me trago ratas y pedazos de perros muertos. Bebo la espuma sucia de los estanques y en todas las aldeas me golpean y me meten en cepos. ¡Atrás, demonio, deja en paz al pobre Tom!

—Caramba —dije yo—. Cuánto majareta suelto esta noche.

—Le he ofrecido un poco de estofado de carnero —dijo la anciana, que seguía junto al fuego—, pero no, él tenía que tomarse sus ranas y sus tortas de boñiga. Para ser un chalado desnudo, es muy quisquilloso con la comida.

—Bolsillo —me llamó Lear, aferrándose a mi brazo—. ¿Quién es ese tipo grandullón que va sin ropa?

—Se hace llamar Tom, mi tío. Dice que el demonio lo persigue.

—Debe de tener hijas. Óyeme, Tom, ¿se lo has entregado todo a tus hijas? ¿Es eso lo que te ha llevado a la locura y a la pobreza, hasta el punto de ir desnudo por ahí?

Tom gateó por el suelo hasta situarse junto a Lear.

—Yo era un sirviente vanidoso y egoísta —declamó el loco—. Dormía con mi señora todas las noches, y despertaba pensando en volver a metérsela por la mañana. Bebía y me divertía, al tiempo que mi hermanastro combatía en la cruzada de una Iglesia en la que no creía. Lo tomaba todo sin pensar en quienes nada tenían. Y ahora soy yo el que no tiene nada, ni un harapo, ni una migaja de pan, ni una moneda, y el demonio me persigue hasta los confines de la tierra por mi egoísmo.

—Ya ves —dijo Lear—. Sólo las hijas crueles de un hombre pueden llevarlo a tal estado.

—Él no ha dicho eso, viejo chocho. Lo que ha dicho es que era un libertino egoísta, y que el diablo se llevó todo lo que era suyo.

La anciana se volvió en ese instante.

—Así es, el bufón está en lo cierto. El joven chalado no tiene hijas, es su propia crueldad la que lo condena. —Atravesó la cabaña con un cuenco humeante de guiso en cada mano, y los dejó en el suelo, frente a nosotros—. Y es vuestra propia maldad la que os persigue, Lear. No vuestras hijas.

Yo ya tenía vista a aquella anciana. Era una de las arpías del bosque de Birnam. Con otra ropa, sí, y no tan verde, pero sin duda se trataba de Romero, la bruja con pies de gato.

Lear se acercó más al suelo y agarró al pobre Tom de la mano.

—Yo he sido egoísta. No he pensado nunca en las consecuencias de mis acciones. A mi propio padre lo encarcelé en el templo de Bath porque era leproso, y más tarde ordené que lo mataran. A mi hermano lo maté al sospechar que se acostaba con mi hermana. Sin juicio, sin siquiera concederle el honor de un duelo. Hice que lo asesinaran mientras dormía, sin pruebas. Y mi reina también está muerta por culpa de mis celos. Mi reino es fruto de la traición, y traición es lo que he cosechado. No merezco siquiera llevar las ropas que me cubren la espalda. Tom, es cierto, no tienes nada. Y yo tampoco tendré nada, pues ésa es mi justa recompensa.

El anciano empezó a desgarrarse los ropajes; se arrancó el

cuello de la camisa, aunque al hacerlo, más que tejido, se llevó pedazos de su piel apergaminada. Yo le detuve la mano, le sujeté la muñeca y traté de que me mirara a los ojos, para sacarlo de su enajenación.

—¡Oh, cómo maltraté a mi dulce Cordelia! —se lamentó—. La única que me amaba, y yo la maltraté. ¡A mi única hija verdadera! ¡Que los dioses me arranquen las ropas que visto, que me arranquen la carne que recubre mis huesos!

Y entonces noté que unas garras se aferraban también a mis muñecas, y algo me apartó de Lear con tal fuerza que fue como si me hubieran arrastrado con grilletes de hierro.

—Deja que sufra —susurró la bruja.

—Pero es que soy yo quien ha causado ese dolor.

—El sufrimiento de Lear se lo ha causado él solito, bufón —replicó ella. Al instante sentí que la cabaña empezaba a girar, y oí la voz de la muchacha fantasma que me ordenaba:

—Duérmete, dulce Bolsillo.

—¿Quién es ese tipo desnudo y embarrado que morrea el magín del rey? —preguntó Kent.

Desperté y vi que el viejo caballero se encontraba junto a la puerta, acompañado del conde de Gloucester. La tormenta arreciaba en el exterior de la cabaña, pero la luz del fuego me bastó para distinguir que Tom McNicomio, el loco desnudo, se había acurrucado junto a Lear y le besaba la calva como quien besa a un recién nacido.

—Oh, majestad —dijo Gloucester—. ¿Acaso no podéis hallar mejor compañía que ésta? ¿Quién es esa bestia parda?

—Un filósofo —respondió Lear—. Y voy a hablar con él.

—Pobre Tom McNicomio, pobrecito —dijo Tom—. Maldito y condenado por los demonios, comedor de renacuajos.

Kent me miró y se encogió de hombros.

—Los dos están locos como cabras —le comenté yo, que busqué a la bruja con la mirada para que corroborara mis palabras. Pero la mujer se había ausentado.

—Pues estad atento, majestad, os traigo noticias de Francia —informó Kent.

—¿Que los huevos combinan muy bien con la salsa holandesa? —inquirí yo.

—No —dijo Kent—. Es algo más urgente.

—¿Qué el vino y el queso resultan una combinación exquisita?

—No, sinvergüenza de lengua viperina. Francia ha enviado un ejército a Dover, y circula el rumor de que cuenta con tropas escondidas en otras ciudades de la costa de Bretaña, dispuestas a atacar.

—Sí, claro, y eso es más importante que la noticia del queso y el vino, ¿verdad?

Gloucester trataba de arrastrar a Tom para apartarlo del rey Lear, pero le resultaba difícil lograrlo sin mancharse la capa de barro.

—He mandado informar al campamento francés de Dover de que Lear se encuentra aquí —dijo el conde—. He solicitado a las hijas del rey que me permitan llevarlo al castillo hasta que pase la tormenta, pero ellas no ceden. Incluso mi propia casa y mi poder han sido usurpados por el duque de Cornualles. Regan y él se han hecho con el mando de los caballeros del rey y, con ellos, de mi castillo.

»Venimos a llevaros a un cobertizo pegado a las murallas de la ciudad —prosiguió Kent—. Cuando la tormenta amaine, Gloucester enviará una carreta para que traslade al rey al campamento de Dover.

—No —se negó Lear—. Dejadme hablar en privado con mi filósofo y amigo. —Le dio unas palmaditas al loco de Tom—. Él sabe mucho sobre cómo hay que vivir la vida. Dime, amigo mío, ¿por qué existe el trueno?

El caballero se volvió para mirar a Gloucester, y se encogió de hombros.

—No está en sus cabales.

—¿Y quién puede culparlo? —se preguntó Gloucester en voz alta—. Después de lo que le han hecho sus hijas, carne de su carne, que se han alzado en su contra. Yo tenía un hijo muy querido que conspiró para asesinarme, y sólo de pensarlo a punto estuve de enloquecer.

—¿Y vosotros, los nobles, tenéis alguna reacción ante la adversidad que no sea poneros a ladrar y a comer tierra? —comenté—. Sujetaos los cojones y aguantaos. Kent, ¿cómo está Babas?

—Lo dejé escondido en la lavandería, pero Edmundo lo encontrará en cuanto se ponga manos a la obra. Por el momento está distraído tratando de evitar a las hermanas y conspirando con Cornualles.

—Mi hijo Edmundo todavía me es fiel —declaró Gloucester.

—Sí, sí, claro, señor —dije yo—. Pero cuidado, no tropecéis con el dondiego que le ha nacido en el culo la próxima vez que lo veáis. ¿Podéis, de algún modo, introducirme en el castillo sin que Edmundo sepa que estoy ahí?

—Supongo, pero yo no recibo órdenes de ti, bufón. Sólo eres un esclavo, y un esclavo imprudente, además.

—Todavía estáis enfadado porque me burlé de la muerte de vuestra esposa, ¿verdad?

—¡Haced lo que os pide el bufón! —masculló el rey—. Su palabra vale tanto como la mía.

El asombro que se apoderó de mí fue tal que un soplo de brisa habría bastado para tumbarme. Sí, claro, en los ojos del anciano todavía brillaba la locura, pero también el fuego de su autoridad. Una piltrafa débil y balbuciente, y al instante un dragón que, desde lo más profundo de su ser, escupía fuego.

—Sí, majestad —acató Gloucester.

—Es un buen tipo —sentenció Kent, tratando de quitar aspereza a la orden de Lear.

—Señor, traed con vos a vuestro loco desnudo y dejadnos ir con Gloucester al cobertizo que se apoya en la muralla de la ciudad. Yo rescataré del castillo a mi aprendiz bobo, y luego, juntos, iremos a Dover, al encuentro de Jeff, el rey franchute.

Kent apoyó la mano en mi hombro.

—¿Quieres llevar a un espada de apoyo?

—No, gracias —le respondí—. Vos quedaos con el viejo y acompañadlo hasta Dover. —Acerqué a Kent al fuego y le pedí que se agachara para poder susurrarle al oído—. ¿Sabíais vos que Lear había asesinado a su hermano?

El anciano caballero abrió mucho los ojos, antes de entrecerrarlos con fuerza, como si le doliera algo.

—Él me dio la orden.

—Está bien, Kent. Sois de un leal que da asco.

18

Garras de gatita

Entramos furtivamente en el castillo de Gloucester, algo que, como habréis supuesto, no va conmigo. A mí se me da mejor acceder a un aposento dando unas cuantas volteretas, con una carraca en la mano, emitiendo algún ruido soez y proclamando: «Buenos días tengan ustedes, capullos», o algo por el estilo. A mí se me dan bien los cascabeles y los títeres, no lo otro. Tanto silencio y tanto arrastrarme por el suelo empezaba a pasarme factura. Seguí al conde por una trampilla secreta del establo que conducía a un túnel que pasaba bajo el foso. A oscuras, tuvimos que vadear dos palmos de agua helada, y al sonido de mis cascabeles sumé el chapoteo del lodo. Jamás lograría que Babas pasara por aquel lugar tan estrecho, ni siquiera si lograba iluminarlo con una antorcha. El túnel moría en otra trampilla que asomaba al suelo de una mazmorra. Y allí, en la misma cámara de tortura en la que me había encontrado con Regan, Gloucester se despidió de mí.

—Bufón, debo ocuparme del traslado a Dover de nuestro señor. Todavía cuento con algunos sirvientes que me son leales.

Me sentí en deuda con el noble por ayudarme a acceder al castillo, más aún considerando la animadversión que me profesaba.

—Manteneos a distancia del bastardo, excelencia. Sé que ahora es vuestro favorito, aunque sin motivos para que lo sea. Es un villano.

—No critiques a Edmundo, bufón. Ya conozco tus intrigas. Ayer mismo me dio la razón y protestó conmigo por el trato que Cornualles dispensa al rey.

Podría haber hablado a Gloucester de la carta que había escrito yo imitando la letra de Edgar, del plan del bastardo para usurpar el puesto de su hermano, pero ¿qué habría hecho él? Seguramente habría irrumpido hecho una furia en los aposentos de Edmundo, y éste lo habría matado en el acto.

—Está bien, pues —me limité a replicar—. Tened cuidado, señor. Cornualles y Regan son una sola víbora de cuatro colmillos, y si inoculan su veneno en Edmundo, deberéis libraros de él. No acudáis en su ayuda, no vayan a arañaros con sus garras venenosas.

—Es mi último hijo verdadero. Vergüenza debería darte, bufón —dijo el conde con desprecio, antes de abandonar la mazmorra a toda prisa y desaparecer escaleras arriba.

Pensé en encomendarme a algún dios para que protegiera al viejo conde, pero si los dioses obraban a mi favor, seguirían haciéndolo sin que se lo solicitara, y si se me oponían, entonces no había necesidad de convocarlos a mi causa. No sin pena, me quité los zapatos y el gorro y me los metí en el jubón para callar los cascabeles. Jones se había quedado en el cobertizo, con Lear.

La lavandería se encontraba en las plantas inferiores del castillo, de modo que me acerqué a ella en primer lugar. La lavandera de las portentosas tetas ya mencionada tendía unas sábanas junto al fuego cuando entré yo.

—¿Dónde está Babas, cielo? —le pregunté.

—Escondido —respondió ella.

—Ya sé que está escondido, maldita sea. Si no lo estuviera, no me habría hecho falta preguntártelo, ¿a que no?

—¿Y qué quieres? ¿Que te diga dónde está? ¿Y cómo sé que no quieres matarlo? Aquel viejo caballero que lo trajo me pidió que no le dijera a nadie dónde estaba.

—Pero yo he venido para sacarlo del castillo. Para rescatarlo, vaya.

—Sí, claro, eso es lo que dices ahora, pero...

—Escúchame bien, mala pécora, dime dónde está el mastuerzo.

—Me llamo Emma —puntualizó la lavandera.

Me senté junto al fuego y apoyé la cabeza en las manos.

—Tesoro, me he pasado la noche en plena tormenta, con una bruja y dos locos de atar. Tengo un montón de guerras que atender, así como la violación sumaria de dos princesas, que hará que un par de duques pasen a llevar más cuernos de los que llevan. Estoy desolado, triste por la pérdida de un amigo, y ese bobo baboso que es mi aprendiz se dedica sin duda a vagar por el castillo buscándose una herida mortal en el pecho. Apiádate de este pobre bufón, cielo; una conclusión más que no siga las premisas podría hacer añicos mi frágil salud mental.

—Me llamo Emma —insistió la lavandera.

—Estoy aquí mismo, Bolsillo —dijo Babas, asomándose a la gran caldera. Un montón de ropa mojada lo cubría y ocultaba su melón hueco—. Tetas me ha ocultado. Es un amor.

—Ya ves —dijo Emma—. No para de llamarme así.

—Tómatelo como un cumplido, cielo.

—Es una falta de respeto —sostuvo ella—. Me llamo Emma.

Nunca entenderé a las mujeres. Al parecer la lavandera se vestía de un modo que acentuaba, que ensalzaba claramente sus pechos (un corpiño tan apretado que se los levantaba hasta casi hacérselos salir por debajo del cuello), pero va un pobre muchacho y se fija en ellos, y ella se ofende. No lo entenderé jamás.

—Ya sabes que es un tonto rematado, ¿verdad, Emma?

—Da lo mismo.

—Bien. Babas, pídele disculpas a Emma por decir que tiene unas tetas de impresión.

—Siento lo de las tetas —dijo Babas, bajando tanto la cabeza que la pieza de ropa mojada que la cubría regresó a la caldera.

—¿Satisfecha, Emma? —le pregunté.

—Supongo que sí.

—Bien. Y ahora ¿sabes dónde puede estar el capitán Curan, el comandante de los caballeros del rey Lear?

—Sí, claro, cómo no —respondió Emma—. Edmundo y el duque me han consultado esta mañana sobre todos los aspectos militares, como tienen por costumbre, dado que yo, en tanto que lavandera, tengo acceso a las mejores tácticas y estrategias y todo eso.

—El sarcasmo hará que se te descuelguen las tetas —contraataqué yo.

—Eso no es verdad —dijo ella, levantando el brazo para sostenérselas.

—Es del dominio público —insistí yo, asintiendo con vehemencia, antes de mirar a Babas, que asentía también y que no tardó en repetir, imitando mi voz: «Es del dominio público.»

—¡Ah, qué miedo me da eso! —Emma se estremeció—. Salid los dos de mi lavandería.

—Está bien —dije yo. Le hice una seña a Babas para que abandonara la caldera—. Gracias por cuidar del bobo, Emma. Ojalá pudiera hacer algo por...

—Mata a Edmundo —soltó.

—¿Cómo dices?

—El hijo de un cantero agremiado iba a casarse conmigo antes de que yo entrara a trabajar aquí. Edmundo me poseyó en contra de mi voluntad y fue alardeando de ello por todo el pueblo. Mi hombre ya no me quiso. Y nadie que valga algo me querrá nunca, excepto el bastardo, que me hace suya cuando le place. Ha sido él quien me ha ordenado que lleve este escote tan pronunciado. Dice que si no le presto mis servicios, me arrojará a los cerdos. Mátalo por mí.

—Pero, buena mujer, yo soy sólo un bufón. Un payaso. Y muy bajito, además.

—Tú no eres sólo eso, granuja de gorro negro. He visto las dagas que llevas a la espalda, y me he fijado en quién corta el bacalao en el castillo, y no son ni el duque ni el viejo rey. Mata a ese bastardo.

—Edmundo me dio una paliza a mí —terció Babas—. Y ella tiene unas tetas de impresión.

—¡Babas!

—Es la verdad.

—Está bien. En ese caso... —dije, tomando a la lavandera de la mano—. Pero cada cosa a su tiempo. Antes tengo asuntos que atender. —Me incliné sobre su mano, la besé, me di la media vuelta y, descalzo, abandoné la lavandería dispuesto a hacer historia.

—La jodienda, heroica —le susurró Babas a Emma, guiñándole un ojo.

Oculté a mi aprendiz en la puerta fortificada, entre las pesadas cadenas que había usado para escalar cuando fui tras Lear y me adentré en la tormenta. Lograr que el inútil subiera por la muralla y se encaramara a lo alto de la puerta sin ser visto no fue tarea fácil, pues fue dejando una estela de babas sobre las piedras hasta que alcanzamos el exterior del castillo, pero, afortunadamente, con la tormenta la guardia no era demasiado estricta, por lo que durante casi todo el trayecto avanzamos por lo alto de las murallas sin que nadie nos descubriera.

Cuando regresé junto a un fuego tenía los pies helados, pero no existía ninguna otra vía de escape. La compañía de Babas en el espacio reducido del túnel, con su miedo a la oscuridad, era algo que no le deseaba ni a mi peor enemigo. Encontré una manta de lana y cubrí con ella al bobo, pidiéndole que me esperara sin moverse de allí.

—Cuida de mis zapatos y de mi zurrón, Babas.

Seguí mi camino, sujetándome en grietas y ranuras, pasé por la cocina y, a través de la entrada del servicio llegué al gran salón, con la esperanza de encontrar allí a Regan y de poder intercambiar unas palabras con ella. La gran chimenea de la estancia debía de ser un buen reclamo para la princesa en un día tan gélido, pues, por más que se entregara a actividades que se desarrollaban en las mazmorras, le gustaba el calor más que a los gatos.

Como el castillo de Gloucester no contaba con muralla en todo su perímetro, había aspilleras incluso en aquel gran aposento, para que el edificio quedara defendido desde todos los niveles ante un ataque por el agua. Aquellas aspilleras, aunque cubiertas por celosías, dejaban pasar mucho aire, de modo que, para proteger la estancia del viento, frente a las alcobas colgaban gruesos tapices. Aquéllos eran los lugares más propicios para que un bufón se ocultara a escuchar, a calentarse y a esperar su momento.

Me colé en el gran salón detrás de un grupito de sirvientas, y me metí en la alcoba contigua a la chimenea. Y, en efecto, ahí estaba ella, junto al fuego, arrebujada bajo una gruesa capa de pieles con capucha, mostrando al mundo sólo el rostro.

Aparté el tapiz y estaba a punto de llamarla cuando los cerrojos del portón principal se descorrieron y entró el duque de Cornualles, ataviado con sus delicados ropajes de costumbre, incluido el emblema del león que lucía en la pechera. Con todo, lo que más llamaba la atención era que llevaba puesta la corona de Lear, la que el anciano había arrojado sobre la mesa aquella noche fatídica en la Torre Blanca. Incluso Regan pareció sorprenderse al ver coronada la testa de su esposo.

—Señor, ¿consideráis prudente que os toquéis con la corona de Bretaña mientras mi hermana permanece en el castillo?

—Tenéis razón, debemos guardar las apariencias, como si no supiéramos que Albany prepara un ejército contra nosotros. —Cornualles se quitó la corona y la ocultó bajo un cojín, junto al fuego—. Debo encontrarme aquí con Edmundo y urdir un plan para causar el fatal desenlace del duque. Espero que a vuestra hermana pueda evitársele todo daño.

Regan se encogió de hombros.

—Si ella misma se arroja bajo las pezuñas del destino, ¿quiénes somos nosotros para evitar que le revienten los sesos?

Cornualles la estrechó entre sus brazos y la besó apasionadamente.

«Oh, señora —pensé yo—, apartadlo de vos, no vaya a embrutecer vuestros hermosos labios de villanía.» Pero entonces se me ocurrió, tal vez más tarde de lo debido, que a ella ya no le llegaba el sabor de la maldad, lo mismo que quien come ajo no nota el aliento de otros que también lo han comido. Aquella dama ya exudaba mal por todos sus poros.

Sin esperar a que el duque la soltara, ella le dio la espalda y se limpió la boca con la manga del vestido. Y cuando Edmundo entró en el salón, apartó a su esposo.

—Señor —dijo el bastardo, aunque saludando sólo a Regan—. Debemos posponer nuestros planes. Leed esta carta.

El duque le cogió el pergamino.

—¿Qué? —preguntó Regan, impaciente—. ¿Qué sucede? ¿Qué sucede?

—Francia ha enviado un ejército. Sabe del malestar que impera entre nosotros y Albany, y cuenta con tropas ocultas en ciudades costeras de toda Bretaña.

Regan le arrebató el pergamino a Cornualles y lo leyó.

—Esto va dirigido a Gloucester.

Edmundo le hizo una reverencia y compuso un gesto de falsa contrición.

—Así es, señora. Lo encontré en su armario y lo he traído apenas he tenido conocimiento de su contenido.

—¡Guardia! —llamó Cornualles. Los grandes portones se abrieron y un soldado asomó la cabeza—. Tráeme al conde de Gloucester. No tengas la menor consideración con él por mor de su título. Es un traidor.

Yo traté de encontrar una salida alternativa hacia la cocina, para ver si encontraba a Gloucester y lograba advertirlo de la traición del bastardo, pero Edmundo se hallaba frente a la alcoba en la que me ocultaba, y yo no tenía modo de salir de ella sin ser visto. Entreabrí la celosía de la aspillera y constaté que, aunque hubiera logrado pasar por ella, la caída hasta el lago era vertical, de modo que volví a dejar la celosía donde estaba y pasé el cerrojo.

Los portones del gran salón volvieron a abrirse, y yo regresé al espacio que quedaba entre el muro y el tapiz, desde donde observé que Goneril hacía su aparición, seguida de dos soldados que sujetaban a Gloucester por los brazos. El conde parecía haber abandonado ya toda esperanza, y colgaba de los soldados como un hombre ahogado.

—Que lo ahorquen —ordenó Regan, volviéndose para calentarse las manos en el fuego.

—¿Qué es todo esto? —preguntó Goneril.

Cornualles le entregó la carta y desde atrás la observó mientras la leía.

—Arrancadle los ojos —añadió, sin molestarse siquiera en mirar a Gloucester.

Cornualles le quitó la misiva con delicadeza y le apoyó la mano en el hombro, con gesto fraternal.

—Dejadnos a nosotros el mal trago, hermana. Edmundo, haced compañía a nuestra hermana, y velad por que llegue a casa sana y salva. Señora, informad a vuestro duque que debe unirse a nosotros en contra del ejército extranjero. Nos enviaremos despachos de inmediato. Y ahora, id, conde de Gloucester, es mejor que no veáis los tratos que cerramos con este traidor.

Edmundo no pudo disimular la sonrisa al oír que se dirigían a él empleando el título que había anhelado durante tantos años.

—Así lo haré —dijo Edmundo, ofreciéndole el brazo a Goneril, que lo aceptó. Y de ese modo, juntos, se encaminaron hacia la puerta.

—¡No! —exclamó Regan.

Todo el mundo se detuvo. Cornualles se interpuso entre Regan y su hermana.

—Señora, es hora de que estemos todos unidos en contra de las fuerzas invasoras.

Regan rechinó los dientes y regresó junto al fuego, haciendo un gesto con la mano para despacharlos.

—Id.

Edmundo y Goneril abandonaron el gran salón.

—Atadlo a esa silla, y luego dejadnos solos —ordenó Cornualles a los soldados.

Ellos así lo hicieron, antes de retirarse.

—Sois mis huéspedes —dijo Gloucester—. No juguéis sucio conmigo.

—Traidor repugnante —le espetó Regan, que le arrebató la carta a su esposo y la arrojó a la cara del anciano. Acto seguido, le retorció unos pelos de la barba y se los arrancó. El conde no pudo reprimir un grito de dolor—. Tan blanco y tan traidor.

—No soy traidor. Soy leal al rey.

Ella le arrancó otro mechón de la barba.

—¿Qué otras cartas habéis recibido últimamente de Francia? ¿Cuál es su plan?

Gloucester miró el pergamino que había terminado en el suelo.

—Sólo tengo ésa.

Cornualles se abalanzó sobre Gloucester y le echó la cabeza hacia atrás tirándole del pelo.

—Hablad ahora, ¿en qué manos habéis puesto al rey demente? Sabemos que le habéis enviado ayuda.

—A Dover. Lo he enviado a Dover. Hace apenas unas horas.

—¿Y por qué a Dover? —preguntó Regan.

—Porque no pienso consentir que le arranquéis los ojos seniles con vuestras crueles uñas, ni que vuestra hermana le arranque la piel con sus garras de jabalí. Porque ahí hay personas dispuestas a cuidar de él, y no a echarlo en plena tormenta.

—Miente —dijo Regan—. Hay una cámara de tortura magnífica en las mazmorras. ¿Vamos?

Pero Cornualles no esperó más. En un segundo se encontraba ya sentado a horcajadas sobre el viejo, metiéndole el pulgar en un ojo. Gloucester gritó hasta que se le quebró la voz, instante en que se escuchó una especie de chasquido.

Yo me llevé la mano a una de mis dagas.

La puerta principal se entreabrió y, desde la escalera de la cocina asomaron varias cabezas.

—¿Por qué a Dover? —insistió Regan.

—Ave carroñera —balbució Gloucester entre toses—. Arpía malvada, no pienso decíroslo.

—En ese caso no veréis la luz del nuevo día —dijo Cornualles, que volvió a abalanzarse sobre el anciano.

Yo ya no aguantaba más. Alcé el puñal para lanzarlo, pero antes de poder hacerlo, una mano que parecía de hielo me rodeó la muñeca, y al volverme vi a la muchacha fantasma junto a mí, deteniendo mi acción, paralizándome de hecho. Sólo podía mover los ojos, y con ellos contemplaba la espantosa escena que se desarrollaba en el gran salón.

De pronto, un niño que blandía un gran cuchillo salió corriendo desde la escalera de la cocina y se abalanzó sobre el duque. Cornualles se incorporó y trató de desenvainar su espada, pero no logró sacarla antes de que el muchacho se le viniera encima y le clavara el cuchillo en el costado. Cuando el pequeño se retiraba para clavárselo de nuevo, Regan se sacó un puñal de la manga y lo hundió en el cuello del niño, antes de apartarse para que el chorro de sangre no le manchara el vestido. Su víctima se llevó la mano a la garganta y cayó al suelo.

—¡Fuera! —gritó Regan, blandiendo el arma ante los sirvientes, que se agazapaban entre la escalera de la cocina y los portones. Y todos huyeron despavoridos, como ratones asustados.

Cornualles se puso en pie, tambaleante, y hundió la espada en el corazón del muchacho. Una vez lo hubo hecho, la envainó y se palpó el costado. La mano, al retirarla, estaba ensangrentada.

—Os está bien merecido, alimaña inmunda —dijo Gloucester.

Apenas el anciano pronunció aquellas palabras, Cornualles volvió a abalanzarse sobre él.

—Fuera tú también, gelatina putrefacta —exclamó, hincándole el dedo en el ojo que le quedaba al conde. Pero Regan acudió en su ayuda y se lo arrancó con la daga.

—No os molestéis, señor.

Gloucester se desmayó de dolor, y quedó inerte. Cornualles se levantó y le propinó un puntapié en el pecho, haciéndolo caer de espaldas. El duque observó entonces a Regan con expresión arrobada y los ojos llenos del amor y el afecto que, claro está, sólo se siente cuando tu esposa le arranca un ojo a alguien en tu nombre.

—¿Y vuestra herida? —preguntó Regan.

Cornualles extendió un brazo hacia su esposa, y ésta lo abrazó.

—Me ha atravesado las costillas. Sangraré un poco, y duele, pero si me vendo, no será mortal.

—Pues qué lástima —comentó Regan, antes de clavarle la daga en el esternón y mantenerla ahí mientras la sangre le cubría la mano blanca como la nieve.

El duque pareció algo sorprendido.

—Cabrona —enunció al fin, antes de desplomarse.

Regan limpió la daga en su túnica, que también usó para secarse las manos. Volvió a esconderse el arma bajo la manga y se acercó al cojín tras el que Cornualles había ocultado la corona de su padre. Se retiró la capucha y se la puso.

—Y bien, Bolsillo —dijo la duquesa, sin volverse siquiera en dirección a la alcoba en la que yo seguía agazapado—. ¿Cómo me queda?

A mí también me sorprendió un poco (aunque menos que al duque).

El fantasma me soltó entonces, y yo permanecí tras el tapiz, con mi puñal aún en posición de lanzamiento.

—Terminará por caberos, gatita —respondí.

Ella miró hacia mi alcoba y sonrió.

—¿Verdad que sí? Por cierto, ¿querías algo?

—Que sueltes al viejo. El rey Jeff de Francia ha desembarcado en Dover con su ejército, por eso Gloucester envía ahí a Lear. Vos haríais bien en montar vuestro campamento más al sur. Unid vuestras fuerzas con las de Edmundo y las de Albany en la Torre Blanca, tal vez.

Los grandes portones chirriaron y asomó la cabeza de un soldado con el casco puesto.

—Enviad un médico —gritó Regan, fingiendo apremio—. Han herido a mi señor. Arrojad a este atacante al estercolero, y echad a este traidor por la puerta. Que se guíe por el olfato si quiere llegar a Dover a reunirse con su decrépito rey.

Al instante la estancia se llenó de soldados y criados, y Regan la abandonó, dirigiendo una última sonrisa pícara en dirección a mi escondite. Aún hoy no sé por qué me dejó vivir. Sospecho que porque todavía le gustaba.

Me metí disimuladamente en la cocina, y desde ahí regresé a la torre fortificada.

El fantasma se encontraba inclinado sobre Babas, que en un rincón, asustado, se cubría con una manta.

—Venga, bruto encantador, vamos a darnos un revolcón.

—Déjalo en paz, espectro —intervine yo, aunque su apariencia era casi tan corpórea como la de cualquier mortal.

—Te he jodido el asesinato del día, ¿verdad, bufón?

—Podría haberle salvado el segundo ojo al viejo.

—No lo habrías hecho.

—Podría haber hecho que Regan se reuniera con su duque en el infierno en el que habita.

—No, no lo habrías hecho. —Y entonces levantó un dedo fantasmagórico, carraspeó y pronunció la siguiente rima—:

Si una segunda hermana
con su desprecio infame
falsedades proclama
que nublan la visión
y contra su familia
la pequeña villana
destruye las cadenas
y rompe el eslabón,
un loco habrá de alzarse

contra la casquivana
para guiar sin falta
al cegatón.

—Ésa la has recitado ya.

—Lo sé, pero me anticipé más de la cuenta. Lo siento. Creo que ahora tendrá bastante más significado para ti. En este momento, hasta un majadero como tú podría resolver el enigma, digo yo.

—Otra opción sería que me explicaras tú lo que quieres decir, coño —dije yo.

—Lo siento, pero eso no puedo hacerlo. Es por lo del misterio de los fantasmas y demás. De nada.

Y, dicho esto, traspasó el muro de piedra y desapareció.

—No me he cepillado a la fantasma, Bolsillo —balbució Babas—. No me la he cepillado.

—Ya lo sé, muchacho. Ya se ha ido. Levántate, que tenemos que bajar las cadenas del puente levadizo y encontrar al conde ciego.

19

Un loco habrá de alzarse

Gloucester vagaba por los alrededores del castillo, poco más allá del puente levadizo, y estaba a punto de precipitarse al foso. La tormenta seguía arreciando, y la maldita lluvia se le metía en las órbitas oculares y desde ahí descendía en cascadas por su rostro.

Babas agarró al viejo por la capa y lo levantó como si fuera un gatito. Gloucester forcejeó, y agitó las manos, horrorizado, como si quien lo elevara por los aires fuera un ave de presa, y no una enorme bestia humana.

—Ya está, ya está —dijo Babas, tratando de calmar al conde como quien calmara a un caballo asustado—. Ya te tengo.

—Aléjalo del borde y bájalo —le ordené yo—. Gloucester, señor, soy Bolsillo, el bufón del rey. Vamos a llevaros a cubierto y a vendaros las heridas. El rey Lear también estará ahí. Agarraos de la mano de Babas.

—Alejaos —dijo el conde—. Vuestras atenciones son vanas. Estoy perdido. Mis hijos son unos bribones, y mis tierras están empeñadas. Dejad que me caiga al foso y me ahogue.

—Pues muy bien —dijo Babas, soltando al anciano y señalando el foso—. Adelante, señor.

—¡Sujétalo, Babas, cabeza hueca!

—Pero si me ha dicho que lo deje, que quiere ahogarse, y es conde y tiene castillo y todo eso. Y tú sólo eres bufón, Bolsillo, así que yo voy a hacer lo que él me diga.

Di unos pasos al frente, sujeté a Gloucester y lo aparté del borde del foso.

—Éste ya no es conde, muchacho. No tiene más que la capa que lleva para protegerse de la lluvia, como nosotros.

—¿No tiene nada? —se asombró Babas—. Entonces puedo enseñarle malabarismos, y así al menos podrá ser bufón.

—Mejor lo llevamos al cobertizo y nos aseguramos antes de que se desangre hasta morir, y luego ya le darás clases de bufón.

—Vamos a hacer un payaso de ti —le comunicó Babas, dándole unas palmaditas en la espalda—. Será la hostia, ¿verdad, señor?

—Ahógame —dijo Gloucester.

—Ser bufón es muchísimo mejor que ser conde —insistió Babas, alegre en exceso para estar dirigiéndose a alguien al que acababan de arrancarle los ojos y que se encontraba perdido en medio de una tormenta—. Castillo no te dan, pero haces reír a la gente, y la gente te da manzanas y, a veces, alguna fulana, o alguna oveja, pasa un buen rato contigo. Es la rehostia, de verdad.

Me detuve y observé a mi aprendiz.

—¿Tú has pasado buenos ratos con alguna oveja?

Babas alzó la vista al cielo encapotado y los entornó.

—No... Yo... Y a veces nos dan pastel, cuando Burbuja lo prepara. Burbuja te va a caer bien, es genial.

A partir de ese instante, Gloucester pareció perder la poca voluntad que le quedaba, y me permitió llevarlo por la ciudad amurallada a paso muy lento. Al pasar junto a un edificio alargado, cubierto a medias por listones de madera, que me pareció que sería un barracón del ejército, alguien me llamó a voces. Al volverme vi a Curan, que se encontraba de pie bajo un toldo. El capitán del rey Lear nos hizo una seña, y nosotros nos apretamos mucho a la pared, tratando de escapar de la lluvia.

—¿Es éste el conde de Gloucester? —me preguntó.

—Así es —respondí yo, y pasé a relatarle lo que había sucedido en el castillo y en el monte desde la última vez que nos habíamos visto.

—Por la sangre de Cristo, dos guerras. Cornualles muerto. ¿Quién gobierna ahora sobre nuestro ejército?

—La señora —dije yo—. Manteneos fieles a Regan. El plan sigue como antes.

—No es así. Ni siquiera sabemos quién es su enemigo, si Albany o Francia.

—Sí, pero vuestra acción debe ser la misma.

—Pagaría un mes de mi soldada para hallarme tras la espada que abata a ese bastardo de Edmundo.

Al oír el nombre de su hijo, Gloucester empezó a mascullar de nuevo.

—¡Ahogadme! No quiero sufrir más. Dadme vuestra espada, que saltaré sobre ella para poner fin a mi vergüenza y a mi pena.

—Perdón —me disculpé ante Curan—. Desde que le han arrancado los ojos está quejica, llorón y un poco moñas.

—Tal vez deberías vendarlo. Tráelo. Cazador sigue con nosotros, y usa como nadie el hierro de cauterizar.

—¡Dejadme poner fin a mi sufrimiento! —suplicó Gloucester, lastimero—. Ya no puedo soportar por más tiempo las hondas y las flechas...

—Gloucester, mi señor, ¿seríais tan amable, y os lo pido por las pelotas chamuscadas de san Jorge, de callaros un poquito la boca, por favor?

—Ahí habéis estado un poco duro, ¿no? —opinó Curan.

—Pero si se lo he pedido por favor.

—Aun así...

—Lo siento, Gloucester, amigo. Qué sombrero tan bonito lleváis.

—Pero si no lleva sombrero.

—Pero es ciego, ¿a que sí? Si tú no hubieras dicho nada, tal vez habría estado tan contento con su maldito sombrero, ¿no?

El conde empezó a lamentarse de nuevo.

—¡Mis hijos son unos villanos y yo no tengo sombrero!

Abrió la boca para proseguir, pero Babas se la cubrió con su gran zarpa.

—Gracias, muchacho. Curan, ¿tienes algo de comida?

—Sí, Bolsillo, podemos entregarte tanto pan y tanto queso como te veas capaz de transportar, y uno de los hombres logrará distraer alguna botella de vino, supongo. Su excelencia ha sido de lo más generoso pagándonos la soldada —dijo Curan, refiriéndose a Gloucester, que ya forcejeaba para librarse del abrazo de Babas.

—¡Oh, Curan, otra vez no! Ya has vuelto a ponerlo en marcha. Debemos reunirnos con Lear y dirigirnos a Dover.

—Ah, la cosa es en Dover, entonces. ¿Os encontraréis con el rey de Francia?

—Con Jeff, sí, con el franchute ese roba-mujeres de nombre simiesco.

—Se nota que te cae bien.

—Vete a la mierda, capitán. Tú ocúpate de que no nos dé alcance el ejército que Regan pueda enviar tras de nosotros. No os amotinéis. Es mejor que, para llegar a Dover, os dirijáis primero al este, y luego al sur. Yo, por mi parte, conduciré a Lear primero hacia el sur, y luego hacia el este.

—Déjame ir contigo, Bolsillo. Al rey le hace falta más protección de la que pueden brindarle dos bufones y un ciego.

—Cayo, el viejo caballero, se encuentra junto al rey. Tú lo servirás mejor si secundas su plan desde aquí.

Aquello no era estrictamente cierto, pero ¿habría cumplido con su deber de haber sabido que su comandante era un loco? Creo que no.

—De acuerdo entonces. Iré a por vuestros alimentos —dijo Curan.

Cuando llegamos al cobertizo, encontramos a Tom McNicomio en el exterior, desnudo, bajo la lluvia, ladrando.

—Ese tipo que ladra está desnudo —observó Babas— que

con sus palabras, y por una vez, no rendía culto a san Obvio, dado que íbamos acompañados de un hombre privado de visión.

—Así es, pero la cuestión es saber si está desnudo porque ladra, o si ladra porque está desnudo —planteé yo.

—Tengo hambre —dijo Babas, superado mentalmente por el acertijo.

—El pobre Tom tiene frío y está maldito —dijo Tom entre dos ladridos, y por primera vez, al verlo ahí, a plena luz del día, y casi limpio, me impresionó. Sin su capa de lodo, Tom me sonaba de algo. Me sonaba mucho. Tom McNicomio era, de hecho, el mismísimo Edgar de Gloucester, el hijo legítimo del conde.

—Tom, ¿por qué has abandonado el cobertizo?

—Pobre Tom, ese viejo caballero, Cayo, le ha dicho que debía plantarse bajo la lluvia hasta que estuviera limpio y dejara de apestar.

—¿Y también te ha pedido que ladres y que hables en tercera persona?

—No, eso ha sido idea mía.

—Entra, Tom, y ayuda a Babas a acomodar a este pobre hombre.

Tom se fijó en Gloucester por primera vez, y al verlo abrió mucho los ojos y se arrodilló.

—Por la crueldad de los dioses —dijo—. Está ciego.

Le apoyé una mano en el hombro y le susurré:

—Daos prisa, Edgar, vuestro padre necesita vuestra ayuda.

En ese instante, una luz iluminó sus ojos, como si una chispa de cordura regresara a él. Asintiendo, se puso en pie y tomó al conde de la mano. «Un loco habrá de alzarse..., para guiar sin falta al cegatón.»

—Venid, mi buen señor —dijo Edgar—. Tom está loco, pero no tanto como para no ayudar a un desconocido que sufre.

—¡Dejadme morir! —exclamó el conde, tratando de apartar a Edgar—. Dadme una soga para apretarme el pescuezo con ella hasta quedar sin aliento.

—Últimamente le ha dado por ahí —le comenté yo.

Abrí la puerta, esperando encontrar a Lear en el interior del cobertizo, pero lo hallé vacío, y el fuego reducido a rescoldos.

—Tom, ¿dónde está el rey?

—Su caballero y él han partido hacia Dover.

—¿Sin mí?

—El rey estaba impaciente por regresar a la tormenta. Ha sido el caballero el que me ha pedido que te informe de que se dirigían a Dover.

—Meted dentro al conde, por aquí. —Me aparté para dejar que Edgar condujera a su padre al interior del cobertizo—. Babas, echa más leña al fuego. Nos quedaremos sólo hasta que hayamos comido y estemos secos. Debemos partir a unirnos con el rey.

Babas se agachó para pasar por la puerta y descubrió a Jones sentado sobre un banco, junto al fuego, en el mismo lugar en el que yo lo había dejado.

—¡Jones, amigo! —lo saludó el mastuerzo, levantando el títere de palo y abrazándose a él.

Babas siempre ha tenido algunas dudas sobre el arte de la ventriloquia, y aunque yo le he explicado que Jones sólo habla a través de mí, ha desarrollado cierto apego al títere.

—Hola, Babas, bufón enorme, cabeza de serrín. Bájame y enciende el fuego —dijo Jones.

Babas se metió el títere en el cinto, y empezó a cortar ramas con un hacha pequeña, junto al fuego, mientras yo partía el pan y el queso que Curan nos había entregado. Edgar vendó lo mejor que pudo los ojos de su padre, y el anciano se serenó un poco, lo bastante como para aceptar un pedazo de queso y un trago de vino. Por desgracia, el alcohol, sumado a la sangre que había perdido, llevó al conde de sus lamentos inconsolables a una melancolía negra, desgarradora.

—Mi esposa murió creyéndome un putero, mi padre me consideró condenado por no seguir la senda de su fe, y mis hijos son unos villanos. Creía que tal vez Edmundo, para variar y redimir su bastardía, pudiera ser bueno y sincero, que acudiría a luchar contra el infiel en la Cruzada, pero es aún más traidor que su hermano legítimo.

—Edgar no es ningún traidor —le dije al anciano. Y, apenas hube pronunciado aquellas palabras, Edgar se llevó el índice a los labios conminándome a no añadir nada más. Yo asentí para darle a entender que sabía cuáles eran sus deseos, y que no revelaría su verdadera identidad. Por mí, que siguiera siendo Tom el tiempo que le hiciera falta, pero que se pusiera unos pantalones, por Dios—. Edgar siempre fue leal con vos, señor. Su traición fue toda inventada por Edmundo, el bastardo. Y así, la maldad de vuestros dos hijos la perpetró sólo uno de ellos. Tal vez Edgar no sea la flecha más afilada de la aljaba, pero traidor no es. —Edgar arqueó una ceja, interrogándome sin palabras—. No decís mucho a favor de vuestra inteligencia si os quedáis ahí desnudo, cuando tenéis cerca un fuego encendido, y mantas que podéis convertir en ropas de abrigo —observé yo.

El hijo del conde se puso en pie, dejó solo a su padre y se arrimó a la hoguera.

—En ese caso he sido yo quien ha traicionado a Edgar —se lamentó Gloucester—. ¡Oh! Los dioses han decidido regarme con sus desgracias por culpa de mi corazón veleidoso. He enviado al exilio a un buen hijo y he soltado a los perros para que le den caza, y dejo sólo a los gusanos como herederos de mi única posesión: este cuerpo ajado y ciego. ¡Oh!, no somos más que blandos sacos de mortalidad, que giran en un cubo de aciagas circunstancias, goteando vida hasta que, fláccidos, sucumbimos a nuestra desesperación.

El anciano empezó a agitar los brazos, azotándose a sí mismo con frenesí, y quitándose sin querer las vendas. Babas se acercó a él y le sujetó las manos con fuerza.

—Ya está, ya está, señor —dijo Babas—. Vos casi no goteáis nada.

—No impidáis que esta casa quede en ruinas, que se pudra en el frío eterno de la muerte. Dejad que me desprenda de este atavío mortal; mis hijos traicionados, mi rey destronado, mis posesiones requisadas. Dejadme poner fin a esta tortura.

Lo cierto es que los argumentos que daba eran muy buenos.

Y entonces el conde agarró a Jones y lo sacó del cinto de Babas.

—Dadme vuestra espada, buen caballero.

Edgar quiso abalanzarse sobre su padre para detenerlo, pero yo lo agarré del brazo, y con un movimiento de cabeza impedí que Babas intercediera.

El anciano se puso en pie, se llevó el palo del títere a las costillas y se arrojó con fuerza sobre el suelo de tierra. Expulsó todo el aire, y gimió de dolor. Yo había puesto mi vaso de vino junto al fuego, para que se calentara, y arrojé su contenido al pecho del conde.

—Soy hombre muerto —balbució Gloucester, casi sin aire—. La vida escapa de mis venas. Enterrad mi cuerpo sobre la colina desde la que se divisa el castillo. Y pedid perdón en mi nombre a mi hijo Edgar. He sido injusto con él.

Edgar trató una vez más de acudir junto a su padre, y yo volví a impedírselo. Babas se cubría la boca, haciendo esfuerzos por no reírse.

—Me enfrío, me enfrío, pero al menos me llevo a la tumba mis malas obras.

—No sé si lo sabéis, señor —intervine yo—. Pero el mal que los hombres hacen les sobrevive, y el bien, a menudo, sí queda enterrado junto a sus huesos. O eso dicen.

—Edgar, hijo mío, estés donde estés, perdóname, perdóname. —El anciano se revolcó en el suelo, y pareció sorprenderse algo cuando constató que la espada en la que creía que se había ensartado, caía a su lado—. ¡Lear! Perdonadme por no haberos servido mejor.

—¡Mirad eso! —dije yo—. Pero si se ve cómo el alma negra abandona su cuerpo.

—¿Dónde? —preguntó Babas.

Me llevé un dedo a los labios para silenciar al bobo.

—¡Ah, grandes aves carroñeras ya hacen picadillo el alma del pobre Gloucester! ¡Oh, la venganza del destino se cierne sobre él, y sufre!

—¡Sufro! —dijo Gloucester.

—¡Se dirige a las profundidades más tenebrosas del Hades! ¡Para no despertar jamás!

—Desciendo al abismo. Ajeno para siempre a la luz y el calor.

—¡Ah! ¡Se lo lleva la muerte fría y solitaria! —abundé yo—. En vida fue un cabrón de mucho cuidado, o sea que es probable que ahora le den por el culo un billón de demonios de pollas espinosas.

—La muerte fría y solitaria me posee —dijo el conde.

—No, no os posee —rectifiqué yo.

—¿Qué?

—Que no estáis muerto.

—Pero lo estaré pronto. Me he arrojado contra esta espada cruel, y la vida, húmeda y pegajosa, se escurre entre mis dedos.

—Os habéis arrojado contra un títere.

—No es cierto. Es una espada. Se la he quitado a un soldado.

—Le habéis quitado el títere a mi aprendiz. Os habéis arrojado contra un títere.

—Qué capullo eres, Bolsillo. No eres de fiar, y te burlarías de un hombre hasta en sus últimos estertores. ¿Dónde está ese hombre desnudo que me ayudaba hace un momento?

—Así es, os habéis arrojado contra un títere —corroboró Edgar.

—¿Entonces no estoy muerto?

—Exacto —insistí yo.

—¿Me he arrojado contra un títere?

—Llevo un buen rato diciéndooslo.

—Eres un enano malvado, Bolsillo.

—Y decid, señor, ¿cómo os sentís ahora que habéis regresado de entre los muertos?

El viejo se puso en pie, se llevó los dedos al pecho y luego a los labios. Notó el sabor del vino.

—Mejor —dijo.

—Muy bien, en ese caso, permitidme que os anuncie la presencia de Edgar de Gloucester, el hasta hace un momento loco desnudo, que os acompañará a vos y a vuestro rey hasta Dover.

—Hola, padre —dijo Edgar.

Se abrazaron. Hubo llantos y súplicas de perdón, y tocamientos filiales, y en general, todo el asunto tuvo algo de nauseabundo. Y se produjo un momento de llanto silencioso entre los dos hombres, antes de que el conde reanudara sus lamentos.

—¡Oh, Edgar! He sido injusto contigo, y ni siquiera tu perdón servirá para deshacer mi mala acción.

—¡Joder, ya basta! —dije yo—. Ven, Babas, vamos a ver si encontramos al rey y nos vamos a Dover, a reunirnos con ese maldito gabacho.

—La tormenta todavía arrecia —observó Edgar.

—Llevo varios días vagando bajo la lluvia —dije—. Estoy tan mojado y tengo tanto frío que ya no puedo estar peor, y sin duda en cualquier momento me aparecerán las fiebres, e inundarán mi cuerpecillo delicado de calor, pero por Safo comefelpudos, no pienso pasar ni un minuto más escuchando a un ciego chalado lamentarse por sus fechorías cuando tengo un montón de cosas que hacer. *Carpe diem*, Edgar, *carpe diem*.

—¿Y eso qué es? ¿El pescado del día? —preguntó el heredero legítimo del condado de Gloucester.

—Sí, exacto, si os parece invoco al maldito pescado del día, imbécil. Me caíais mejor cuando comíais renacuajos y veíais demonios y demás. Babas, déjales la mitad de la comida y abrígate tanto como puedas. Nosotros nos vamos en busca del rey. Ya nos veremos en Dover.

ACTO IV

Somos para los dioses como las moscas para los niños traviesos: nos matan para su diversión.

SHAKESPEARE,
El rey Lear, acto IV, escena I (Gloucester)

20

Qué cosita tan bonita

Babas y yo avanzamos durante un día entero bajo la lluvia, subiendo montes y descendiendo a valles, recorriendo páramos desiertos y caminos que eran poco más que roderas embarradas. Mi aprendiz presentaba un aspecto saludable, lo que constituía cierta proeza teniendo en cuenta las penalidades de las que acababa de escapar. Pero la alegría de espíritu es la bendición del idiota. Al pobre le dio por cantar y pisar los charcos durante el trayecto, y se mostraba encantado en todo momento. A mí, por el contrario, mi ingenio y mi conciencia me suponían una carga, y consideraba que el gesto adusto y el gruñido encajaban mejor con mi estado de ánimo. Lamentaba no haber robado unos caballos, no haber adquirido pieles enceradas, no haberme hecho con un kit para encender fuegos, y no haber asesinado a Edmundo antes de partir. Esto último, entre otras razones, porque, a causa de las palizas que el bastardo le había propinado a Babas, éste no podía montarme a caballito, pues aún tenía la espalda en carne viva.

Bastardo.

Creo que es momento de admitir que, tras algunos días expuesto a los elementos, los primeros que pasaba desde que iba de pueblo en pueblo a las órdenes de Belette, junto con la troupe de titiriteros, hacía ya muchos años, me había convencido de que yo soy un bufón de interior. Mi cuerpo esbelto no resiste bien el frío, ni parece responder mejor bajo el agua de lluvia. Me temo que resulto demasiado absorbente para ser un bufón de exterior. Mi voz cantarina se vuelve ronca con el frío, mis chanzas y bromas pierden su sutileza cuando se pronuncian contra el viento, y cuando el frío gélido me entumece los músculos, ni siquiera soy capaz de unos juegos malabares mínimamente dignos. No estoy hecho para la tempestad, la tormenta va en mi contra... A mí dadme una chimenea y un colchón de plumas. ¡Oh, vino tibio, corazón templado, fulana caliente!, ¿dónde estáis? ¡Qué frío tienes, pobre Bolsillo, que pareces una rata helada!

Avanzamos a oscuras durante millas hasta que el viento nos trajo un aroma de carne ahumada, y a lo lejos divisamos la luz rojiza de una ventana cubierta con pergamino encerado.

—Mira, Bolsillo, una casa —dijo Babas—. Podemos sentarnos junto al fuego y tal vez comer caliente.

—No tenemos dinero, ni nada con que pagar.

—Podemos pagar con una gracia, como hemos hecho otras veces.

—No se me ocurre nada gracioso que hacer, Babas. Las volteretas quedan descartadas, porque tengo los dedos tan agarrotados que no puedo ni mover el hilo que abre y cierra la boca de Jones, y estoy tan cansado que me siento incapaz de contar un cuento.

—Pues podemos pedirles algo. Tal vez sean amables.

—Eso es una patraña del tamaño de una boñiga gigante, lo sabes, ¿no?

—Tal vez lo sean —insistió el bobo—. Una vez Burbuja me dio un pastel sin que le contara nada gracioso. Me lo dio a cambio de nada, sólo porque tenía buen corazón.

—Sí, claro, claro. Contemos con su amabilidad, pero por si ésta fallara, vete preparando para aplastarles los sesos y llevarte su cena a la fuerza.

—¿Y si son muchos? ¿Tú no piensas ayudarme?

Me encogí de hombros y me señalé a mí mismo.

—Soy bajito y estoy cansado. Si me siento demasiado débil para representar un espectáculo de títeres, digo yo que eso de aplastar sesos es una tarea que, necesariamente, ha de recaer sobre ti. Busca un tronco bien gordo. Mira, ahí está la pila de leña.

—Pero yo no quiero aplastar ningún seso —dijo el necio testarudo.

—Está bien, toma, llévate una de mis dagas. —Se la alargué—. Aséstale una buena puñalada a quien lo merezca.

En ese momento la puerta se abrió y una figura flaca y arrugada apareció en el umbral, sosteniendo una lámpara.

—¿Quién anda ahí?

—Le pido disculpas, señor —balbució Babas—. Nos preguntábamos si le vendría bien una buena puñalada esta noche.

—Dame eso —le interrumpí yo, arrebatándole el arma y envainándomela a la espalda.

—Lo siento, señor, este pobre alelado bromea cuando no debe. Buscamos guarecernos de la tormenta y, tal vez, comer algo caliente. Sólo tenemos pan y un poco de queso, pero los compartiríamos con gusto a cambio de un techo.

—Somos bufones —apostilló Babas.

—Cállate, Babas, eso ya lo ve si se fija en mi atuendo y en tu mirada extraviada.

—Entra, entra, Bolsillo de Lametón de Perro —dijo la figura encorvada—. Cuidado, Babas, no te des en la cabeza con el quicio de la puerta.

—Estamos jodidos —susurré yo, empujando a Babas para que entrara antes que yo.

Las tres brujas estaban allí, Romero, Salvia y Perejil. No, no, no en el bosque de Birnam, donde residen habitualmente, donde uno podría cabalmente esperar encontrarlas, sino en una caldeada cabaña junto al camino que unía las aldeas de Capullo Mareado y Agua de Cachimba. En una casa voladora, tal vez, habría sido más normal, aunque se rumorea que a las brujas les asustan esos mecanismos.

—Creía que eras un hombre viejo, pero eres una mujer vieja —le comentó Babas a la arpía que nos había dejado entrar—. Lo siento.

—No necesitamos pruebas, gracias —me apresuré a añadir yo, temeroso de que alguna de las hechiceras deseara confirmar cuál era su sexo levantándose las faldas—. El muchacho ya ha sufrido bastante últimamente.

—Estofado —dijo Salvia, la de la verruga. Sobre el fuego colgaba una marmita pequeña.

—Ya he visto qué echáis a los estofados.

—Estofado liso y raspado —canturreó Perejil, la bruja más alta.

—Yo sí tomaré un poco, gracias —dijo Babas.

—Eso no es estofado —le advertí yo—. Lo llaman estofado porque rima con raspado, pero no lo es.

—Sí, es estofado —terció Romero—. De buey, zanahorias y demás.

—Por desgracia —añadió Salvia.

—Sin alas de murciélago, ojos de sátiro, menudillos de galápago y esas cosas.

—Tiene algo de cebolla —apostilló Perejil.

—Sí, claro. ¿Sin poderes mágicos? ¿Sin apariciones? ¿Sin maldición? ¿Aparecéis aquí, en medio de la nada, no, rectifico, en la goma de las bragas de la garrapata que le chupa el culo a la nada, y resulta que no tenéis más planes que darnos de comer a mi aprendiz y a mí, y brindarnos la ocasión de resguardarnos del frío?

—Pues sí, más o menos es eso —dijo Romero.

—¿Y por qué?

—No se nos ocurría nada que rimara con «cebolla» —aclaró Salvia.

—Así es, cuando las cebollas entraron en escena, lo de pronunciar hechizos se nos jodió del todo —abundó Perejil.

—A decir verdad, «buey» también nos puso un poco contra las cuerdas, ¿verdad? —se sinceró Romero.

—«Grey», supongo —aventuró Salvia, alzando la vista al

cielo con su único ojo bueno—. Y «Hey», supongo, aunque estrictamente hablando, con ésa no se hace una rima.

—Exacto —coincidió Perejil—. Mejor no pensar en qué clase de aparición cutre conjuraríamos si pronunciáramos así la rima. Grey, Hey. En realidad, es patético.

—Estofado, por favor —insistió Babas.

Consentí que las arpías nos alimentaran. El estofado estaba caliente, espeso, y afortunadamente exento de pedazos de anfibios y cadáveres en general. Partimos el último pedazo de pan que Curan nos había proporcionado y lo compartimos con las brujas, que sacaron una jarra de vino espeso y nos los sirvieron.

Yo me calenté tanto por fuera como por dentro, y por primera vez en lo que me parecieron días enteros, sentí secos la ropa y los zapatos.

—¿Entonces? ¿Todo va bien? —preguntó Salvia, una vez hubimos dado cuenta de un par de vasos de vino.

Yo hice recuento de las calamidades ayudándome de los dedos.

—Lear ha sido despojado de sus caballeros, sus hijas se enfrentan en una guerra civil, Francia nos ha invadido, el duque de Cornualles ha sido asesinado, al conde de Gloucester le han arrancado los ojos y está ciego, aunque se ha unido de nuevo a su hijo, que está loco de atar, las hermanas están hechizadas, y enamoradas de Edmundo, el bastardo...

—Yo me las cepillé a las dos a base de bien —añadió Babas.

—Sí, Babas se las benefició a las dos hasta que apenas se tenían en pie, y, veamos qué más..., Lear vaga por los páramos en busca del refugio de los franceses en Dover.

Habían sucedido montones de cosas.

—¿Y Lear sufre? —se interesó Perejil.

—Grandemente —le respondí yo—. No le queda nada. Ha caído desde muy alto, siendo cabeza del reino y viéndose reducido a la condición de mendigo errante. El remordimiento por acciones que cometió hace muchos años le reconcome por dentro.

—¿Y tú te compadeces de él, Bolsillo? —me preguntó Romero, la bruja verde de pezuñas de gato.

—Me libró de un amo cruel, y me llevó a vivir a su castillo. Es difícil sentir odio con el estómago lleno y una cama caliente.

—Exacto —dijo Romero—. Bebe más vino.

Vertió algo más de aquel líquido oscuro en mi vaso. Yo di un sorbo. Su sabor era fuerte, y estaba más tibio que antes.

—Tenemos un regalo para ti, Bolsillo. —Romero se sacó una bolsita de cuero de la espalda y la abrió. Contenía cuatro diminutos frascos de piedra, dos de color rojo, y otros dos negros—. Vas a necesitarlos.

—¿Qué son? —pregunté, sintiendo que empezaba a nublárseme la vista. Oía las voces de las brujas, y los ronquidos de Babas, pero todo parecía distante, como si se encontrara al otro lado de un túnel.

—Veneno —dijo la bruja.

Y eso fue lo último que oí. El cuarto desapareció entonces, y me encontré sentado en lo alto de un árbol, cerca de un río tranquilo que atravesaba un puente. El color de las hojas de los árboles indicaba que era otoño. Río abajo, una muchacha de unos dieciséis años lavaba ropa en un cubo, junto a la orilla. Se trataba de una joven muy pequeña, y la habría tomado por una niña de no haber sido por sus curvas, propias de una mujer desarrollada. La muchacha era perfectamente proporcionada, pero de una talla inferior a la de la mayoría.

La joven alzó la vista, como si hubiera oído algo. Yo miré en su misma dirección, camino abajo, y divisé una columna de soldados a caballo, encabezada por dos caballeros, seguidos tal vez por doce hombres más. Pasaron bajo el roble en el que yo me encontraba encaramado, y detuvieron sus caballos sobre el puente.

—¡Mirad eso! —exclamó el caballero más corpulento, señalando a la joven. Oí su voz como si sonara dentro de mi cabeza—. Qué cosita tan bonita.

—Hazla tuya —dijo el otro. Yo reconocí la voz al momento, y con ella, el rostro con el que se correspondía. Lear, más joven, más fuerte, mucho menos canoso, pero Lear, sin duda alguna. La misma nariz aguileña, los mismos ojos azules, cristalinos. Era él.

—No —dijo el joven—. Debemos llegar a York al atardecer. No tenemos tiempo de buscar posada.

—Ven aquí, niña —dijo Lear a voz en cuello.

La muchacha abandonó el lecho del río y se acercó al camino, manteniendo en todo momento la cabeza gacha y los ojos clavados en el suelo.

—¡Ven! —masculló Lear. La joven cruzó el puente a la carrera y se detuvo muy cerca de él.

—¿Sabes quién soy, niña?

—Un caballero, señor.

—¿Un caballero? Yo soy tu rey, niña. Soy Lear.

La muchacha, sin aliento, se hincó de rodillas en el suelo.

—Y éste es Cano, duque de York, príncipe de Gales, hijo del rey Bladud, hermano del rey Lear. Y quiere poseerte.

—No, Lear —insistió el hermano—. Esto es una locura.

La joven se echó a temblar.

—Eres hermano del rey, y puedes poseer a quien te plazca, cuando te plazca —proclamó Lear, bajándose del caballo—. Ponte de pie, niña.

La joven obedeció, aunque muy rígida, como si estuviera preparándose para recibir un puñetazo. Lear le sujetó la barbilla y la levantó.

—Eres una cosita muy bonita. Es una cosita muy bonita, Cano, y es mía. Yo te la regalo.

El hermano del rey abrió mucho los ojos, excitado, pero dijo:

—No, no tenemos tiempo...

—¡Ahora! —exclamó Lear—. ¡La poseerás ahora!

Y dicho esto, Lear agarró el vestido de la muchacha y se lo desgarró, dejando a la vista sus pechos. Cuando ella trató de cubrírselos con los brazos, él se los retiró, la levantó a peso y se puso a mascullar órdenes mientras su hermano la violaba sobre la ancha barandilla de piedra del puente. Al terminar, Cano cayó rendido entre sus piernas, pero Lear lo apartó de un manotazo, levantó a la joven por la cintura y la arrojó al río.

—¡Lávate! —le ordenó, mientras daba unas palmadas en el hombro a su hermano—. Al menos ésta ya no se te aparecerá en sueños esta noche. Todos los súbditos son propiedad del rey, y por tanto puedo decidir a quién se los ofrezco, Cano. Puedes poseer a todas las mujeres que desees, excepto a una.

Montaron en los caballos y se alejaron. Lear ni siquiera volvió la vista atrás para ver si la muchacha sabía nadar.

Yo no podía moverme, no podía gritar. Mientras duró el asalto, me sentí en todo momento como si estuviera atado al árbol. Y ahora la veía arrastrarse, desnuda, hasta la orilla, la ropa hecha trizas. Una vez en tierra, se acurrucó, hecha un ovillo, y estalló en sollozos.

De pronto me vi saltando del árbol, como una hoja llevada por un viento errante, y fui a posarme sobre el tejado de una casa de dos plantas que se alzaba en una aldea. Era día de mercado y todo el mundo había salido a la calle, e iba de carromato en carromato, de mesa en mesa, regateando el precio de carnes, verduras, vasijas y herramientas.

Una muchacha avanzaba a trompicones calle abajo, una cosita muy bonita de tal vez dieciséis años, que llevaba un recién nacido en brazos. Se detenía ante todos los tenderetes y mostraba el bebé, y todos los aldeanos le dedicaban unas vulgares carcajadas y la enviaban al tenderete de al lado.

—Es un príncipe —decía ella—. Su padre era príncipe.

—Vete de aquí, niña. Estás loca. No me extraña que nadie te quiera, furcia.

—Pero si es verdad. Es príncipe.

—Pues a mí me parece más bien un cachorro ahogado, zorra. Tendrás suerte si sobrevive una semana.

De un extremo al otro de la aldea, la muchacha recibía las burlas y las risas de todos. Una mujer, que debía de ser su madre, se apartó al verla pasar y, avergonzada, se cubrió el rostro.

Volví a flotar cuando la muchacha alcanzaba el límite de la

aldea y cruzaba el puente en el que había sido violada. Proseguía hasta llegar a un grupo de edificaciones de piedra, una de ellas con una torre rematada en un pináculo. Se trataba de una iglesia. Se acercaba a los inmensos portones y ahí dejaba al bebé, sobre el primer peldaño de la escalera. Yo reconocí aquellas puertas. Las había visto en miles de ocasiones. Aquella era la entrada a la abadía de Lametón de Perro. La joven salía corriendo, y minutos después yo vi que las puertas se abrían y que una monja ancha de hombros se inclinaba y levantaba al diminuto recién nacido, que lloriqueaba. Era la madre Basila.

De pronto me encontré de nuevo junto al río, y la muchacha, aquella cosita tan bonita, estaba de pie sobre la barandilla de piedra del puente. Tras santiguarse, se arrojó a él. Y no nadó. El agua verde la cubrió.

Era mi madre.

Al despertar, vi que las brujas formaban un corro a mi alrededor, como si yo fuera una deliciosa tarta recién sacada del horno, y ellas unas zorras impacientes por comérsela.

—De modo que eres bastardo —dijo Perejil.

—Y huérfano —añadió Salvia.

—Las dos cosas a la vez —observó Romero.

—¿Sorprendido? —me preguntó Perejil.

—Lear no es exactamente el viejecito adorable que tú creías, ¿verdad?

—Eres un bastardo real, eso es lo que eres.

Yo me atraganté un poco, reaccionando así al aliento colectivo que vertían sobre mí las brujas, y me incorporé.

—¿Por qué no apartáis un poco esos cadáveres repugnantes que tenéis por cuerpos?

—De hecho, hablando con propiedad, aquí la única cadáver es Romero —dijo Perejil, la más alta.

—Me habéis drogado, me habéis puesto esa visión espantosa en la mente.

—Te hemos drogado, es cierto. Pero tú has mirado a través de la ventana de tu pasado. Ahí no ha habido más visión que lo que sucedió.

—Has visto a tu querida madre, ¿verdad? —dijo Romero—. Cómo me alegro por ti.

—He tenido que ver cómo la violaban y la llevaban al suicidio, arpía loca.

—Debías saberlo, pequeño Bolsillo, antes de tu viaje a Dover.

—¿A Dover? Yo a Dover no voy. No me apetece lo más mínimo reunirme con Lear. —Mientras pronunciaba aquellas palabras, sentí que el miedo me descendía por la espalda como si fuera la punta de un chuzo. Sin Lear, dejaba de ser bufón. Mi vida carecía de propósito, y me quedaba sin casa. Con todo, después de lo que había hecho, yo tendría que buscarme otro medio de vida—. Puedo lograr que contraten a Babas para que are los campos y cargue balas de lana y esas cosas. Ya saldremos adelante.

—Tal vez él sí quiera seguir viaje hasta Dover.

Miré a mi aprendiz, al que creía durmiendo junto al fuego, pero al que descubrí sentado, observándome con los ojos muy abiertos, como si algo le hubiera asustado y se hubiera quedado sin palabras.

—¿No le habréis dado a él la misma poción?

—Estaba en el vino —dijo Salvia.

Me acerqué al idiota y le pasé el brazo por el hombro, o al menos hasta donde el brazo me dio.

—Babas, muchacho, eres un buen chico. —Si yo, con mi inteligencia superior y mi gran comprensión del mundo me había horrorizado al entrar en trance, ni imaginaba lo que podía estar pasándole por la cabeza a él—. ¿Qué le habéis mostrado, brujas malvadas?

—Él también ha mirado a través de la ventana de su pasado.

El gran mastuerzo me miró entonces.

—Fui criado por lobos —me dijo.

—Ahora ya no puede hacerse nada. No estés triste. Todos tenemos cosas en nuestro pasado que es mejor no recordar.

Miré a las arpías con ojos asesinos.

—No estoy triste —dijo Babas, poniéndose en pie. Debía andar agachado para no darse con la cabeza en las vigas del techo—. Mi hermano me mordisqueaba porque yo no tenía pelo, pero él no tenía manos, de modo que yo lo arrojaba contra un árbol, y él no se levantaba.

—Eres un tonto patético —le dije yo—. Pero no es culpa tuya.

—Mi madre tenía ocho tetas, pero por suerte sólo éramos siete, y a mí me tocaban dos. Era delicioso.

Lo cierto es que la experiencia no parecía resultarle traumática.

—Y dime, Babas, ¿siempre has sabido que te criaron los lobos?

—Sí. Ahora quiero salir y orinar contra un árbol, Bolsillo. ¿Quieres acompañarme?

—No, tesoro, ve tú, yo me quedaré aquí a regañar a estas ancianas. —Una vez que mi aprendiz se ausentó, volví a la carga—. No pienso seguir siendo el instrumento de vuestros planes. No sé qué políticas pretendéis poner en práctica, pero yo no seguiré participando en ellas.

Las brujas se rieron de mí al unísono, luego tosieron y finalmente Romero tomó un sorbo de vino para calmarse.

—Nada de eso, muchacho, nada tan sórdido como la política. Lo nuestro es venganza pura y dura. A nosotras la política y la sucesión nos importan un comino.

—Pero vosotras sois el mal encarnado y triplicado, ¿no es cierto? —pregunté yo, respetuoso. Los méritos hay que reconocerlos.

—Sí, lo nuestro es el mal, pero no llegamos a tanto como para meternos en política. Mejor lanzar contra las piedras el cerebro de un recién nacido que hervir en esa caldera de ordinariez y vulgaridad.

—Eso —dijo Salvia—. ¿A alguien le apetece desayunar?

Revolvía algo en la caldera, y yo supuse que se trataba de las sobras del guisado alucinógeno de la noche anterior.

—Muy bien, venganza entonces. A mí ya no me quedan ganas de más.

—¿Ni siquiera para vengarte de Edmundo, el bastardo?

¿Edmundo? Qué tormenta de sufrimiento había desencadenado sobre el mundo aquel desalmado... Y sin embargo, si no volvía a verlo más, ¿no acabaría olvidando el daño que había causado?

—Edmundo encontrará su justa recompensa —respondí, sin creer en absoluto mis palabras.

—¿Y de Lear?

Estaba enfadado con el viejo, pero ¿a qué venganza podía someterlo a esas alturas? Ya lo había perdido todo. Y yo siempre había sabido de su crueldad, pero hasta que no se había mostrado cruel conmigo, había sido ciego a ella.

—No, de Lear tampoco.

—Está bien. ¿Adónde irás? —preguntó Salvia, que metió el cucharón en el líquido humeante y lo sopló para enfriarlo.

—Llevaré a mi aprendiz a Gales. Iremos por los castillos hasta que alguien nos contrate.

—¿Y dejaréis de ver a la reina de Francia en Dover?

—¿A Cordelia? Yo creía que en Dover estaba solo Jeff, el maldito gabacho. ¿Cordelia lo acompaña?

Las brujas graznaron sus carcajadas.

—No, no, Jeff se encuentra en Borgoña. Quien dirige las fuerzas francesas en Dover es la reina Cordelia.

—¡Mierda! —dije yo.

—Te harán falta los venenos que te hemos preparado —dijo Romero—. No te desprendas de ellos en ningún momento. Seguro que se te presenta la ocasión de usarlos.

21

En los blancos acantilados

Hace años...

—Bolsillo —dijo Cordelia—. ¿Has oído hablar de una reina guerrera llamada Boudicca?

Cordelia tenía unos quince años por aquel entonces, y me había mandado llamar porque quería conversar sobre política. Yo la encontré tendida en la cama, con un gran volumen encuadernado en cuero abierto junto a ella.

—No, corderita. ¿De quién era reina?

—Pues de los britanos paganos. Era reina nuestra.

Lear había regresado hacía poco a las creencias paganas, abriendo así un nuevo mundo de aprendizaje para Cordelia.

—Ah, claro, por eso será. Como me crie en un convento, tesoro, mis conocimientos sobre paganismo son muy superficiales, aunque debo admitir que sus fiestas me encantan. Los borrachos fornicando con guirnaldas de flores en la cabeza me parecen mucho mejor que las misas de medianoche y las autoflagelaciones, aunque, claro, yo soy un bufón, un tonto.

—Bueno, pues aquí pone que dejó hechas mierda a las legiones romanas cuando nos invadieron.

—¿De veras pone eso? ¿Que las dejó «hechas mierda»?

—Estoy parafraseando. ¿Por qué crees que ya no tenemos a reinas guerreras?

—Bueno, corderita, la guerra requiere acciones rápidas y decididas.

—¿Estás diciendo que la mujer no es capaz de moverse con rápida decisión?

—No, yo no digo eso. Es capaz de moverse con rapidez y decisión, pero sólo después de haber escogido el modelito y los zapatos adecuados. Sospecho que ahí radica el punto débil de cualquier reina guerrera en potencia.

—Y una mierda —opinó Cordelia.

—Apuesto a que tu Boudicca vivió antes de que se inventara la ropa. Ésos eran tiempos fáciles para una reina guerrera. En esa época sólo tenían que recogerse las tetas y empezar a cortar cabezas. Pero ahora..., me atrevería a decir que, para cuando la mayoría de las mujeres hubieran decidido qué conjunto ponerse para las invasiones, la erosión ya habría acabado con el país.

—La mayoría de las mujeres. Pero ¿yo no?

—Claro que no, corderita. Ellas. Yo sólo me refiero a fulanas sin voluntad, como tus hermanas.

—Bolsillo, creo que quiero ser reina guerrera.

—¿Reina de qué? ¿Del zoo real de mascotas del condado de Folletilandia?

—Ya lo verás, Bolsillo. El cielo todo se oscurecerá con el humo de los fuegos de mis ejércitos, la tierra temblará bajo los cascos de sus caballos, y los reyes se arrodillarán ante las murallas de sus ciudades, con sus coronas en la mano, suplicando que acepte su rendición, para evitar que la ira de Cordelia recaiga sobre su pueblo. Pero no, yo seré misericordiosa.

—Eso está claro, no hay ni que decirlo.

—Y tú, bufón, ya no podrás comportarte tan mal como ahora.

—Miedo y temblor, cielo, eso es todo lo que obtendrás de mí. Miedo y temblor.

—Lo importante es que sigamos entendiéndonos.

—Por lo que se ve, parece que estás pensando en algo más que en conquistar un zoo de mascotas.

—Europa —aclaró la princesa, como quien proclama una verdad desnuda.

—¿Europa? —pregunté yo.

—Eso para empezar.

—Pues será mejor que no tardes en empezar, ¿no crees?

—Sí, supongo que sí —dijo Cordelia, esbozando una sonrisa tonta—. Querido Bolsillo, ¿me ayudas a escoger la ropa?

—Ya ha tomado Normandía, la Bretaña y Aquitania —dijo Edgar—. Y Bélgica se caga encima apenas oye su nombre.

—Cordelia puede ser muy pesada cuando se le mete algo en la cabeza —admití yo. Sonreí al imaginarla mascullando órdenes a las tropas, la furia y el fuego brotando de sus labios, pero siempre, a cada esquina, una risa a punto de escapar de ellos. La echaba de menos.

—¡Oh! Fui un traidor a su amor, y desgarré su dulce corazón por mi orgullo testarudo —dijo Lear, que parecía más loco y más débil que la última vez que lo había visto.

—¿Dónde está Kent? —le pregunté a Edgar, prescindiendo del anciano rey.

Babas y yo los habíamos encontrado sobre un acantilado, en Dover, dando la espalda a una gran roca de cal. Ahí estaban Gloucester, Edgar y Lear. El primero roncaba mansamente, con la cabeza apoyada en el hombro de su hijo. Desde allí se divisaba el humo del campamento francés, que se encontraba a menos de dos millas.

—Ha ido a ver a Cordelia, para pedirle que acepte a su padre en su campamento.

—¿Y por qué no habéis ido vos en persona? —le pregunté a Lear.

—Me da miedo —admitió el anciano, que ocultaba la cabeza bajo el brazo, como un pájaro que tratara de escapar, bajo su ala, de la luz del día.

Aquello no me gustaba nada. Yo lo prefería fuerte, porfiado, lleno de arrogancia y crueldad. Quería ver esas partes de él que yo sabía que se encontraban en su máximo esplendor cuando había arrojado a mi madre contra las piedras, hacía ya tantos años. Quise gritarle, humillarlo, hacerle daño en once lugares a la vez, ver cómo se arrastraba en su propia mierda, con su orgullo y sus agallas colgando tras de él, en la mugre. Pero ante aquel Lear tembloroso, ante aquella sombra de sí mismo, no había venganza que satisfacer.

Ni yo deseaba tomar parte en ella.

—Voy a dormir un rato tras esas piedras —anuncié—. Babas, mantente vigilante. Despiértame cuando regrese Kent.

—Sí, Bolsillo. —El mastuerzo se fue hasta el extremo de la roca en la que se encontraba Edgar, se sentó y miró el mar. Si nos atacaran por el agua, él estaría listo en un periquete.

Yo me tumbé y dormí tal vez una hora, hasta que oí unos gritos tras de mí. Al volverme, por encima de las piedras que me rodeaban, vi a Edgar que sostenía la cabeza de su padre, ayudándole a mantenerse en pie, pues éste se había subido a una roca, un pie por encima de la tierra.

—¿Estamos en el borde?

—Sí, hay pescadores en la playa de abajo: parecen ratones. Y los perros son como hormigas.

—¿Y los caballos? ¿A qué se parecen? —preguntó Gloucester.

—No hay caballos. Sólo hay pescadores y perros. ¿Es que no oís las olas que baten contra la playa?

—Sí, sí las oigo. ¡Adiós, Edgar, hijo mío! ¡Los dioses obran su voluntad!

Y, dicho esto, el anciano saltó desde el acantilado, con la esperanza de iniciar un descenso de centenares de pies que lo llevara a la muerte, supongo, por lo que pareció algo sorprendido al tocar tierra al instante.

—¡Oh, Señor! ¡Oh, Señor! —exclamó Edgar, tratando de fingir una voz distinta y fracasando estrepitosamente en el intento—. Señor, acabáis de caer desde los acantilados de arriba.

—¿Ah, sí?

—Sí, señor. ¿Es que no lo veis?

—Pues no, capullo, tengo los ojos vendados y ensangrentados. ¿Es que no lo ves tú?

—Lo siento. Lo que yo he visto es que caíais desde una gran altura y aterrizabais con la suavidad de una pluma.

—Eso quiere decir que estoy muerto —dijo Gloucester, que se hincó de rodillas y pareció quedar sin aliento—. Estoy muerto y sigo sufriendo, mi pesar es manifiesto, y me duelen los ojos, aunque no los tenga ya.

—Eso es porque os está tomando el pelo —tercié yo.

—¿Qué? —dijo Gloucester.

—Ssssst —chistó Edgar—. Ése es un mendigo loco, no le hagáis caso, buen señor.

—De acuerdo. Estáis muerto. Disfrutad —dije, tendiéndome en el suelo para resguardarme del viento, y cubriéndome los ojos con la gorra de bufón.

—Vamos, vamos, siéntate conmigo —me pidió Lear. Yo me incorporé y vi que el rey conducía al anciano hacia su nido, junto a las grandes rocas blancas—. Dejemos que las crueldades del mundo resbalen por nuestras espaldas encorvadas, amigo mío.

Lear le pasó el brazo por el hombro y lo atrajo hacia sí mientras le hablaba al cielo.

—Mi rey —dijo Gloucester—. En vuestra misericordia estoy a salvo, mi rey.

—Rey, sí, pero sin soldados y sin tierra. Ningún súbdito tiembla en mi presencia, ningún criado me atiende, e incluso tu vástago bastardo me trata mejor que mis propias hijas.

—Oh, no me jodáis —dije yo. Pero veía que el anciano al que habían arrancado los ojos sonreía y que, a pesar de todo su sufrimiento, hallaba consuelo en su amigo el rey, ciego sin duda a sus crueldades mucho antes de que Cornualles y Regan lo hubieran mutilado de ese modo. Cegado por la lealtad. Cegado por el título. Cegado por un patriotismo barato y una rectitud mal entendida. Adoraba a su rey loco y asesino. Yo me tendí de nuevo para seguir escuchando.

—Permitidme que os bese la mano —dijo Gloucester.

—Déjame que primero me la limpie. Huele a mortalidad —respondió Lear.

—Yo no huelo nada, y ya nunca veré nada. No soy digno.

—¿Estás loco? Ves con tus oídos, Gloucester. ¿Acaso no has visto nunca cómo ahuyenta a un mendigo el perro de un granjero con sus ladridos? ¿Es ese perro la voz de la autoridad? Para negarle a ese hombre que sacie su apetito, ¿es ese perro acaso mejor que otros? ¿Es recto el alguacil que azota a una ramera, cuando es para satisfacer su propia lujuria que lo hace? Ya ves, Gloucester, ¿quién es digno? Ahora nos vemos despojados de afeites, y los pequeños vicios se intuyen a través de las ropas descosidas, cuando todo se oculta bajo las pieles y los elaborados atuendos. Baña el pecado con oro y la dura lanza de la justicia se rompe al clavarse contra él. Bienaventurado eres tú que no ves, pues no puedes ver lo que soy: un ser malvado.

—No —dijo Edgar—. Vuestra impertinencia nace de la locura. No lloréis, buen rey.

—¿Que no llore? Lloramos al oler el aire por vez primera. Cuando nacemos, lloramos por haber llegado a este gran escenario de locos.

—No, todos volveremos a estar bien y...

En ese momento se oyó un golpe seco, seguido de otro, y después un grito ahogado.

—Muere, topo ciego.

Me incorporé a tiempo de ver a Oswaldo que, de pie sobre Gloucester, sostenía una piedra ensangrentada en una mano, y apuntaba el pecho del viejo conde con la espada.

—Ya no envenenarás más la causa de mi señora. —Le clavó la espada, y la sangre brotó del cuerpo del anciano, que no emitió ni un sonido. Estaba muerto. Oswaldo le desclavó la espada y de una patada lo envió junto a Lear, que, asustado, se apretaba contra la pared de piedra. Edgar se encontraba inconsciente a los pies de Oswaldo. El gusano se echó hacia atrás, como si quisiera clavarle el arma por la espalda.

—¡Oswaldo! —exclamé yo, que me había puesto en pie tras las piedras mientras desenvainaba los puñales que llevaba a la espalda. El mal bicho se volvió hacia mí, alzando el filo de su espada. Soltó la piedra ensangrentada que había usado para aplastarle los sesos a Edgar—. Hicimos un trato —le dije—. Y si sigues matando a mis acompañantes me obligarás a dudar de tu sinceridad.

—Piérdete, bufón. No hay trato entre nosotros. Eres una sabandija mentirosa.

—*Moi?* —me asombré yo en perfecto francés—. Puedo ofrecerte el corazón de tu dama, y no en su forma desagradable, eviscerada, cadavérica.

—No tienes semejante poder. Y tampoco has hechizado el corazón de Regan. Es ella la que me ha enviado aquí a asesinar a este traidor ciego que vuelve las mentes en contra de nuestros ejércitos. Y también a entregar esto.

Se sacó del jubón una carta sellada.

—¿Qué es, una licencia por la que, en nombre de la duquesa de Cornualles, se otorga permiso para ser un gilipollas integral?

—Tu ingenio cansa, bufón. Se trata de una carta de amor dirigida a Edmundo de Gloucester. Ha partido hacia aquí con una avanzadilla para calibrar cuáles son las fuerzas con que cuentan los franceses.

—¿Que mi ingenio aburre? ¿Que mi ingenio aburre?

—Aburre, sí —reiteró Oswaldo—. Y ahora, *en garde* —me retó, en un francés apenas aceptable.

—Sí —dije yo, asintiendo exageradamente—. Sí.

En ese instante alguien agarró a Oswaldo por el cuello y lo estampó varias veces contra las rocas. El bribón no tardó en soltar la espada, la daga, la carta de amor y el monedero que llevaba. Babas (pues se trataba de él) levantó entonces al mayordomo por los aires, y le apretó el pescuezo, despacio pero con perseverancia, haciendo que de su apestosa garganta brotaran gárgaras y gorgoritos.

Aunque del todo intacto por mi afilado ingenio
un mastuerzo gigante te asfixia hasta la muerte,
así que os dejo solos, a ver quién se divierte
habiendo este bufón vencido en el proscenio.

Oswaldo pareció bastante sorprendido con el giro de los acontecimientos, tanto que los ojos y la lengua sobresalían mucho respecto del rostro, de un modo del todo enfermizo. Fue entonces cuando liberó varios de sus fluidos corporales, y Babas tuvo que apartarlo más de su lado para no mancharse.

—Suéltalo —dijo el rey, que seguía acurrucado contra las piedras, temeroso.

Babas me miró, y yo negué con la cabeza, aunque muy poco.

—Muere, mono repugnante —le dije.

Cuando Oswaldo dejó de patalear y quedó colgando, fláccido, goteando, le hice una seña a mi aprendiz, que arrojó el cuerpo del mayordomo por el acantilado con la misma facilidad con la que habría arrojado un carozo de manzana.

Babas clavó una rodilla en el suelo, junto a Gloucester.

—Yo quería enseñarle a ser bufón.

—Sí, muchacho, ya lo sé.

Permanecí junto a mis piedras, resistiendo mi impulso de consolar al bobo grandullón y asesino dándole una palmadita en el hombro. En lo alto del acantilado se oyó algo, y me pareció que se trataba del chasquido de un metal contra otro, traído por el viento.

—Ahora está ciego y está muerto —insistió mi aprendiz.

—Cabrón —musité yo entre dientes. Y al bobo—: Ocúltate, y no pelees, y no me llames.

Me eché al suelo justo en el momento en que el primer soldado llegaba a lo alto de la colina. «¡Cabrón, cabrón, cabrón! ¡Maldito cabronazo cabrón!», reflexioné serenamente.

Entonces oí la voz de Edmundo el bastardo:

—¡Mira! Si es mi bufón. Y ¿qué es esto? ¿El rey? ¡Qué gran suerte la mía! Seréis unos buenos rehenes para detener el avance de la reina de Francia y de sus tropas.

—¿Es que no tienes corazón? —preguntó Lear, acariciando la cabeza de Gloucester, su amigo muerto.

Yo espiaba entre mis rocas. Edmundo observaba a su padre muerto con la expresión de alguien que acaba de encontrarse con una cagarruta de ratón en las tostadas del desayuno.

—Bueno, sí, es trágico, supongo, pero una vez resuelto el tema de la sucesión de su título, y privado de visión, un oportuno mutis ha sido lo más discreto que ha podido hacer. ¿Quién es este otro muerto? —Edmundo dio un puntapié en el hombro a su hermanastro inconsciente.

—Un mendigo —respondió Babas—. Intentaba proteger al viejo.

—Ésta no es la espada de un mendigo. Y tampoco es de mendigo este monedero. —Edmundo levantó el saquito de monedas de Oswaldo—. Esto pertenece al hombre de Goneril, Oswaldo.

—Así es, señor —admitió Babas.

—¿Y dónde está?

—En la playa.

—¿En la playa? ¿Ha bajado dejándose aquí el monedero y la espada?

—Era un memo, así que lo he tirado abajo. Ha matado a tu anciano papá.

—Ah, claro, sí. Bien hecho entonces. —Edmundo le arrojó el monedero a Babas—. Úsalo para sobornar a tu carcelero a cambio de un mendrugo de pan. Lleváoslos.

El bastardo hizo una seña a sus hombres para que apresaran a Babas y a Lear. El rey no lograba ponerse en pie, y Babas lo levantó y le ayudó a mantenerse derecho.

—¿Qué hacemos con los cadáveres? —preguntó el capitán de Edmundo.

—Que los entierren los franceses. Deprisa, a la Torre Blanca. Ya hemos visto bastante.

Lear tosió entonces, una tosecilla seca, débil, una especie de crujido en las bisagras de las puertas de la muerte, y yo temí que se desplomara. Uno de los hombres de Edmundo le ofreció un poco de agua, que pareció aplacar la tos, aunque no bastó para que dejara de tambalearse. Babas se lo cargó al hombro y lo llevó a lo alto de la colina; el trasero huesudo del anciano se mecía sobre el hombro del mastuerzo como si del almohadón de un palanquín se tratara. Cuando se fueron yo salí de mi escondrijo y me acerqué al cuerpo postrado de Edgar. La herida de la cabeza no era profunda, pero había sangrado copiosamente, como suele suceder en esos casos. Tal vez el charco abundante que se esparcía a su alrededor le hubiera salvado la vida. Lo levanté y lo apoyé en la pared de piedra blanca, y lo reanimé dándole unas palmaditas en la cara, y arrojándole el agua que llevaba en un pellejo.

—¿Qué sucede?

Edgar miró a su alrededor y agitó la cabeza para aclarar la vista, algo que lamentó al instante, pues no tardó en descubrir el cadáver de su padre. Se puso a gritar.

—Lo siento, Edgar —le dije—. Ha sido el mayordomo de Goneril, Oswaldo, quien os ha abatido y lo ha matado. Babas ha estrangulado a ese perro vil y lo ha lanzado por el acantilado.

—¿Dónde está Babas? ¿Y el rey?

—Los hombres de vuestro hermano bastardo se los han llevado. Escuchadme, Edgar, tengo que seguirlos. Id vos al campamento francés. Llevad este mensaje. —Edgar puso los ojos en blanco, y temí que volviera a desmayarse, por lo que le arrojé un poco más de agua a la cara—. Miradme, Edgar, debéis acudir al campamento. Hablad con Cordelia y decidle que debe atacar la Torre Blanca directamente. Decidle que envíe barcos al Támesis y que lleve un ejército por tierra hasta Londres. Kent sabrá cómo ejecutar el plan. Pedidle que haga sonar la trompeta tres veces antes de que ataque la fortaleza. ¿Entendéis?

—¿Tres veces, la Torre Blanca?

Desgarré la tela de la camisa del conde muerto, la enrollé y se la di a Edgar.

—Tomad, apretáosla contra la cabeza para detener la hemorragia... Y decidle a Cordelia que no deje de atacar por temor a que a su padre le suceda algo. Yo me encargaré de mantenerlo a salvo.

—De acuerdo —dijo Edgar—. No salvará al rey por negarse a atacar.

22

En la Torre Blanca

—¡Pajillero! —graznó el cuervo.

Lo que no me fue de gran ayuda para entrar subrepticiamente en la Torre Blanca. Yo me había cubierto los cascabeles con barro, y también con barro me había oscurecido el rostro, pero ni todo el camuflaje del mundo me serviría de nada si aquel cuervo daba la voz de alarma. Debería haber ordenado a algún guardia que le disparara una flecha con la ballesta mucho antes de abandonar la fortaleza.

Yo me encontraba tendido sobre una gabarra chata que le había tomado prestada a un barquero. Estaba cubierta de telas y ramas para que pareciera uno más de los montones de desperdicios que flotaban sobre el Támesis. Remaba con la mano derecha, y el agua fría se me clavaba como una aguja en el brazo, hasta que se me entumeció del todo. Había bloques de hielo que iban a la deriva, a mi alrededor. Otra noche fría como ésa y, en vez de llegar remando a la Puerta del Traidor, haría mi aparición caminando sobre el hielo. Eran las aguas del río las que alimentaban el foso y éste, a través de un arco bajo, comunicaba con la puerta por donde la nobleza inglesa llevaba cientos de años conduciendo a sus miembros hasta el cadalso para ser decapitados.

Dos puertas de hierro encajaban a la perfección en el centro del arco, protegido además por una cadena que, bajo el agua, mecida ligeramente por la corriente, las atravesaba de lado a lado. En lo alto, donde las puertas se encontraban, había un hueco. No era lo bastante ancho como para que por él pasara un soldado portando armas, pero un gato, una rata o un bufón ágil y ligero tirando a flaco sí podía colarse sin dificultad. Y eso hice.

No había guardias en los peldaños de piedra, ya del otro lado, pero doce pies de agua me separaban de donde estaban, y no podía subir la gabarra hasta lo alto de la puerta, donde me hallaba colgado. Un bufón iba a tener que mojarse, no había otra salida. Pero me parecía que el agua era poco profunda, un pie o dos, a lo sumo. Tal vez lograra mantener los zapatos secos. Me los quité y me los metí en el jubón, antes de arrojarme desde la puerta al agua fría.

Qué fría estaba, coño. Sólo me llegaba a las rodillas, sí, pero fría del carajo. Y creo que habría logrado llegar sin ser descubierto de no haber susurrado, bastante enfáticamente, lo reconozco, un «¡Qué fría está, coño!». En lo alto de la escalera me aguardaba el extremo puntiagudo de una alabarda, alzada con maldad contra mi pecho.

—¡Joder! —maldije yo—. Haz todo lo malo que tengas que hacer, pero hazlo rápido y mete mi cuerpo dentro, que se está más calentito.

—¿Bolsillo? —aventuró el escudero desde el otro extremo de la lanza—. ¿Señor?

—Soy yo, sí.

—Hace meses que no te veía. ¿Qué es eso que llevas en la cara?

—Es barro. Vengo camuflado.

—Ah, de acuerdo. ¿Por qué no entras a calentarte un poco? Debes de estar helado, con esas medias tan mojadas.

—Bien pensado, muchacho —le agradecí yo. Se trataba del joven escudero con la cara llena de granos al que había regañado en la muralla cuando Regan y Goneril llegaron para obtener su herencia—. ¿Pero tú no deberías permanecer en tu puesto? Por aquello del deber y esas cosas.

Me condujo a través del patio empedrado, me introdujo por la entrada de servicio del castillo y me hizo bajar la escalera que llevaba a las cocinas.

—No hace falta. Es la Puerta del Traidor, ¿verdad? Tiene un cerrojo más grande que tu cabeza. Por ahí no se cuela nadie. Y no se está tan mal. Al menos queda resguardada del viento. No como la muralla. ¿Sabes que la duquesa Regan se ha instalado en la Torre? He seguido tu consejo de no hablar sobre su chingamenta,* aunque ahora el duque ya está muerto, y demás. Pero nunca se es lo bastante precavido. Aunque un día la vi en camisón, porque había salido así al parapeto de su torre. Tiene unos buenos flancos, la princesa, a pesar del peligro de muerte que entraña decirlo, señor.

—Sí, la dama es guapa, y tiene el gadongo más fino que el pelo de rana, pero incluso tu insobornable silencio te llevará a la horca si no dejas de pensar en voz alta.

—¡Bolsillo! ¡Rata inmunda infectada de peste por las pulgas!

—¡Burbuja! ¡Tesoro! —exclamé yo—. ¡Pedo con verruga y aliento de dragón! ¿Cómo estás?

La cocinera de trasero bovino trató de ocultar su alegría arrojándome una cebolla, pero no pudo evitar sonreír.

—No has comido un plato como Dios manda desde que saliste por última vez de esta cocina, ¿verdad?

—Se decía que habías muerto —intervino Chillidos, dedicándome una sonrisa de oreja a oreja desde detrás de sus pecas.

—Da de comer a esta plaga —dijo Burbuja—. Y límpiale la mugre que lleva en la cara. ¿Qué? ¿Ya has vuelto a revolcarte con los cerdos, Bolsillo?

—¿Celosa?

—Eso seguro que no —dijo Burbuja.

Chillidos me sentó en un taburete, junto al fuego, y mien-

* Expresión de fornicacidad, vocablo compuesto, del latín *chingusmentus*.

tras yo me calentaba los pies, ella me frotaba la cara y el pelo para quitarme el barro, golpeándome sin piedad con sus pechos mientras lo hacía.

Ah, hogar, dulce hogar.

—¿Ha visto alguien a Babas?

—Está en las mazmorras, con el rey —respondió Chillidos—. Aunque se supone que los guardias no deben saberlo.

Miró al joven escudero que seguía de pie a nuestro lado y le guiñó un ojo.

—Pues yo ya lo sabía —dijo él.

—¿Y qué hay de los hombres del rey, de sus caballeros y guardias? ¿Se encuentran en los cuarteles?

—No —dijo el escudero—. La guardia del castillo estaba hecha papilla hasta que el capitán Curan regresó de Gloucester. Él ha puesto a un caballero de noble cuna como capitán en cada guardia, y por cada viejo centinela hay un nuevo soldado. También ha desplegado grandes campamentos de soldados en el exterior de las murallas; las tropas de Cornualles al oeste, y las de Albany al norte. Se dice que el duque de Albany se aloja con sus hombres en el campamento. Que no quiere venir a la Torre.

—Sabia decisión, teniendo en cuenta la gran cantidad de víboras que circulan por el castillo. ¿Y qué hay de las princesas? —le pregunté a Burbuja, que, aunque parecía no abandonar jamás la cocina, sabía qué sucedía en todos los rincones de la fortaleza.

—No se hablan —explicó Burbuja—. Se hacen servir las comidas en los aposentos que ocupaban de niñas. Goneril en la torre de levante de la muralla principal. Y Regan en la suya, la de la muralla exterior, a mediodía. El almuerzo sí lo comen juntas, pero sólo si el bastardo de Gloucester está presente.

—¿Podrías llevarme con ellas, Burbuja? Sin que me vea nadie.

—Podría meterte dentro de un lechón, coserlo y enviarte con ellas.

—¡Qué bien!, perfecto, pero esperaba regresar también sin

que me viera nadie, y hacerlo dejando tras de mí un reguero de salsa tal vez llame la atención de los gatos y los perros del castillo. Por desgracia, tengo experiencia con esas cosas.

—También podríamos vestirte de niño criado —dijo Chillidos—. Regan nos ha ordenado que no le enviemos doncellas, sino muchachos. Le gusta meterse con ellos y amenazarlos hasta que se echan a llorar.

Miré a Burbuja con odio.

—¿Por qué no me lo has sugerido tú?

—Quería verte metido dentro de un lechón, sinvergüenza grasiento.

(Burbuja lleva años luchando contra el profundo afecto que me tiene.)

—Pues muy bien, entonces. Niño criado seré.

—¿Sabes, Bolsillo? —me dijo Cordelia en una ocasión, cuando tenía dieciséis años—. Goneril y Regan dicen que mi madre era hechicera.

—Sí, ya lo había oído, tesoro.

—Si eso es cierto, estoy orgullosa de ello, porque significa que no le hacía falta contar con ningún hombre sarnoso para obtener poder. Ella tenía el suyo propio.

—Entonces la desterrarían, supongo —opiné.

—Bueno, sí. O la ahogaron..., nadie quiere decírmelo. Padre me prohíbe que lo pregunte. Pero lo que yo digo es que una mujer debe acceder al poder por sí mima. ¿Sabías que el mago Merlín le otorgó sus poderes a Vivian a cambio de sus favores, y que ella se convirtió en una gran hechicera y reina, y que embrujó a Merlín por lo que le había hecho, y que éste se pasó cien años dormido?

—Los hombres son así, corderita. Les das tus favores y, no sabes cómo, te los encuentras roncando como osos en su cueva. Así está hecho el mundo.

—Tú no hiciste eso cuando mis hermanas te entregaron sus favores.

—No me los entregaron.

—Sí te los entregaron. Te los han entregado muchas veces. En el castillo lo sabe todo el mundo.

—Rumores malintencionados —respondí.

—Está bien, pues. Pero cuando has gozado de los favores de mujeres que no nombraremos, ¿te has quedado dormido después?

—Bueno, no, pero tampoco les he entregado mis poderes mágicos ni mi reino.

—Pero lo habrías hecho, ¿no?

—Bueno, bueno, ya está bien de hablar de hechiceras y esas cosas. ¿Qué tal si bajamos a la capilla y nos convertimos de nuevo al cristianismo? Babas se bebió todo el vino de consagrar y se comió todas las hostias que sobraron cuando echaron al obispo, así que supongo que está lo bastante santificado como para devolvernos al redil sin necesidad de clérigo. Se pasó una semana eructando el cuerpo de Cristo.

—Intentas cambiar de tema.

—¡Maldición! ¡Nos ha descubierto! —exclamó Jones, el títere—. Eso te enseñará, víbora de alma negra. Haz que lo azoten, princesa.

Cordelia se echó a reír, liberó a Jones de mi mano y me dio con él en el pecho. Incluso de mayor, siempre sintió debilidad por las conspiraciones de títeres y la justicia de cachiporra.

—Y ahora, bufón, dime la verdad, si es que la verdad, en ti, no ha muerto de hambre de tanto descuidarla. ¿Entregarías tus poderes y tu reino a cambio de los favores de una dama?

—Eso dependería de la dama, ¿no?

—Si la dama fuera yo, pongamos por caso.

—*Vous?* —dije yo, arqueando las cejas en imitación perfecta de un maldito francés.

—*Oui* —respondió ella, también en el idioma del amor.

—Ni en broma —declaré—. Me pondría a roncar sin darte tiempo a declararme tu deidad personal, cosa que sin duda harías. Es una carga con la que he de convivir. Dormiría el sueño profundo de los inocentes, eso es lo que haría (o el sueño profundo de los inocentes que han fornicado profundamente). Sospecho que, cuando amaneciera, tendrías que recordarme cómo me llamo.

—No te quedaste dormido después de que mis hermanas te poseyeran, eso lo sé.

—Bueno, una amenaza de muerte poscoital suele mantenerte alerta, ¿no te parece?

Cordelia se arrastró por la alfombra, acercándose a mí.

—Eres un mentiroso.

—¿Cómo has dicho que te llamabas?

Ella volvió a darme con Jones, esta vez en la cabeza, y me besó, un beso rápido, pero con sentimiento. Fue la única vez que lo hizo.

—Pues yo me quedaría con tu poder, y también con tu reino, bufón.

—Devuélveme el títere, fulana sin nombre.

El torreón de Regan era mayor de lo que recordaba. Una estancia imponente, circular, con chimenea y mesa de comedor. Seis criados, incluido yo, le trajimos la cena y la dejamos sobre la mesa. Ella iba vestida de blanco de los pies a la cabeza, como de costumbre, los hombros níveos, el pelo negro como ala de cuervo, iluminado por los destellos del fuego.

—¿No preferirías espiar desde detrás de una cortina, Bolsillo?

Con un gesto de la mano, ordenó a los demás que salieran, y cerró la puerta.

—He mantenido la cabeza gacha en todo momento. ¿Cómo has sabido que era yo?

—Porque no has llorado cuando te he gritado.

—Mierda, ¿cómo se me ha pasado?

—Y, además, eras el único criado con braguero.

—Los talentos conviene mostrarlos, ¿no creéis? —La furia de Regan aumentaba por momentos. ¿Es que nada la sorprendía? Hablaba como si me hubiera ordenado comparecer y estuviera esperándome de un momento a otro. La verdad es que se te quitaban las ganas de ocultarte y disfrazarte. Estuve tentado de decirle que la habían engañado, que el que se la había cepillado había sido Babas, pero ah, todavía tenía guardias que le eran leales, y temía que fuera capaz de ordenarles que me mataran. (Yo no llevaba mis puñales; se los había dejado a Burbuja en la cocina, aunque, de todos modos, no me habrían sido de gran ayuda contra un pelotón de escuderos.)

—Decidme, señora, ¿cómo lleváis el luto?

—Asombrosamente bien. El pesar no me sienta nada mal, creo. El pesar o la guerra, no sé cuál de las dos cosas me sienta mejor, pero el caso es que últimamente tengo una tez de lo más sonrosada. —Levantó un espejo de mano y se miró en él, pero entonces vio mi reflejo tras ella y se volvió—. Pero, Bolsillo, ¿qué estás haciendo aquí?

—Ah, lealtad a la causa y esas cosas. Con los franceses a las puertas, he pensado que debía venir para ayudar a defender el hogar y la patria. —Consideré mejor no pormenorizar los motivos que me habían llevado hasta allí, de modo que cambié de tema—. ¿Y cómo va la guerra?

—Complicada. Los asuntos de estado son complicados, Bolsillo. No creo que un bufón esté capacitado para comprenderlos.

—Pero es que yo ahora pertenezco a la realeza. ¿No lo sabíais?

Ella dejó el espejo en su sitio y me miró, a punto de echarse a reír.

—Qué bufón más tonto. Si la nobleza se pudiera adquirir por el tacto, haría años que serías caballero. ¿O no? Pero, ah, sigues siendo más plebeyo que la caca de gato.

—Oh, sí, lo he sido, lo he sido. Pero ahora, prima mía, la sangre azul corre por mis venas. De hecho, tengo en mente iniciar una guerra y joder con varios parientes, que según creo son los principales pasatiempos de la realeza.

—Tonterías. Y no me llames prima.

—Bueno, joder al país y matar a varios parientes, pues. Hace menos de una semana que soy noble, todavía no he memorizado todo el protocolo. Ah, y por cierto, es que resulta que somos primos, gatita. Nuestros padres eran hermanos.

—Imposible. —Regan picoteó unos frutos secos que Burbuja había dispuesto en la bandeja.

—Cano, el hermano de Lear, violó a mi madre sobre un puente de Yorkshire mientras el rey la sujetaba. Yo soy el producto de esa desagradable unión. Vuestro primo. —Le hice una reverencia—. A vuestro maldito servicio, joder.

—Un bastardo. Debería haberlo imaginado.

—Sí, pero los bastardos son receptáculos de promesa, ¿no es cierto? ¿O acaso no os vi matar al señor duque para correr en brazos de un bastardo que, según tengo entendido, es hoy el conde de Gloucester? Por cierto, ¿qué tal va el romance? Tórrido y censurable, espero.

Regan se sentó y se pasó los dedos por su mata de pelo negro como el azabache, como si tratara de extraer pensamientos de su cabeza.

—No, si gustarme me gusta bastante, aunque después de la primera vez ha sido algo decepcionante. Pero las intrigas resultan agotadoras, Goneril intenta irse a la cama con Edmundo, y él no ha podido mostrarme deferencia por miedo a perder el apoyo de Albany, y además a la maldita Francia le da por invadir precisamente ahora. De haber sabido a todo lo que mi esposo debería haberse enfrentado, habría esperado un poco más para matarlo.

—Tranquila, tranquila, gatita —le dije, acercándome por detrás y acariciándole los hombros—. Vuestra tez es rosada y tenéis buen apetito. Además, y como siempre, sois un verdadero festín de follabilidad. Cuando seáis reina podréis decapitar a todo el mundo y dormir una buena siesta.

—Precisamente a eso me refiero. No es que una pueda ponerse la corona y, hala, ya está, a disfrutar de la monarquía... Por Dios, está san Jorge, y todos esos perversos líos de la historia. Tengo que derrotar a los malditos franceses y luego matar a Albany, a Goneril, y supongo que tendré que encontrar a padre y conseguir que le caiga encima algún objeto pesado. De otro modo, el pueblo jamás me aceptará.

—Sobre eso traigo buenas noticias, cielo. Lear está en las mazmorras. Loco como una cabra, pero vivo.

—¿En serio?

—Sí. Edmundo acaba de regresar con él desde Dover. ¿No lo sabíais?

—¿Edmundo ha vuelto?

—No hace ni tres horas. Yo he venido siguiéndolo.

—¡Bastardo! Ni siquiera me ha enviado una línea para anunciar su regreso. Y eso que yo le envié una carta a Dover.

—¿Ésta? —Le mostré la misiva que se le había caído a Oswaldo. Yo había abierto el lacre, claro, pero ella la reconoció y me la arrebató al instante.

—¿De dónde la has sacado? Yo se la envié con el hombre de Goneril,, y le pedí a Oswaldo que se la entregara a Edmundo personalmente.

—Bueno, sí, pero es que yo lo envié al Valhalla antes de que pudiera cumplir con su mandato.

—¿Lo mataste?

—Ya te lo he dicho, gatita, ahora pertenezco a la nobleza, soy un cabroncete asesino, como todos vosotros. Pero casi mejor, porque esa carta es una cagarruta de mariposa, ¿no creéis? ¿Es que no tenéis asesores que os ayuden con esas cosas? No sé, un canciller, un chambelán, un maldito obispo, alguien.

—No tengo a nadie. Todo el mundo está en el palacio de Cornualles.

—Vamos, tesoro, dejad que os ayude vuestro primo Bolsillo.

—¿Lo harías?

—Por supuesto. En primer lugar, vayamos a ver a vuestra hermana. —Extraje dos tubos del monedero que llevaba al cinto—. El rojo es un veneno mortal. Pero el azul sólo es un veneno falso, que hace que quien lo ingiera presente los mismos síntomas que un muerto, cuando en realidad está dormido. El sueño dura un día por cada gota consumida. Podríais verter dos gotas en el vino de vuestra hermana, pongamos por caso, cuando estéis lista para atacar a los franceses, y durante dos días ella dormirá el sueño de los muertos mientras vos y Edmundo hacéis lo que se os antoje, y sin perder el apoyo de Albany en la guerra.

—¿Y el veneno?

—Bueno, gatita, tal vez el veneno no haga falta. Podríais derrotar a Francia, tomar a Edmundo para vos y llegar a algún acuerdo con vuestra hermana y Albany.

—Ya mantengo un acuerdo con ellos. El reino se divide como padre decretó.

—Lo único que digo es que podríais combatir a los franceses, quedaros con Edmundo y no tener que matar a vuestra hermana.

—¿Y si no derroto a Francia?

—Bueno, en ese caso os queda el veneno, ¿no?

—Menuda mierda de consejo, ¿no?

—Esperad, primita, que aún no os he hablado de la parte en la que me nombráis duque de Buckingham. Me encantaría disponer de ese palacio viejo y tronado, Hyde Park. Saint James Park. Y un mono.

—Estás chiflado.

—Se llamaría Jeff.

—¡Sal de aquí!

Antes de abandonar la estancia, agarré la carta de amor que reposaba en la mesa.

Recorrí a toda prisa los corredores, atravesé el patio y regresé a la cocina, donde me quité el braguero y me puse unos calzones de camarero. Una cosa era dejar a Jones y el gorro de juglar en la gabarra, otra entregarle los puñales a Burbuja para que los custodiara, y otra muy distinta desprenderme de mi braguero, sin el que me sentía como desnudo de personalidad.

—Su enormidad casi me cuesta la vida —le comenté a Chillidos, a la que entregué la guarida portátil de mi singularidad masculina.

—Sí, seguro, una familia de ardillas podría anidar en el espacio que sobra —observó ella, metiendo un puñado de las nueces que llevaba rato cascando en mi receptáculo de pitos.

—Es raro que no suenes como una calabaza seca cuando caminas —terció Burbuja.

—Como queráis. Podéis pronunciar escarnios sobre mi hombría si así lo deseáis, pero sabed que no os protegeré cuando lleguen los franceses, a quienes les encanta fornicar en lugares públicos, y además huelen a caracoles y a queso. Me carcajearé, ¡ja!, cuando a las dos se os cepillen unos bribones franchutes con olor a pies.

—Pues a mí no me suena tan mal —dijo Chillidos.

—Bolsillo, será mejor que te vayas ya, muchacho —me aconsejó Burbuja—. Ya le suben la cena a Goneril.

—*Adieu* —declamé, anticipándome con mi despedida al futuro afrancesado que aguardaba a mis ex amigas, ávidas por convertirse en furcias traidoras embestidas por franceses—. *Adieu*.

Les dediqué una reverencia exagerada, casi un desmayo, y me ausenté.

(Lo reconozco, a servidor le gusta ornamentar sus recurrentes entradas y salidas con algo de melodrama. El teatro lo es todo para el bufón.)

Los aposentos de Goneril no eran tan imponentes como los de Regan, aunque sí más suntuosos, y la chimenea estaba encendida. Yo no había puesto el pie en ellos desde que ella había abandonado el castillo para casarse con Albany, pero a mi regreso descubrí que me sentía excitado al instante, y simultáneamente lleno de temor. Supongo que serían los recuerdos, agolpados bajo el manto de la conciencia.

La princesa llevaba un vestido cobalto con ribetes dorados, de corte atrevido. Debía de saber ya que Edmundo había vuelto.

—¡Calabacita mía!

—¿Bolsillo? ¿Qué estás haciendo aquí? —Hizo una seña a los demás sirvientes y a una dama joven que la peinaba, y todos abandonaron la estancia—. ¿Y por qué llevas un atuendo tan ridículo?

—Sé que lo es —respondí yo—. Calzones de moña. Sin el braguero me siento indefenso.

—Pues a mí me parece que te hace más alto —comentó ella.

Qué dilema. Más alto con calzones o arrebatadoramente viril con braguero. Ilusiones ambas, cada una con su ventaja.

—¿Qué creéis vos que causa mejor impresión en el sexo débil: ser alto o lucir un buen paquete?

—¿No es las dos cosas tu aprendiz?

—Pero es que él es..., oh...

—Sí. —Le dio un mordisco a una ciruela de invierno.

—Ya veo —dije yo—. ¿Y bien? ¿Qué pasó con Edmundo? ¿Con todo aquel atuendo negro?

Lo que había pasado era que ella estaba embrujada, eso era lo que había pasado.

—Edmundo —suspiró ella—. Creo que Edmundo no me ama.

Yo me senté entonces, delante de todos los platos del almuerzo dispuestos para ella. Se me pasó por la cabeza hundir la frente en el cuenco de caldo, para refrescármela. ¿Era el amor? ¿El amor maldito, jodido, rejodido, el maldito, rejodido y maldito amor? ¿El amor irrelevante, superfluo, maldito, el podrido, apestoso y doloroso amor? ¿Qué coño era? ¿Para qué? ¿Qué mierda? ¿Amor?

—¿Amor? —apunté.

—A mí no me ha amado nadie —declaró Goneril.

—¿Y vuestra madre? Seguro que vuestra madre...

—A mi madre no la recuerdo. Lear la hizo ejecutar cuando yo era niña.

—No lo sabía.

—No debía saberse.

—Jesús, entonces. ¿No cuentas con el consuelo de Jesús?

—¿Qué consuelo? Yo soy duquesa, Bolsillo, princesa, y tal vez sea reina. No se puede gobernar en Cristo. ¿Es que eres tonto? A Cristo hay que pedirle que abandone la sala. Tras tu primera guerra civil o ejecución, lo del perdón se pone un poco feo, ¿o no? Se produce la desaprobación jesusina, o una bronca, al menos, y tú tienes que hacer como que no lo ves.

—Pero Él es infinito en Su perdón —repliqué yo—. Lo pone en alguna parte.

—Como deberíamos serlo todos, que eso también lo pone. Pero yo no me lo creo. Nunca he perdonado a nuestro padre por matar a nuestra madre, y nunca lo perdonaré. Yo no soy creyente, Bolsillo. No hay consuelo ni amor ahí. Yo no creo.

—Yo tampoco, señora, así que al cuerno con Jesús. Sin duda Edmundo se enamorará de vos cuando intiméis con él y haya tenido ocasión de asesinar a vuestro esposo. El amor necesita espacio para crecer. Como una rosa. O un tumor.

—Apasionado lo es bastante, aunque nunca tan entusiasta como aquella primera noche en la torre.

—¿Le habéis dado a conocer..., esto..., vuestros gustos especiales?

—Con ellos no me ganaré su corazón.

—Tonterías, un príncipe como Edmundo, de oscuro corazón, arde en deseos de que le azote el culo una dulce damisela como sois vos. Seguramente se muere de ganas, pero su timidez le impide pedíroslo.

—Creo que otra mujer le ha entrado por el ojo. Me temo que se siente atraído por mi hermana.

«No, ha sido más bien su hermana la que le ha entrado por el ojo a su padre, literalmente, y se lo ha arrancado», pensé, pero entonces tuve una idea.

—Tal vez pueda ayudaros a resolver el conflicto, calabacita mía.

Y, dicho esto, me saqué del monedero los frasquitos rojo y azul. Le expliqué que uno proporcionaba un sueño idéntico a la muerte, y que el otro garantizaba el descanso eterno. Y, mientras lo hacía, palpé el monedero de seda, que aún contenía el último hongo que las brujas me habían entregado.

¿Y si lo usaba con Goneril? ¿Y si la hechizaba para que amara a su propio esposo? Seguro que Albany la perdonaría. Era un muchacho noblote, a pesar de pertenecer, precisamente, a la nobleza. De ese modo Regan podría quedarse para sí a aquel villano de Edmundo, el conflicto entre las dos hermanas se resolvería, Edmundo se sentiría satisfecho con su nuevo papel de duque de Cornualles y conde de Gloucester, y todo terminaría bien. Quedaban, claro está, asuntos como la invasión de Francia, el hecho de que Lear siguiera en las mazmorras, el destino incierto de un bufón sabio y atractivo...

—Calabacita mía —dije—. Tal vez si Regan y vos llegarais a algún acuerdo... Tal vez si ella se quedara dormida hasta que su ejército hubiera cumplido con su deber contra Francia... Tal vez la misericordia...

Y no pude seguir, pues en ese preciso instante Edmundo hizo su entrada.

—¿Qué es esto? —inquirió el bastardo.

—¿Es que no sabéis llamar a la puerta, coño? —dije yo—. ¡Maldito bastardo! ¡Qué ordinario!

Ahora que ya era medio noble, podría haber sucedido que mi desprecio por él hubiera disminuido. Pero, curiosamente, no fue así.

—¡Guardia! Llevaos a este gusano a las mazmorras hasta que tenga tiempo de ocuparme de él.

Cuatro guardias, que no pertenecían al viejo retén de la Torre, entraron y me persiguieron por el aposento un buen rato, antes de que la estrechez de mis calzones de camarero me hiciera caer. El muchacho para el que los habían confeccionado debía de ser más pequeño aún que yo. Una vez que me tuvieron en el suelo, me sujetaron los brazos a la espalda y me arrastraron fuera del torreón. Cuando ya me encontraba junto a la puerta, grité:

—¡Goneril!

Ella levantó la mano, y los guardias se detuvieron y me pusieron en pie.

—Sí os han amado —le dije.

—¡Bah! Lleváoslo de aquí y azotadlo.

—Está de broma —dije yo—. La señora está de broma.

23

En lo más profundo de las mazmorras

—Mi bufón —dijo Lear cuando los guardias me introdujeron a rastras en la mazmorra—. Traedlo hasta aquí y quitadle las manos de encima. —El viejo parecía más fuerte, más alerta, más consciente, y mascullaba órdenes una vez más. Pero cuando terminó de darlas le sobrevino un acceso de tos que terminó con un hilo de sangre en su barba blanca. Babas le alargó el pellejo de agua para que bebiera un poco.

—Antes tenemos que darle unos azotes —dijo uno de los guardias—. Cuando terminemos os devolveremos a vuestro bufón a rayas, e incluso a cuadros.

—No si os apetece comeros estos bollos y beberos esta cerveza —terció Burbuja, que acababa de bajar por otra escalera y llevaba una cesta cubierta con un trapo, y que desprendía el más delicioso aroma a pan recién horneado. Con la otra mano sostenía una botella de cerveza, y bajo el brazo apretaba un ovillo de ropa para que no se le cayera.

—También podemos azotar al bufón y comernos tus bollos —retó el más joven de los guardias, secuaz de Edmundo y sin duda ignorante de la jerarquía vigente en la Torre Blanca. A Dios, a san Jorge e incluso al rey de barba blanca podías darles por el culo, si se terciaba, pero si te metías con aquella cocinera irascible llamada Burbuja, estabas listo, porque te echaría tierra y gusanos en la comida el resto de tu vida, hasta que el veneno acabara matándote.

—Mejor que no sigas por ahí, muchacho —le advertí yo.

—El bufón lleva el uniforme de uno de mis criados —prosiguió Burbuja—, y el muchacho está muerto de frío en la cocina. —La cocinera me arrojó un montón de ropa negra a través de los barrotes de la celda en la que se encontraban Babas y Lear—. Aquí está el traje de rombos de Bolsillo. Y ahora desnúdate, sinvergüenza, que tengo muchas cosas de las que ocuparme.

Los guardias habían empezado a reírse a carcajadas.

—Vamos, vamos, pequeñín, quítate el uniforme —secundó el mayor de ellos—. Que nos esperan unos bollos con cerveza.

Me desvestí delante de todos ellos. Lear protestaba de vez en cuando, aunque a nadie le importara ya un comino lo que opinara el viejo. Cuando estaba totalmente desnudo, los guardias abrieron la puerta y corrí hacia mis ropas. ¡Sí! En efecto, ahí estaban mis dagas, escondidas entre ellas. Con algo de destreza, y aprovechándome de la distracción que me brindaba Burbuja, entregada en ese instante a la tarea de repartir los bollos y la cerveza, logré escondérmelas en el jubón mientras me lo ponía.

Otros dos guardias se sumaron a los dos que se hallaban frente a nuestra celda, y compartieron con ellos la merienda. La cocinera inició el ascenso por la escalera, guiñándome un ojo antes de desaparecer.

—El rey está melancólico, Bolsillo —me dijo Babas—. Deberíamos cantarle alguna canción para animarlo.

—Que se vaya a la mierda este rey de mierda —repliqué yo, mirándolo fijamente a los ojos aguileños.

—Cuidado con lo que dices, muchacho —me advirtió Lear.

—¿Y si no lo tengo, qué me haréis? ¿Sujetaréis a mi madre para que la violen y luego la arrojaréis al río? ¿Y después haréis que maten a mi padre? Ah, no, esperad. Esas amenazas ya no sirven, ¿verdad, tío mío? Ésas ya las habéis cumplido.

—¿De qué hablas, muchacho? —El aspecto del anciano era temible, como si hubiera olvidado que lo habían tratado como a una cosa y lo habían encerrado en una jaula llena de payasos, como si se hallara ante una afrenta recién estrenada.

—De vos, Lear. ¿Ya no lo recordáis? Un puente de piedra en Yorkshire, hará unos veintisiete años... Ordenasteis a una muchacha que se acercara desde la orilla del río, una cosita muy bonita, sí, y la sujetasteis mientras obligabais a vuestro hermano a que la violara. ¿Lo recordáis, Lear, o habéis hecho tanto mal que todo se confunde en el gran sendero negro de vuestra memoria?

El rey abrió mucho los ojos, y supe que sí lo recordaba.

—Cano...

—Sí, vuestro maldito hermano me engendró, Lear. Y como nadie creía a mi madre cuando decía que su hijo era el bastardo de un príncipe, se tiró al mismo río en el que vos la arrojasteis aquel día, y se ahogó. Durante todo este tiempo os he llamado «tío mío». ¿Quién podía imaginar que era verdad?

—No es cierto —se defendió él con voz temblorosa.

—¡Sí lo es! ¡Y vos lo sabéis, decrépito viejo embustero! Lo que os mantiene en pie es una urdimbre de villanía y un hilo de avaricia, dragón disecado.

Los cuatro guardias se habían congregado junto a los barrotes, y observaban como si fueran ellos los encarcelados.

—¡Caramba! —exclamó uno de los guardias.

—Menudo caradura —dijo otro.

—Entonces, ¿no hay canción? —preguntó Babas.

Lear me apuntó entonces con dedo tembloroso, tan iracundo que a simple vista se distinguía la sangre que circulaba por las venas hinchadas de su frente.

—No te atrevas a hablarme así. Tú no eres nada, menos que nada. Yo te saqué de las cloacas, y si yo lo ordeno tu sangre volverá a correr por las cloacas antes del alba.

—¿De veras, tío mío? Tal vez corra por las cloacas, sí, pero no porque lo ordenéis vos. Tal vez vuestro hermano muriera por una orden vuestra. Tal vez vuestras reinas murieran por una orden vuestra. Pero este bastardo de sangre azul no, Lear. Vuestras palabras se las lleva el viento.

—Mis hijas os...

—Vuestras hijas están ahí arriba, luchando para hacerse con los restos de vuestro reino. Son vuestras carceleras, viejo chocho.

—¡No! Ellas...

—Cuando matasteis a su madre os encerrasteis vos mismo en esta celda. Eso acaban de decirme las dos.

—¿Las has visto? —De pronto, extrañamente, pareció recuperar la esperanza, como si yo me hubiera olvidado hasta entonces de contarle las buenas nuevas de sus hijas traidoras.

—¿Verlas? Me las he cepillado. —En realidad era una tontería que, después de tantas maldades, de tantas fechorías y crueldades, pudiera importar que un bufón se cepillara a sus hijas, pero le importaba, y para mí fue una manera de liberar parte de la rabia que él me despertaba.

—No es cierto —dijo Lear.

—¿Te las has cepillado? —me preguntó un guardia.

Entonces me puse en pie y me pavoneé un poco ante mi público, porque quería meterle el dedo en la llaga a Lear. Lo único que veía en ese instante era el agua cubriendo la cabeza de mi madre, y sólo oía sus gritos mientras el rey la sujetaba.

—Me las he cepillado a las dos, repetidamente y con ganas. Me las he cepillado hasta que han gritado, hasta que me han suplicado, hasta que han lloriqueado. Me las he cepillado en los parapetos que dan al Támesis, en los torreones, debajo de la mesa del gran salón, y una vez le eché un polvo a Regan sobre una fuente con lechones, en presencia de unos mahometanos. Me he cepillado a Goneril en vuestro propio lecho, en la capilla y en vuestro trono..., fue idea suya, por cierto. Me las he cepillado mientras nos miraban los criados, y por si os cabe alguna duda, ya que la concurrencia se lo pregunta, me las he cepillado simplemente por el sucio y dulce placer de cepillármelas, que es como hay que cepillarse a las princesas. En cuanto a ellas..., ellas lo han hecho porque os odian.

Lear no había dejado de vociferar mientras yo hablaba, tratando de obligarme al silencio. Y ahora masculló:

—¡No es cierto! Todas me aman. Me lo dijeron.

—¡Asesinasteis a su madre, viejo loco y decrépito! ¡Os han encerrado en una celda de vuestras propias mazmorras! ¿Qué más pruebas precisáis? ¿Un decreto por escrito? Yo he intentado quitarles a polvos el odio que sienten por vos, tío mío, pero hay curas que exceden los talentos de un juglar.

—Yo quería un hijo varón. Su madre no me dio ninguno.

—Estoy seguro de que si lo hubieran sabido no os habrían despreciado tan profundamente, y no se lo habrían hecho tan bien conmigo.

—Mis hijas no te han cabalgado. Y tú no te las has cepillado a ellas.

—Sí me las cepillé. Por la sangre de mi negro corazón, me las cepillé. Y al principio, cuando empezamos, todas gritaban «¡Padre!» cuando se corrían. Me pregunto por qué. Oh, sí, tío mío, sí, me las cepillé, eso es más que cierto. Y ellas querían que vos lo supierais, por eso me acusaron ante vos. He fornicado con las dos.

—¡No! —gritó Lear.

—Y yo también —soltó Babas, esbozando una sonrisa húmeda que hacía honor a su apodo—. Con perdón —añadió al instante.

—Pero hoy no —preguntó uno de los guardias—. ¿Verdad?

—No, hoy no, capullo. Hoy las he matado.

Los franceses avanzaban por tierra desde el sureste, y los barcos remontaban el Támesis desde el este. Los señores de Surrey, al sur, no presentaron resistencia, y como Dover pertenecía al condado de Kent, las fuerzas del conde desterrado no sólo no ofrecieron resistencia, sino que se sumaron a los franceses en el asalto a Londres.

Avanzaban tierra adentro, río arriba, sin disparar una sola flecha ni perder a uno solo de sus hombres. Desde la Torre Blanca los centinelas divisaban las hogueras de los franceses, que dibujaban una gran luna creciente en el cielo nocturno, que iba del este al sur.

Cuando el capitán, en el castillo, llamó a las armas, uno de los viejos caballeros de Lear, bajo el mando de Curan, acercó el filo de su espada al pescuezo de los hombres de Edmundo o de Regan, uno por uno, exigiéndoles que se rindieran o murieran. Todos los integrantes de la guardia personal habían sido drogados por los cocineros con un veneno misterioso, que no era mortal pero que provocaba los mismos síntomas que la muerte.

El capitán Curan envió un mensaje al duque de Albany, de parte de la reina francesa, en el que le informaba de que, si se rendía, es decir, si se aliaba con ella, podría regresar a Albany y mantendría todas sus tropas, sus tierras y sus títulos. Los soldados de Goneril, que eran los de Cornualles, y los de Edmundo, procedentes de Gloucester, habían acampado en el lado de poniente de la torre, y se encontraron rodeados por los franceses al este y al sur, y al norte por Albany. Se enviaron arqueros y ballesteros a lo alto de los muros de la Torre, por encima del ejército de Cornualles, y un heraldo se abrió paso a través de la aterrorizada tropa, y llegó hasta las posiciones de un comandante, al que transmitió el mensaje de que el ejército de Cornualles debía deponer las armas de inmediato, si no quería que sobre él cayera una lluvia de muerte como jamás se había visto.

Nadie estaba dispuesto a morir por la causa de Edmundo, bastardo de Gloucester, ni por el difunto duque de Cornualles. De modo que se rindieron y se alejaron tres leguas hacia el oeste, tal como se les había indicado.

En dos horas todo había terminado. De los casi treinta mil hombres que ocuparon el campo de batalla en la Torre Blanca, apenas murió una docena de ellos, todos miembros de la guardia personal de Edmundo que se negaron a entregarse.

Los cuatro guardias yacían en el suelo de la mazmorra, adoptando varias posturas raras. Parecían muertos.

—Maldito veneno —dije yo—. Babas, mira a ver si alcanzas al que tiene las llaves.

El mastuerzo alargó el brazo a través de los barrotes, pero el guardia se encontraba demasiado lejos.

—Espero que Curan sepa que estamos aquí.

Lear miró a su alrededor, de nuevo con la mirada extraviada, como si la locura hubiera vuelto a apoderarse de él.

—¿Qué es esto? ¿El capitán Curan está aquí? ¿Y mis caballeros?

—Pues claro que está aquí. Y por el sonido de las trompetas diría que ha tomado el castillo, como estaba planeado.

—¿Entonces? ¿Todo ese teatro tuyo ha sido para confundirme? —me preguntó el rey—. ¿No estás enfadado?

—Furioso, viejo necio, pero ya me estaba cansando de tanta bronca mientras esperaba a que ese maldito veneno surtiera efecto. Pero eso no quiere decir que seáis menos desalmado de lo que yo he afirmado.

—No —replicó el anciano, como si mi ira le importara de veras. Se puso a toser de nuevo, y volvió a escupir sangre. Babas se acercó a él y le secó la cara—. Yo soy el rey, y no consentiré que me juzgues tú, un bufón.

—No soy sólo un bufón, tío. Soy el hijo de vuestro hermano. ¿Ordenasteis a Kent que lo matara? El único tipo decente a vuestro servicio, y vais vos y lo convertís en asesino. ¿No es así?

—No, no fue Kent. Fue otro, que no era caballero siquiera. Un carterista que se presentó ante el magistrado. Fue a él a quien Kent mató; yo lo envié a que diera caza al asesino.

—Pues él todavía se siente vejado por ello. ¿Y también ordenasteis a un carterista que asesinara a vuestro padre?

—No, mi padre era leproso y nigromante. No soportaba que alguien tan deforme gobernara Britania.

—En lugar de vos, queréis decir.

—Sí, en mi lugar. Sí. Pero no envié a ningún asesino. Él se

encontraba en una celda de su templo de Bath. Lejos de todo, donde nadie podía verlo siquiera. Pero yo no podía acceder al trono hasta que él muriera. No, yo no lo maté. Los sacerdotes, sencillamente, lo emparedaron. Fue el tiempo el que mató a mi padre.

—¿Lo emparedasteis? ¿Vivo?

Empecé a temblar. Me había parecido que tal vez podría perdonarlo, viendo su sufrimiento, pero en ese instante sentí que toda la sangre se agolpaba en mis oídos.

Los pasos de unas botas contra el suelo de piedra resonaron en las mazmorras, y vi que Edmundo, el bastardo, entraba sosteniendo una antorcha.

Dio un puntapié a uno de los guardias inconscientes y los miró a todos como si acabara de descubrir semen de mono en sus Weetabix.*

—Vaya, menudo engorro —dijo—. Supongo que tendré que matarte yo personalmente entonces.

Se agachó, recogió un arco del suelo, apoyó el pie en el estribo y tensó la cuerda.

Intermedio

(Al fondo del escenario, con los actores)

—Bolsillo, sinvergüenza, me has atrapado en una comedia.

—Bien, sí, para algunos lo es.

—Al ver el fantasma me ha parecido que la tragedia estaba asegurada.

—Sí, en las tragedias siempre hay un maldito fantasma.

---

* Weetabix: galletas de cereales británicas cuyo sabor y textura suele creerse que mejoran añadiéndoles semen de mono.

—Pero por la confusión de identidades, la vulgaridad, la ligereza del tema y lo soez de las ideas, parece más una comedia. Y yo no voy vestido para la comedia. Voy todo de negro.

—Como yo. Y sin embargo, aquí estamos.

—Entonces, es una comedia.

—Una comedia negra...

—Lo sabía.

—Al menos para mí.

—¿Una tragedia, entonces?

—El fantasma así parece indicarlo.

—Pero, con tanto fornicio gratuito, con tanta paja...

—Un genial acto de distracción deliberada.

—Me estás tomando el pelo.

—No, lo siento. En la siguiente escena el lancero te da una sorpresa.

—¿Me matan, entonces?

—Para gran satisfacción del público.

—¡Cabrón!

—Pero también hay buenas noticias.

—¿De veras?

—Para mí sigue siendo una comedia.

—Qué capullo más desagradable puedes llegar a ser.

—Eh, tú, odia la obra, pero no al actor, tío. Y pasa por aquí, permíteme que te sostenga el telón. ¿Tienes algún plan para esa daga de plata? Una vez que pases a mejor vida, quiero decir.

—Con que una maldita comedia...

—Las tragedias siempre terminan en tragedia, Edmundo, pero la vida sigue, ¿o no? El invierno de nuestro descontento se convierte, inevitablemente, en la primavera de una nueva aventura. Para ti no, claro.

—Nunca he matado a un rey —dijo Edmundo—. ¿Crees que seré famoso por ello?

—No obtendrás el favor de tus duquesas por asesinar a su padre.

—Ah, esas dos. Me temo que, al igual que estos guardias, también están bastante muertas. Estaban compartiendo una copa de vino mientras consultaban mapas y planeaban estrategias para la batallas, y han caído al suelo echando espuma por la boca. Una lástima.

—Estos guardias no están muertos, sólo drogados. Despertarán en uno o dos días.

Edmundo bajó la ballesta.

—¿Entonces, mis señoras sólo están dormidas?

—Oh, no, ellas sí están muertas. Les administré dos tubos a cada una. Uno con veneno, y el otro con agua. Burbuja metió la adormidera en la comida de los guardias, así que el licor era nuestro sustituto letal. Si cualquiera de las dos hubiera demostrado algo de compasión por la otra, al menos una de ellas se habría salvado. Pero, como habéis dicho vos, una lástima.

—Muy bien jugado, bufón, vaya eso por delante. Pero ahora quedaré a la merced de la reina Cordelia, y deberé contarle que fui arrastrado hasta esta horrenda conspiración en contra de mi voluntad. Tal vez conserve el título y las tierras de Gloucester.

—¿Mis hijas? ¿Muertas? —preguntó Lear.

—Oh, cállate, viejo —dijo Edmundo.

—Estaban buenas —balbució Babas con voz triste.

—Pero ¿qué sucederá cuando Cordelia se entere de lo que en realidad habéis hecho? —le pregunté yo.

—Estamos llegando a la cúspide, ¿verdad? Tú no podrás contarle a Cordelia lo que ha acontecido.

—Cordelia, mi única hija verdadera —se lamentó Lear.

—¡Cállate, joder! —insistió Edmundo, que alzó la ballesta y apuntó a Lear a través de los barrotes. Pero entonces dio un paso atrás y pareció perder de vista el blanco cuando una de mis dagas le alcanzó el pecho con un chasquido seco.

Al momento bajó la ballesta y miró el mango del puñal.

—Pero si habéis dicho que la sorpresa me la daría un lancero...

—¡Sorpresa! —exclamé yo.

—Bastardo —masculló el bastardo, alzando de nuevo la ballesta, con intención de disparar, a mí esta vez. Fue entonces cuando le lancé la segunda daga, que fue a clavársele en el ojo derecho. La cuerda de su arma se destensó con una especie de maullido, y la pesada flecha cayó sobre una losa de piedra, al tiempo que Edmundo se tambaleaba y caía sobre los guardias.

—Qué genial —dijo Babas.

—Serás recompensado, bufón —proclamó el rey, con la voz empañada por la sangre. Tosió de nuevo.

—No tiene importancia, Lear —dije yo—. No es nada.

En ese instante se oyó la voz de una mujer en la cámara.

—Los cuervos gritan «cerdo» desde las murallas, el aire huele a cadáver de Edmundo, y el pico del ave arroja agua sobre el aroma del bribón.

El fantasma. Se alzó por sobre el cuerpo sin vida de Edmundo, fuera de la celda, bastante más etérea, menos maciza de lo que la había visto la última vez. Apartó entonces la mirada del bastardo muerto y esbozó una sonrisa de oreja a oreja. Babas se echó a lloriquear, y trató de ocultar la cabeza tras la cabellera blanca de Lear.

El rey intentó ahuyentarla agitando las manos, pero la muchacha fantasma flotó hasta plantarse frente a él, del otro lado de los barrotes de la celda.

—Ah, Lear. Emparedasteis a vuestro padre, ¿verdad? —preguntó el fantasma.

—Márchate, espíritu, no me vejes.

—Emparedasteis a la madre de vuestra hija, ¿verdad? —insistió el fantasma.

—¡Me había sido infiel! —exclamó el anciano.

—No —sostuvo el fantasma—. No os fue infiel.

Yo me senté en el suelo de la celda, algo aturdido. Matar a Edmundo me había mareado un poco, sí, pero aquello...

—¿La anacoreta de Lametón de Perro era vuestra reina? —le pregunté, y mi propia voz me llegó muy lejana.

—Era una hechicera —se justificó Lear—. Y frecuentaba mucho a mi hermano. Yo no la maté. No habría podido soportarlo. La mandé encarcelar en la abadía de York.

—¿Que no la asesinasteis? ¡Le quitasteis la vida cuando ordenasteis que la emparedaran!

Lear se acobardó al ver que me expresaba con seguridad.

—Me fue infiel, coqueteaba con un muchacho del lugar. No soportaba la idea de que estuviera con otro.

—Y por eso ordenasteis que la emparedaran.

—¡Sí, sí! Y que ahorcaran al muchacho. ¡Sí!

—Monstruo horrible.

—Ella tampoco me dio ningún varón. Yo quería un varón.

—Pero os dio a Cordelia, vuestra favorita.

—Que además fue sincera con vos —intervino el fantasma—. Hasta el momento mismo en que ordenasteis su destierro.

—¡No! —El rey trató de ahuyentar de nuevo al espíritu.

—Claro que sí. Y además sí tuvisteis un hijo varón. Durante años lo tuvisteis.

—No he tenido hijos varones.

—De otra granjera a la que poseísteis junto a otro campo de batalla, en este caso en Iberia.

—¿Un bastardo? ¿Tengo un hijo bastardo?

Vi que la esperanza asomaba a sus ojos de águila, y quise arrancárselos como Regan había hecho con los de Gloucester, así que desenvainé la última de mis dagas arrojadizas.

—Sí —reiteró el fantasma—. Durante muchos años tuvisteis un hijo varón, y ahora mismo estáis en sus brazos.

—¿Qué?

—El aprendiz de bufón, el bobo, es hijo vuestro —reveló el fantasma.

—¿Babas? —pregunté yo.

—¿Babas? —preguntó Lear.

—Babas —confirmó el fantasma.

—¡Pa! —dijo Babas, estrechando en sus brazos, con fuerza, a su padre recién hallado—. ¡Pa!

Se oyó un crujido de huesos, y el desagradable sonido del aire que escapaba de unos pulmones enfermos y aplastados. Pero Babas seguía, empeñado en concentrar en un solo instante el amor filial de toda una vida. Los ojos de Lear parecían a punto de salírsele de las órbitas, y su piel, seca como un pergamino, adquiría por momentos un tono azulado.

Cuando aquellos silbidos entrecortados dejaron de brotar del anciano, me acerqué a Babas, le bajé los brazos y apoyé la cabeza de Lear en el suelo.

—Suelta, muchacho. Suéltalo.

Y le cerré los ojos azules, cristalinos, al rey.

—Está muerto, Babas.

—¡Capullo! —exclamó el fantasma, antes de escupir una gotita de saliva fantasmal que se evaporó apenas abandonó su boca.

Entonces me levanté y me volví para dirigirme a ella:

—¿Quién eres? ¿Qué injusticia se ha hecho contigo que pueda deshacerse para que tu espíritu descanse al fin, o al menos logre que te largues de una vez?, pesada, que eres una pesada a pesar de lo etéreo de tus miembros.

—La injusticia acaba de deshacerse —respondió el espíritu—. Al fin.

—¿Quién eres?

—¿Que quién soy? ¿Que quién soy? Tu respuesta está en un golpe, buen Bolsillo. Golpéate con los nudillos el gorro de juglar y pregunta a esa perezosa máquina de pensar de dónde le viene el arte. Golpéate con los nudillos el braguero y pregúntale a su pequeño ocupante quién lo despierta por las noches. Golpéate con los nudillos el corazón y pregúntale al espíritu que habita en él quién aviva el fuego de su hogar, pregúntale a ese tierno fantasma quién es este fantasma que tienes delante.

—Talía —dije yo, pues al fin logré verla. Y me arrodillé ante ella.

—Así es, muchacho, así es. —Me puso una mano en la cabeza—. Levántate, señor Bolsillo de Lametón de Perro.

—Pero ¿por qué? ¿Por qué no me dijisteis nunca que erais reina? ¿Por qué?

—Él tenía a mi hija, a mi dulce Cordelia.

—¿Y siempre supisteis lo de mi madre?

—Había oído rumores, pero no supe quién era tu padre hasta después de mi muerte.

—¿Y por qué no me hablasteis de mi madre?

—Eras un niño. No era una historia muy propia para ti.

—No era tan niño. De hecho, me hacías tuyo a través de la aspillera.

—Eso fue después. Pensaba decírtelo, pero me emparedaron.

—¿Y fue porque nos pillaron?

La fantasma asintió.

—Él siempre tuvo problemas para aceptar la impureza de los demás. La suya propia no se los creó nunca.

—¿Y fue horrible?

Yo siempre había tratado de apartar de mi mente aquel pensamiento, de no imaginarla sola, a oscuras, muriendo de hambre y de sed.

—Fue solitario. Siempre estaba sola, Bolsillo. Menos cuando venías tú.

—Lo siento.

—Eres un amor, Bolsillo. Adiós.

Se acercó a los barrotes de la celda y me rozó la mejilla. Aquella caricia fue como el tacto ligerísimo de la seda.

—Cuida de ella.

—¿Qué?

Talía se acercó flotando al muro del fondo, junto al que yacía Edmundo, y al llegar a él dijo:

Tras gravísimas ofensas
a las tres hijas causar
pronto el rey bufón será.

—¡No! —gimoteó Babas—. Mi papa está muerto.

—No lo está —corrigió Talía—. Lear no era tu padre. Era broma.

Y, dicho esto, se esfumó.

Cuando estuve seguro de que ya no se encontraba entre nosotros, me eché a reír.

—No te rías, Bolsillo —dijo Babas—. Soy huérfano.

—Y ni siquiera nos ha entregado las malditas llaves —dije yo.

Oímos pasos decididos en la escalera, y el capitán Curan apareció en el pasadizo, flanqueado por dos caballeros.

—¡Bolsillo! Te estábamos buscando. Hemos obtenido la victoria, y Cordelia se aproxima desde el sur. ¿Qué ha sido del rey?

—Muerto —respondí yo—. El rey ha muerto.

24

El resurgir de Boudicca

Todos aquellos años viviendo como huérfano para terminar descubriendo que tuve madre, pero que se suicidó por culpa de la crueldad del rey, el único padre al que yo había conocido...

Saber que tenía padre, pero que a él también lo había matado el rey.

Enterarme de que la mejor amiga que había tenido nunca, y que había sido asesinada del modo más horrible por orden del rey, y por culpa de lo que yo había hecho con ella..., era la madre de la mujer a la que adoraba.

Pasar de bufón huérfano a príncipe bastardo, de príncipe bastardo a vengador sanguinario por encargo de fantasmas y brujas en menos de una semana, de cuervo advenedizo a general estratega en cuestión de meses...

Pasar de contar historias picantes para el placer de una santa encarcelada a planear el derrocamiento de un reino...

Todo aquello me resultaba confuso, y no poco agotador. Además, me había dado hambre. Se imponía picar algo, tal vez comer como Dios manda, con vino y todo.

Desde las aspilleras de mi viejo aposento de la barbacana presencié la entrada al castillo de Cordelia. Llegó a lomos de un caballo blanco, imponente. Tanto ella como su montura iban cubiertos de armadura completa, confeccionada en negro con ribete dorado. Grabado en el escudo lucía el león de Inglaterra, también dorado, lo mismo que la flor de lis, emblema de Francia, que ocupaba la coraza. Tras ella cabalgaban dos columnas de caballeros que sujetaban los estandartes de Gales, Escocia, Irlanda, Normandía, Bélgica y España. ¿España? ¿Le había dado tiempo de conquistar España en sus ratos libres? ¡Pero si, antes del destierro, el ajedrez se le daba fatal! La guerra real debía de ser más fácil.

Cordelia tiró de las riendas de su caballo para que se detuviera en medio del puente levadizo y levantara las patas delanteras. Entonces se quitó el casco y agitó su larga cabellera rubia. Alzó la vista y sonrió en dirección de la puerta fortificada. Y yo me agazapé, para ocultarme. No sé por qué lo hice.

«Sí, ya lo sé, amor mío. Pero no son maneras, ¿no crees? Entrar con tu propio ejército apoderándote de lo que se te antoja. No es propio de una dama.»

Estaba preciosa, maldita sea.

Sí, sí, me vendría muy bien un tentempié. Me reí un poco, yo solo, y me dirigí bailando al gran salón, dando alguna que otra voltereta por el camino.

Tal vez el acudir al gran salón en busca de comida no fue la mejor de las ideas, y tal vez no fuera siquiera mi verdadera intención, pero no importaba, pues en lugar de un almuerzo, encontré los cadáveres de Lear y sus dos hijas tendidos sobre tres altas mesas.

A Lear lo habían dispuesto sobre la tarima en la que se alzaba el trono, y Regan y Goneril yacían más abajo, sobre el suelo, una a cada lado. Cordelia se plantó frente a su padre, vestida aún con su armadura, el casco bajo el brazo. Como los cabellos le cubrían el rostro, me resultaba imposible saber si estaba llorando.

—Su aspecto es ahora bastante más agradable —dije yo—. Mucho más tranquilo. Aunque moverse, se mueve más o menos a la misma velocidad.

Ella alzó la mirada y sonrió, me dedicó una sonrisa franca, deslumbrante. Pero entonces pareció recordar que estaba de luto y agachó de nuevo la cabeza.

—Gracias por tus condolencias, Bolsillo. Veo que en mi ausencia has logrado mantenerte inmune a la cortesía.

—Si lo he logrado es porque os he tenido constantemente en mis pensamientos, niña.

—Te he echado de menos, Bolsillo.

—Y yo a vos, corderita.

Cordelia le acarició el pelo a su padre, que llevaba puesta la pesada corona que había arrojado a la mesa delante de Cornualles y Albany hacía tanto tiempo, o eso parecía.

—¿Ha sufrido?

Sopesé la respuesta, algo que casi nunca hago. Podría haber dado rienda suelta a mi ira, podría haber maldecido al anciano, dejar constancia de su vida de crueldad, de maldad, pero a Cordelia no le habría servido de nada, y a mí de muy poco. Con todo, necesitaba templar mi relato con algo de verdad.

—Sí, al final sufrió mucho en su corazón. A manos de vuestras hermanas, y por el pesar que le causaba haberos tratado injustamente a vos. Sufrió, pero no físicamente. El dolor lo llevaba en el alma, niña.

Ella asintió y se alejó del viejo.

—No deberías llamarme niña, Bolsillo. Ahora soy reina.

—Eso ya lo veo. Y bien bonita que es esa armadura, por cierto. Muy del estilo de san Jorge. ¿Ya viene con el dragón incorporado?

—Pues no. Pero con un ejército sí viene.

—Ya os advertí que vuestro carácter desagradable os vendría muy bien en Francia.

—Es cierto. Lo hiciste inmediatamente después de decirme que las princesas sólo servían..., ¿cómo fue que lo dijiste?..., como alimento de dragones y botín de los cazadores de recompensas, o algo así.

Y ahí estaba de nuevo, una vez más aquella sonrisa, que para mí era como el sol que me calentaba el corazón helado. Y, como una extremidad adormecida por el frío, sentí el cosquilleo y los pinchazos que indicaban que volvía a la vida. En ese instante, sin querer, me llevé la mano al cinto y rocé el monedero que me habían proporcionado las brujas y que contenía el hongo de los polvos mágicos.

—Sí, bueno, no puedo tener siempre razón, eso socavaría mi prestigio como bufón.

—Tu prestigio ya está más que cuestionado en ese aspecto. Kent me cuenta que si el reino se ha rendido a mí con tal facilidad ha sido gracias a tus intrigas.

—No sabía que erais vos, creía que era ese maldito Jeff. ¿Dónde está, por cierto?

—En Borgoña, con el duque..., es decir, con la reina de Borgoña. Los dos insisten en que les llamen reinas de Borgoña. Con ellos sí acertaste, debo reconocerlo, lo que, una vez más, mina tus pretensiones de seguir ejerciendo de bufón. Los pillé juntos en el palacio de París. Me confesaron que se gustaban desde niños. Jeff y yo llegamos a un arreglo.

—Sí, siempre suele haber un arreglo en estos casos: la cabeza de la reina por aquí, y el cuerpo de la reina por allá.

—No, en absoluto, Bolsillo. Jeff es un tipo decente. Yo no lo amaba, pero fue siempre bueno conmigo. Me salvó cuando mi padre me echó de aquí, ¿recuerdas? Y cuando descubrí aquello, yo ya me había ganado las simpatías de la guardia y de casi toda la corte. Si alguien tenía que quedarse sin cabeza, no iba a ser yo. Francia se quedó con algunos territorios, como Tolosa, Provenza y partes de los Pirineos, pero si tenemos en cuenta los que he conservado yo, creo que el acuerdo, en general, es más que aceptable. Los chicos viven en un palacio inmenso, en Borgoña, que se pasan la vida redecorando. Son bastante felices.

—¿Los chicos? ¿O sea que el maldito Borgoña se calza al maldito franchute? Por los ovarios colgantes de Odin, de ahí sale una canción, eso seguro.

Cordelia sonrió.

—Le he comprado el divorcio al papa. Y bastante caro me ha costado, por cierto. De haber sabido que Jeff iba a insistir en obtener la sanción de la Iglesia, habría presionado para reinstaurar el oficio del papa Descuento.

El crujido de los grandes portones al abrirse resonó en el salón, y Cordelia se volvió, con fuego en los ojos.

—¡He dicho que me dejaran sola!

Pero entonces Babas, que acababa de asomarse por ellos, se sobresaltó, como si hubiera visto un fantasma, y empezó a retroceder.

—Lo siento, pido disculpas. Bolsillo, te he traído a Jones, y aquí tienes también tu gorro. —Me mostró los dos objetos, pero recordó que acababan de regañarle y siguió retrocediendo.

—No, Babas, entra —le dijo Cordelia haciéndole señas para que no se ausentara. Los guardias volvieron a cerrar las puertas. Yo me preguntaba qué pensarían los caballeros y los demás nobles al ver que la reina guerrera sólo dejaba entrar en el salón a dos bufones. Seguramente ella era una más en la larga lista de chiflados de su familia.

Babas se detuvo al pasar junto al cuerpo de Regan, y se olvidó de su cometido. Dejó a Jones y mi gorro sobre la mesa, junto a la difunta, le sujetó los bajos del vestido y empezó a levantarle los faldones, para echar un vistazo.

—¡Babas! —le grité yo.

—Lo siento —dijo el idiota, que en ese momento se fijó en el cuerpo de Goneril y se desplazó a su lado. Permaneció en pie, mirando hacia abajo. Al cabo de un momento sus hombros empezaron a agitarse, y no tardó en estallar en desolados sollozos, empapando el pecho de la princesa con sus lágrimas.

Cordelia me miró con ojos implorantes, y yo a ella con algo que debía de ser parecido. Éramos los dos unos desalmados, no llorábamos por aquella gente, por aquella familia.

—Estaban buenas —dijo Babas, que se puso a acariciarle la mejilla a Goneril, y de ahí pasó al hombro, y de ahí a los dos hombros, y a los pechos, y entonces se subió a la mesa, se le puso encima y volvió a estallar en unos sollozos rítmicos y raros que, en su timbre, recordaban a los de un oso agitándose en una cuba de vino.

Yo recogí a Jones del lado de Regan y con él golpeé al mastuerzo en la cabeza y en los hombros, hasta que se separó de la hasta hacía poco duquesa de Albany, levantó el mantel y se escondió debajo de la mesa.

—Las amaba —dijo Babas.

Cordelia detuvo mi mano, se agachó y levantó una punta de la tela.

—Babas, muchacho —dijo—. Bolsillo no pretende ser cruel, él no entiende cómo te sientes. Pero debemos mantener la compostura. No está bien eso de ir fornicando con los difuntos.

—¿No?

—No. El duque llegará pronto, y se sentiría ofendido.

—¿Y la otra? Su duque está muerto.

—Da lo mismo. No está bien.

—Lo siento —dijo, y volvió a ocultar la cara tras el mantel.

Cordelia se levantó, me miró, se alejó de Babas y, poniendo los ojos en blanco, esbozó una sonrisa.

Tenía tanto que contarle... Que me lo había montado con su madre, que técnicamente éramos primos y que..., bueno, que las cosas podían complicarse. Como actor, mi impulso me llevaba a mantener siempre un tono de frivolidad, de modo que solté:

—He matado a vuestras hermanas, más o menos.

Cordelia dejó de sonreír. Dijo:

—El capitán Curan me ha contado que se envenenaron la una a la otra.

—Sí. Y el veneno se lo di yo.

—¿Sabían ellas que era veneno?

—Sí.

—Entonces no pudo evitarse, ¿verdad? Además, eran unas perras malvadas. Se pasaron toda mi infancia torturándome, o sea que me has ahorrado un trabajo.

—Ellas sólo deseaban que alguien las quisiera —las justifiqué yo.

—No las defiendas ahora, bufón, que tú eres quien las ha matado. Yo sólo pretendía arrebatarles las tierras y las propiedades. Y tal vez humillarlas en público.

—Pero si acabáis de decir que...

—Yo las quería —terció Babas.

—¡Cállate! —exclamamos al unísono Cordelia y yo.

Las puertas volvieron a abrirse con un chirrido, y el capitán Curan asomó la cabeza.

—Señora, ha llegado el duque de Albany —informó.

—Dadme un momento, y hacedlo entrar —le pidió Cordelia.

—Muy bien.

Curan cerró las puertas.

Cordelia se acercó a mí entonces. Era sólo ligeramente más alta que yo, pero con la armadura puesta resultaba más imponente de lo que recordaba, aunque no por ello menos hermosa.

—Bolsillo, me he instalado en los aposentos de mi viejo torreón. Me gustaría que vinieras a visitarme después de la cena.

Le dediqué una reverencia.

—¿Os apetece, mi señora, una chanza y un cuento antes de iros a dormir, para limpiar la mente de las tribulaciones del día?

—No, tonto. La reina Cordelia de Francia, Bretaña, Bélgica y España te va a cabalgar hasta que se te caigan esos malditos cascabeles.

—¿Cómo decís? —le pregunté, algo desconcertado. Pero ella me besó. Por segunda vez. Con gran sentimiento, antes de apartarme de su lado.

—He invadido un país por ti, capullo. Te he querido desde que era una niña. He regresado por ti, bueno, por ti y para vengarme de mis hermanas, pero sobre todo por ti. Sabía que me esperarías.

—¿Cómo? ¿Cómo lo sabíais?

—Un fantasma vino a verme al palacio de París hace unos meses. Jeff se asustó tanto que se le indigestó la salsa bearnesa. Desde entonces el espíritu no ha dejado de dictarme la estrategia.

Me pareció que ya habíamos hablado bastante de fantasmas. Debía descansar, así que volví a inclinarme ante ella.

—A vuestro maldito servicio, amor mío. Este humilde bufón está a vuestro servicio.

Acto V

¡Ah, de haber sabido que era así tan fácil de atrapar,
cuánto lo habría hecho mimarme, insistir, buscar
y esperar la estación propicia, y observar sus idas y venidas,
y derrochar su pródigo ingenio en estériles rimas,
y al servicio de mis órdenes lo pondría a toda hora
y lo haría sentirse orgulloso de ser digno de mis bromas!
De tal modo anularía yo su poderío
que él sería mi bufón, y yo sería su destino.

SHAKESPEARE,
Trabajos de amor perdidos,
acto V, escena II (Rosalina)

25

El rey bufón será

¡Tachán! Vuestro humilde bufón ya es rey de Francia. Para ser exactos, de Francia, Bretaña, Normandía, Bélgica, España, etcétera. Tal vez de más territorios, porque no veo a Cordelia desde la hora del desayuno. Puede resultar terrorífica cuando se la deja sola, pero mantiene el imperio en perfecto estado de revista, y yo la adoro, claro (que es lo que he hecho siempre).

El bueno de Kent recuperó tierras y título, al que sumó el de duque de Cornualles, con sus consiguientes tierras y propiedades. Ha conservado la barba negra y el encanto que le concedieron las brujas, y parece haberse convencido a sí mismo de que es más joven y dinámico de lo que los muchos años que carga a sus espaldas llevarían a pensar.

Albany conservó su título y sus tierras, y firmó un juramento de vasallaje con Cordelia y conmigo. Confío en que lo cumpla. Es un muchacho decente, si bien gris, y sin Goneril a su lado, seguirá la senda de la virtud.

A Curan le concedimos el título de duque de Buckingham, ya que ejerce de regente de Bretaña cuando nosotros nos ausentamos de las islas.

Edgar, ya conde de Gloucester, regresó a su tierra, donde enterró a su padre intramuros del templo del castillo, erigido en honor de sus muchos dioses. Ha fundado su propia familia, y sin duda tendrá muchos hijos varones que crecerán y lo traicionarán, o que serán unos bobos, a imagen y semejanza de su padre.

Cordelia y yo vivimos en varios palacios erigidos por todo lo largo y ancho de nuestro imperio, viajamos con un séquito insultantemente abultado que incluye a Burbuja y a Chillidos, así como a María Pústulas y a otros criados leales de la Torre Blanca. Mi trono es enorme, y sentado en él recibo en audiencia, con Babas a un lado (a él le concedimos el título de ministro real de las Pajas) y con mi mono, Jeff, al otro. Atendemos los casos de granjeros y mercaderes locales, y yo emito juicios y dicto castigos y sentencias. Durante un tiempo permití que las dictara el mono, mientras yo me iba a comer con la reina. Para ello le entregué un pizarrín con varias penas, con la idea de que, en cada caso, señalara una, pero tuvimos que dejar de hacerlo porque una tarde, al regresar de un revolcón con Cordelia que se alargó más de la cuenta, me enteré de que el muy caradura había hecho ahorcar a todos los habitantes de la aldea de Beauvois por violar quesos (un caso raro, pero que los franceses entienden bien, son muy estrictos con sus quesos). En la mayoría de los casos, para hacer justicia basta con algo de humillación verbal, unos pocos insultos y cierta demostración de ingenioso sarcasmo, cosas que al parecer a mí se me dan de maravilla, por lo que la gente me considera un rey justo y ecuánime. El pueblo, incluidos los malditos franceses, me adora.

Ahora nos encontramos en nuestro palacio de la Gascuña, cerca del norte de España. Encantador, pero muy seco. Hoy mismo se lo comentaba a Jeff, la reinona gabacha (ha venido a visitarnos, en compañía de la otra reina, la de Borgoña): «Es encantador, Jeff, pero muy seco. Yo soy inglés, y a mí me hace falta la humedad. Ahora mismo, mientras hablamos, siento que me voy secando y me cuarteo.»

—Es cierto —comentó Cordelia—. Él siempre ha gravitado alrededor de lo húmedo.

—Sí, sí, cariño, no creo que sea un tema para hablarlo delante de Jeff, ¿no crees? ¡Oh, mira! Babas tiene una erección.

Vamos a preguntarle en qué está pensando. De camino hacia aquí se ha cepillado un roble sarmentoso. Un polvo espectacular, la verdad. Al árbol se le han caído tantas bellotas que la aldea entera podría alimentarse de ellas durante una semana. Han propuesto instaurar un día festivo en honor del mastuerzo, declararlo dios del fornicio con árboles... Por aquí hay tantos símbolos de fertilidad que ya no les caben más.

—*C'est la vie**— dijo Jeff con su jodido francés perfecto e incomprensible.

Más tarde, mientras recibía en audiencia pública, tres personas ancianas y encorvadas entraron en el gran salón. Eran las brujas del bosque de Birnam. Supongo que en todo momento supe que acabarían por presentarse. Babas salió corriendo y se escondió en la cocina. Jeff se me sentó en el hombro de un brinco, y empezó a chillarles. (Jeff el mono, no la reina.)

Romero, la arpía verde con zarpas de gato, dijo:

> —*Para estas brujas tres*
> *un año ha transcurrido*
> *y a cobrar nuestro precio*
> *hemos venido.*

—Joder, ya estamos otra vez con las rimas.

> *Necesidades hemos aplacado*
> *y promesas cumplido*
> *por eso ahora las tres hemos venido*
> *a cobrar lo prestado.*

—Dejad de rimar, os lo ruego —insistí yo—. Además, esos harapos abrigan demasiado con este clima. Os van a salir eccemas en los granos y las verrugas si no tenéis cuidado.

—Te has convertido en rey y has encantado a tu amor ver-

* «Así es la vida», en maldito francés.

dadero para que te ame por siempre jamás, bufón. Nosotras sólo queremos lo que nos corresponde —intervino Salvia, la que tenía más verrugas de las tres.

—Y es justo, es justo —admití yo—. Pero a Cordelia no la embrujé para que me amara. Me ama por voluntad propia.

—Pamplinas —dijo Perejil, la bruja alta—. Te dimos tres hongos, uno para cada hermana.

—Sí, pero el tercero lo usé para encantar a Edgar de Gloucester, para que se enamorara de una lavandera de su castillo que se llama Emma. Una hembra encantadora, con unas tetas de impresión. Su hermano bastardo la había maltratado..., y me pareció un modo de hacer justicia.

—Da igual, lo que importa es que usaste el hechizo. Y pensamos cobrárnoslo —dijo Romero.

—Claro. Ahora poseo más tesoros de los que podéis transportar. ¿Oro? ¿Plata? ¿Joyas? Con todo, Cordelia no sabe nada de todos vuestros tejemanejes, y no debe enterarse. Si estáis de acuerdo, decidme qué pago queréis. Tengo cosas importantes que hacer, cosas de rey, y mi mono está hambriento. ¿Qué recompensa pedís, arpías?

—España —respondieron las tres al unísono.

—¡Cojones en calzones! —exclamó Jones, el títere.

FIN

¡Menudo caradura!

Nota del autor

Sé qué estás pensando: «¿Cómo te atreves tú, un escritor cómico estadounidense que habita en las profundidades más alejadas del genio, a meterte con el mayor artista de la lengua inglesa que haya vivido jamás?»

Sí, estás pensando que «Shakespeare escribe una tragedia de perfecta elegancia que funciona impecablemente y tú no puedes dejarla en paz; tienes que ponerle encima tus manazas grasientas, mancharla con tus fornicios de alimaña y tus corridas de mono. Cosas bonitas, no, de eso no nos das nada».

Está bien, está bien. En primer lugar, decirte que tu razonamiento es bueno. Y en segundo lugar, que no doy crédito a que pienses así...

Pero tienes razón, me he cargado la historia y la geografía inglesas, *El rey Lear* y la lengua inglesa en general. Pero, en mi defensa..., vaya, en realidad no tengo ninguna defensa, pero te contaré de dónde partí cuando intentaba recrear la historia del rey Lear.

Si uno trabaja con la lengua inglesa, y más si lo hace durante un tiempo tan rejodidamente largo como lo he hecho yo, acaba tropezándose, inevitablemente, con las obras de Will casi en cada esquina. No importa lo que uno pretenda decir, resulta que Will ya lo ha dicho de modo más elegante, más sucintamente, con mayor lirismo, y además en pentámetro yámbico, y por si fuera poco hace cuatrocientos años. Uno no puede hacer lo que hizo William, pero sí reconocer la genialidad que hace falta para hacerlo. Pero no, yo no empecé *El bufón* como homenaje a Shakespeare, sino a causa de la gran admiración que siento por la comedia inglesa.

La idea de escribir la historia de un bufón, de un bufón inglés, se me ocurrió porque me encanta escribir sobre granujas. Lancé el primer globo sonda hace ya varios años, durante un almuerzo en Nueva York con mi editora norteamericana Jennifer Brehl, tras una noche en la que había tomado demasiados somníferos. (Esa ciudad me estresa. Siempre me siento como una esponja que se dedica a secar la ansiedad de la frente de Nueva York.)

—Jen, quiero escribir un libro sobre un bufón. Pero no sé si debería ser un bufón genérico, o el del rey Lear.

—No, no, tienes que escribir sobre el de Lear.

—Pues sobre el de Lear será —respondí yo, como si aquello no implicara mayor esfuerzo que el de decirlo.

Al momento, gradualmente, la editora se derritió en su silla y fue sustituida por un ciempiés fumador de narguile que sólo decía: «bah, bah, bah, bah», pero que pagó el almuerzo. Del resto de esa mañana no recuerdo nada. (Consejo para viajeros de negocios: si después de dos píldoras no os dormís, no os toméis una tercera.)

Y así fue como me sumergí en las profundidades, y me pasé casi dos años inmerso en la obra de Shakespeare: representada en vivo, en su forma escrita, y en DVD. Debo de haber visto treinta representaciones distintas de *El rey Lear* y, francamente, hacia la mitad de mi investigación, tras escuchar a una docena de Lears encolerizarse bajo la tormenta y lamentarse por lo capullos integrales que habían sido, sentía deseos de subirme yo mismo al escenario y matar al viejo con mis propias manos. Pues aunque respeto y admiro el talento y la energía que un actor necesita para interpretar al rey shakespeariano, así como la elocuencia de los parlamentos, existe un límite de resistencia al quejido a partir del cual el ser humano desea hacerse socio del «Comité a favor de convertir el maltrato a los ancianos en deporte olímpico». A todas la atracciones existentes en Stratford-upon-Avon, creo que deberían añadir una en la que a los participantes se les permitiera empujar a reyes Lear desde lo alto de un precipicio. Sí, sí, algo así como el *puenting*, pero sin cuerda. Sólo: «Rabia, viento, empujón, caída de morros, ¡Aaaaaaaaah!, Chof.» Y un bendito silencio. De acuerdo, tal vez no. (En Stratford está el Hospital de desahuciados de Shakespeare, por cierto, para aquellos que marcaron la casilla «O no ser».)

A partir del momento en que alguien decide recrear a Lear, el tiempo y el espacio se convierten en problemas que deben abordarse.

Según la historia de los monarcas británicos (*Los reyes de Bretaña*), recopilada en 1136 por el clérigo galés de Monmouth, el auténtico rey Leir, si en verdad existió, vivió en el año 400 a.C, es decir, a caballo entre las vidas de Platón y Aristóteles, durante el máximo esplendor del imperio griego, cuando en Inglaterra no existían grandes castillos, cuando a los condados a los que Shakespeare se refiere en su obra les faltaba mucho para establecerse y cuando, en el mejor de los casos, Leir habría sido una especie de jefe tribal, no el soberano de un vasto reino con autoridad sobre un complejo sistema sociopolítico de duques, condes y caballeros. Su castillo habría sido una fortaleza de adobe. En la obra, Shakespeare se refiere a algunos dioses griegos, y ciertamente, según la leyenda, el padre de Leir, Bladud, que era pastor de cerdos, leproso y rey de los britanos, viajó a Atenas en busca de guía espiritual, y a su regreso construyó, en Bath, un templo dedicado a la diosa Atenea, donde la veneraba y se dedicaba a la nigromancia. Leir llegó a ser rey un poco por defecto, cuando a Bladud empezaron a caérsele varios órganos y extremidades vitales. La batalla por las almas entre paganos y cristianos que yo describo en *El bufón* tal vez tuviera lugar entre los años 500 y 800 d.C., y no durante el siglo XIII imaginario de Bolsillo.

Así pues, el tiempo se convierte en un problema, no sólo

en relación con la historia, sino también con el lenguaje. El espectro temporal de la obra parece jorobar al propio Shakespeare, pues en un determinado momento hace que el bufón suelte una larga lista de profecías, tras lo que añade: «Esta profecía la hará Merlín, porque yo vivo antes de su tiempo» (acto III, escena II). Es como si William lanzara la pluma al aire y dijera: «No tengo ni idea de qué diablos está pasando, y por tanto lanzo este gran pedazo de mierda a los espectadores del gallinero, a ver si se la tragan.» Nadie parece saber qué clase de lengua se hablaba en el 400 a.C., pero sin duda inglés no era. Y si el inglés de Shakespeare es elegante y en muchos aspectos revolucionario, en su mayor parte resulta ajeno al lector del inglés moderno. De modo que, siguiendo la tradición shakesperiana de lanzar la pluma al aire, decidí situar la historia en una Edad Media más o menos mítica, pero con vestigios lingüísticos de la época isabelina, así como de argot inglés moderno, de cockney* (aunque el argot rimado siga siendo un absoluto misterio para mí), y de mis propias gilipolleces norteamericanas. (Así, Bolsillo se refiere a la perfección del «gadongo» de Regan, y Talía se refiere al milagro de santa Canela que expulsó todos los Mazdas de Swinden, y todo ello con absoluta impunidad histórica.) Y para los quisquillosos que deseen señalar los anacronismos de *El bufón*, que se queden tranquilos, que el libro entero es un anacronismo. Obviamente. Aparecen incluso referencias a los «mericanos», raza extinguida desde hace mucho tiempo, lo que sitúa nuestro presente en un pasado más o menos distante («Hace mucho tiempo, en una galaxia muy lejana...», y esas cosas, ya me entiendes). Está hecho expresamente.

Al abordar la geografía de la obra, busqué las localizaciones modernas de lugares que se mencionan en el texto: Gloucester, Cornualles, Dover, etc., así como Londres. La única Albany que hallé se encuentra hoy, más o menos, en el períme-

* Argot popular del este de Londres. Una de sus particularidades es el uso de rimas.

tro del área metropolitana londinense, por lo que situé la de Goneril en Escocia, sobre todo para facilitar el acceso al bosque de Birnam y a las brujas de *Macbeth*. Lametón de Perro, Agua de Cachimba y Coyunda de Cabra sobre Cabeza de Lombriz existen en mi imaginación, aunque en Gales existe un lugar que sí se llama «Cabeza de Lombrices».

La trama de *El rey Lear*, de Shakespeare, está tomada de otra obra que se representó en Londres tal vez diez años antes, *La tragedia del rey Leir*, y cuya versión impresa se ha perdido. *El rey Leir* se representó en tiempos de Shakespeare, pero no hay modo de saber cómo era el texto, aunque sí que la historia debía de ser similar a la de el bardo, y puede afirmarse con ciertas garantías que él era consciente de ello. Se trata de algo que no resulta excepcional en Shakespeare. De hecho, de sus treinta y ocho obras, se cree que sólo tres surgieron de sus ideas originales.

Incluso el texto de *El rey Lear* que nosotros conocemos fue confeccionado por Alexander Pope en 1724 a partir de fragmentos y pedazos de ediciones impresas anteriores. Resulta interesante saber que, en contraste con la tragedia, el primer poeta laureado inglés, Nathan Tate, reescribió *El rey Lear* con un final feliz, en el que Lear y Cordelia acaban reconciliándose, Cordelia se casaba con Edgar y todos eran felices y comían perdices. La versión con «final feliz» de Tate se representó durante unos doscientos años antes de que la versión de Pope subiera a un escenario. Y, en efecto, en el *Reyes de Britania*, de Monmouth, Cordelia aparece como la monarca que sucedió a Leir, y que mantuvo la corona durante cinco años (aunque, de nuevo, no existen datos históricos que lo avalen.)

Entre quienes han leído *El bufón*, hay quien ha expresado su deseo de «desempolvar» su rey Lear y releerlo, para comparar, tal vez, el material del que bebe mi versión de la historia. (Lo del polvo con el árbol no lo recuerdo en el original, pero ha pasado ya mucho tiempo.) Aunque sin duda se me ocurren formas peores de pasar el rato, sospecho que «por ahí queda la locura». En *El bufón* cito y parafraseo fragmentos de no menos de una docena de obras, y a estas alturas ya no estoy seguro de qué pertenece a qué. Esto lo he hecho fundamentalmente para asustar a los críticos, que se mostrarán reacios a citar pasajes de mi obra por miedo a que les replique el propio bardo en persona. (En una ocasión, un crítico me llamó a capítulo por escribir con prosa forzada, y el fragmento que citó era de *La desobediencia civil* de Thoreau. En la vida no se dan muchos grandes momentos; ponerle en evidencia su error a aquel crítico fue uno de los míos.)

Unas líneas sobre los prejuicios de Bolsillo: sé que el término «malditos franceses» parece abundar más de la cuenta en el discurso del bufón, pero ello no debe interpretarse en modo alguno como indicador de mis propios sentimientos hacia Francia o los franceses. Lo que quería era mostrar esa especie de resentimiento a flor de piel que los ingleses parecen albergar hacia los franceses, y por ser justos, el que se da en sentido inverso. Como un amigo inglés me explicó en una ocasión: «Sí, claro, nosotros odiamos a los franceses, pero no queremos que nadie más los odie. Son nuestros. Lucharemos hasta la muerte para preservarlos y poder seguir odiándolos.» No me importa si eso es cierto o no; el caso es que me pareció gracioso. O, como dice un conocido francés: «Todos los ingleses son gays, lo que pasa es que algunos no lo saben y se acuestan con mujeres.» Yo estoy bastante seguro de que eso no es cierto, pero me pareció gracioso. Esos malditos franceses son geniales, ¿verdad?

Y, por último, deseo dar las gracias a todos los que me han ayudado en mis investigaciones para la escritura de *El bufón*. A los actores y el personal de los muchos festivales sobre Shakespeare a los que asistí en Carolina del Norte, que mantienen viva la obra del bardo para aquellos de nosotros que vivimos en lugares remotos de las Colonias; y a todas las personas inteligentes y amables del Reino Unido y Francia que me han ayudado a encontrar lugares y artefactos medievales, para que luego yo pudiera ignorar por completo la coherencia histórica al escribir *El bufón*. Y, finalmente, a los grandes escritores de comedia británica que inspiraron mi incursión en su arte, aunque fuera por su parte más baja: Shakespeare, Oscar Wilde, G. B. Shaw, P. G. Woodhouse, H. H. Munro (Saki), Evelyn Waugh, Los Goons, Tom Stoppard, Monthy Python, Douglas Adams, Nick Hornby, Ben Elton, Jennifer Saunders, Dawn French, Richard Curtis, Eddie Izzard y Mil Millington (que me advirtió de que, si bien era loable que yo escribiera un libro en el que pretendía llamar «mastuerzos, pajilleros y gilipollas» a los personajes, habría sido mezquino y poco auténtico no llamarlos también «capullos».

También quiero dar las gracias a Charlee Rodgers por su paciencia al organizar los aspectos logísticos y viajeros de mi investigación; a Nick Ellison y a sus muchachos por el manejo de los temas comerciales; a Jennifer Brehl por sus manos limpias y su aplomo en las labores de maquetación y edición; a Jack Womack por presentarme ante mis lectores. Y también a Mike Spradlin, a Lisa Gallagher, a Debbie Stier, a Lynn Grady y a Michael Morrison por dedicarse a la sucia labor de publicar libros. Y sí, a mis amigos, que han soportado mi naturaleza obsesiva y mi exceso de lloriqueos mientras trabajaba en *El bufón*. Gracias por no empujarme desde lo alto de un precipicio.

Hasta la próxima, *adieu*.

CHRISTOPHER MOORE,
San Francisco, abril de 2008

Personajes

OTROS TÍTULOS
DE LA COLECCIÓN

LA SOCIEDAD DE LA SANGRE

Susan Hubbard

¿Qué ocurriría si un día descubrieses que todo lo que crees saber sobre tu familia es mentira? Y ¿qué ocurriría si, detrás de esa mentira, se ocultara una verdad oscura y profunda, pero tan irresistible como para sentirte impelido a profundizar en ella? Ariella Montero desea conocer la verdadera identidad de su madre, de su padre y... de sí misma. Ha estudiado literatura, filosofía, ciencia e historia, pero no sabe casi nada sobre el mundo real y sus complejidades. En su mundo, los fantasmas y los vampiros conviven con los humanos, y cada vez que el puzzle parece a punto de resolverse, la última pieza hace que todo cambie. Poco a poco, Ari desentraña los secretos que han hecho que su familia viviese aislada, y comienza a reflexionar sobre su propia naturaleza y sus posibilidades de supervivencia.

Ambientada en Nueva York, Inglaterra y Suramérica, *La sociedad de la sangre* refuta toda una serie de estereotipos. En este mundo nuevo y extraño, el vegetarianismo, el ecologismo, las investigaciones en el campo de la biomedicina y la habilidad para desaparecer son opciones al alcance de quienes beben sangre y se enfrentan a la perspectiva de una vida eterna.

En un giro ingenioso a un género con numerosos adeptos, esta novela, maravillosamente escrita, mezcla humor con terror para mostrarnos que los vampiros son algo más que criaturas de la noche que se dedican a chupar la sangre de la gente.

LA SEÑAL

Raymond Khoury

Una expedición científica llega a la Antártida y echa anclas. Cuando el periodista de la CNN baja a tierra para grabar parte de su reportaje, una enorme esfera luminosa aparece de pronto en el cielo, envuelve el barco en un resplandor blanco y desaparece tan misteriosamente como ha aparecido. El hecho es presenciado por una audiencia tan masiva como incrédula. Entretanto, en un polvoriento bar de Egipto una docena de hombres discuten tranquilamente sobre la situación mundial, cuando el brillante signo que aparece en televisión los deja de piedra. Uno de ellos empieza a persignarse frenéticamente y abandona el local murmurando una y otra vez la misma frase: «No es posible.» En Internet, y a lo largo y ancho del planeta, una controversia turbadora azota a la humanidad: ¿ha decidido finalmente Dios revelarse a sí mismo? ¿O se trata, por el contrario, de algo mucho más siniestro?